［加拿大］叶礼庭 著
赵宇哲 译

痛苦的正当尺度

工业革命中的监狱，1750—1850

Michael Ignatieff

A Just Measure of Pain

The Penitentiary in the

Industrial Revolution

1750 - 1850

上海文化出版社

图书在版编目（CIP）数据

痛苦的正当尺度：工业革命中的监狱：1750–1850 /（加）叶礼庭著；赵宇哲译．— 上海：上海文化出版社，2019. 9

ISBN 978-7-5535-1638-7

Ⅰ．①痛… Ⅱ．①叶… ②赵… Ⅲ．①纪实文学—加拿大—现代 Ⅳ．① I711.55

中国版本图书馆 CIP 数据核字 (2019) 第 122491 号

A JUST MEASURE OF PAIN

Published by Shanghai Culture Publishing House

著作权合同登记号：图字 09-2019-495 号

出 版 人 姜逸青
责任编辑 任　战
特约编辑 谢小谢
内文制作 谈伟澄
封面设计 周伟伟

书　　名 痛苦的正当尺度：工业革命中的监狱，1750–1850
著　　者［加］叶礼庭
译　　者 赵宇哲
出　　版 上海世纪出版集团　　上海文化出版社
地　　址 上海市绍兴路7号　　200020
发　　行 上海文艺出版社发行中心
　　　　 上海市绍兴路50号　　200020　　www.ewen.co
印　　刷 山东临沂新华印刷物流集团有限责任公司
开　　本 880 × 1240　1/32
印　　张 10.25
版　　次 2019年11月第一版　2019年11月第一次印刷
书　　号 ISBN 978-7-5535-1638-7/B.002
定　　价 52.00元

如发现本书有印装质量问题请联系印刷厂质量科　电话 0539-2925628

图 1　本顿维尔监狱中戴面具的男囚，米尔班克监狱的女囚。

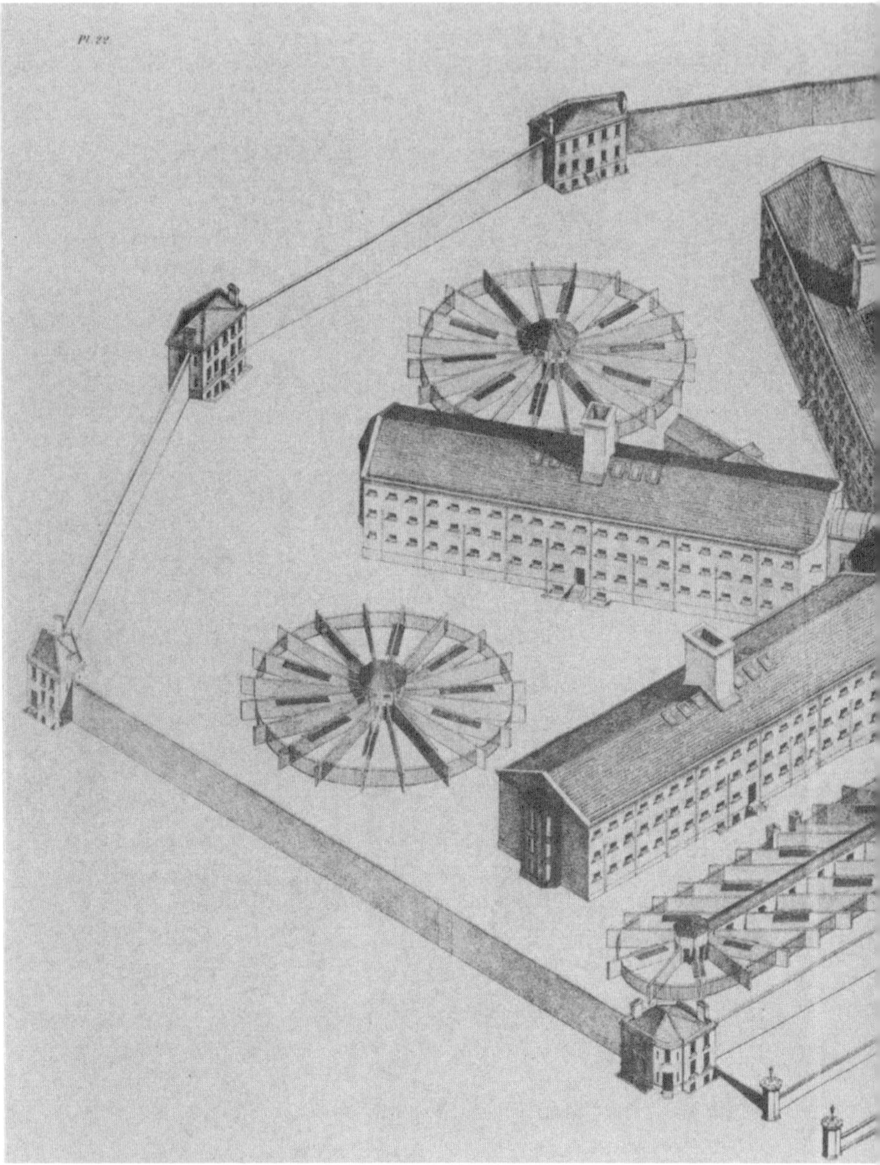

图 2　本顿维尔监狱轴测图，1884 年。

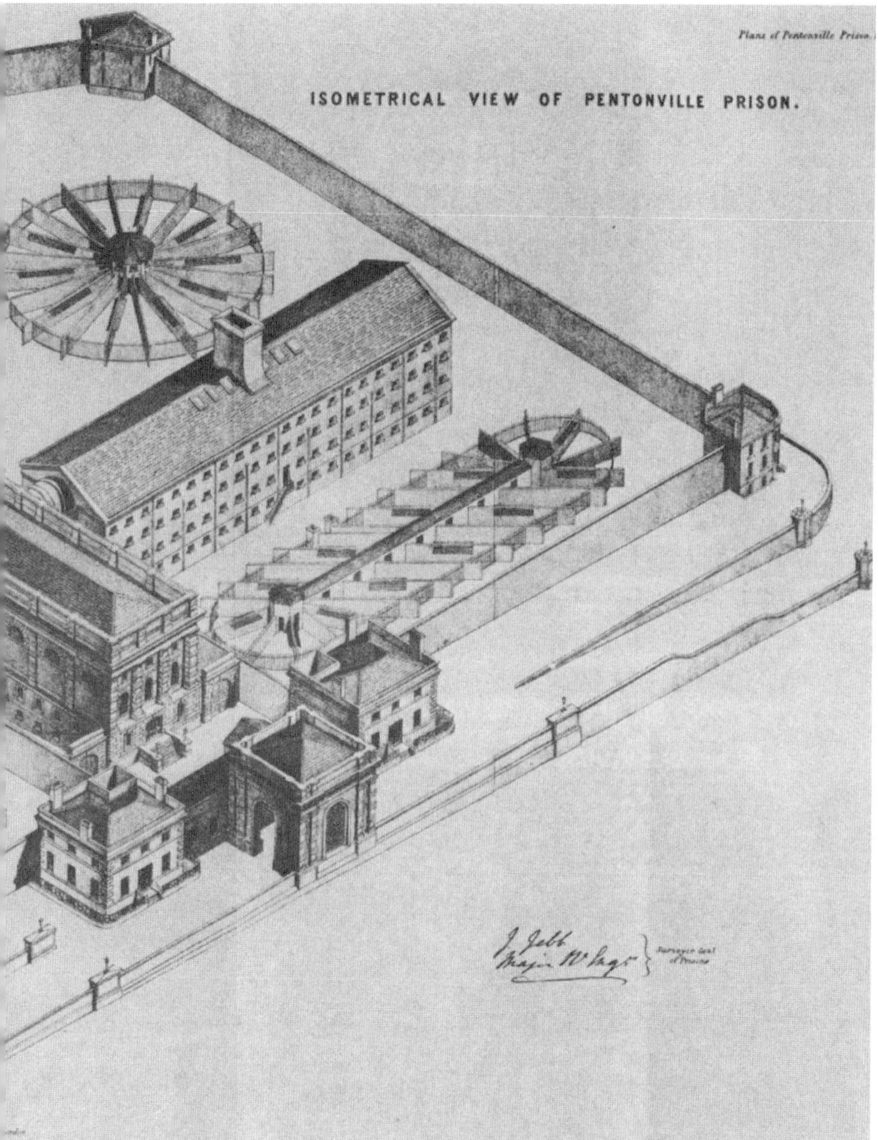
Plans of Pentonville Prison.
ISOMETRICAL VIEW OF PENTONVILLE PRISON.

图 3　本顿维尔监狱中的单独牢房：睡觉的吊床和白天做活用的织布机。

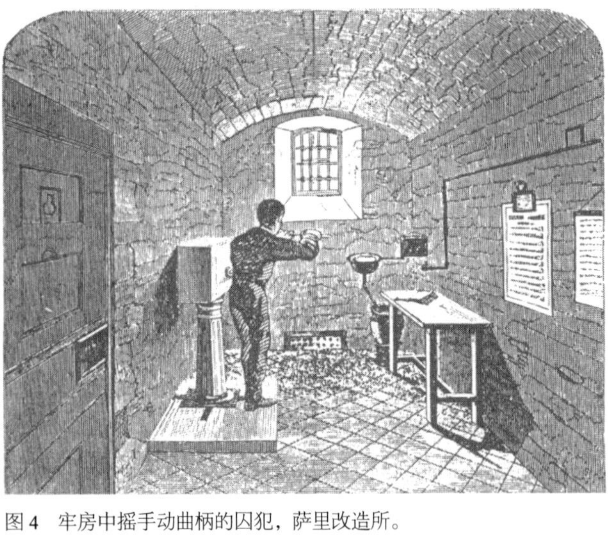

图 4　牢房中摇手动曲柄的囚犯，萨里改造所。

图 5　约翰·霍华德（1726—1790）。

图 6　约翰·福瑟吉尔（1712—1780）。

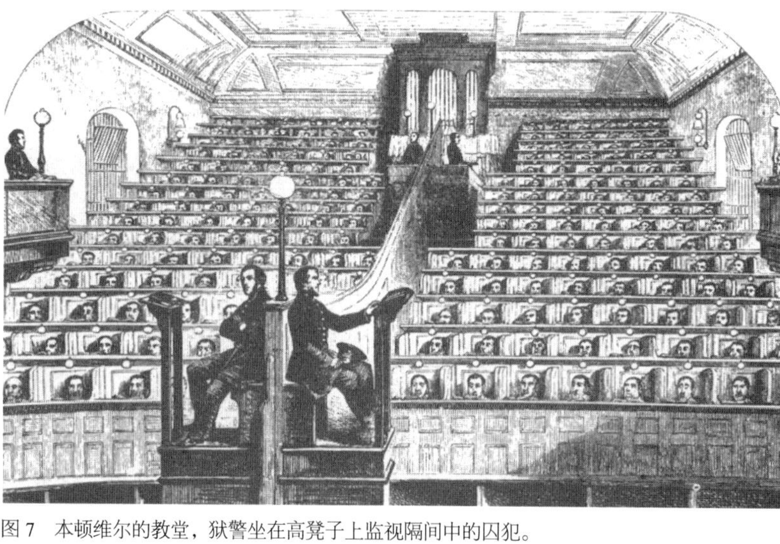

图 7　本顿维尔的教堂，狱警坐在高凳子上监视隔间中的囚犯。

图 8　格洛斯特感化院，外景，1795 年。

图 9　格洛斯特感化院，内景，1795 年。图中典狱长正引着一位女士和一位绅士参观二层的牢房，两名囚犯在带围栏的院子里放风。

图 10　伊丽莎白·弗赖（1780—1845）。

图 11　伦敦克勒肯韦尔的冷浴原监狱，1795 年。

图 12　政治犯基德•韦克 1796 年至 1801 年被监禁在格洛斯特感化院中。图中他站在牢房里，穿着感化院的囚服，右脚踝上戴着一个小铁环。

图 13　布里克斯顿监狱中的踏车，1821 年。

图 14　伊尔切斯特监牢里的惨象，1821 年，摘自亨利·亨特创作的一本宣传册。

图 15　米尔班克监狱的囚犯在体检时等着称体重。

图 16　亨利 • 菲尔丁（1707—1754）。

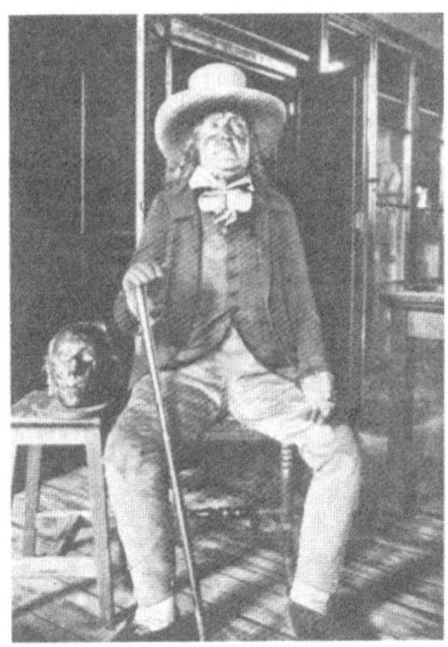

图 17　杰里米 • 边沁的自像（Auto-Icon）和经过防腐处理的头颅。自像是他的蜡纸塑像，穿着他自己的衣服，这是边沁吩咐在他死后制作的。它被保存在伦敦大学学院的一个柜子中，在举行仪式的场合会被拿出来展示。

图 18　囚犯戴着面具出来放风，伦敦旺兹沃思的萨里改造所。

图 19　女囚在寂静时段工作，布里克斯顿监狱。

图 20　从泰晤士河看米尔班克感化院，19 世纪 20 年代。

图 21　冷浴原监狱的流浪汉在踏车上劳作、放风。

图 22　本顿维尔感化院的首席狱警，布里克斯顿监狱的女监长。

图 23　静默制下的囚犯在填麻絮，冷浴原监狱。

图 24　威廉•托文思，12岁，4英尺5.5英寸，棕色眼睛，棕色头发，生于里士满，未婚，没有明显的特殊标记。住址：新里士满伯特伦公寓楼9号；1872年12月20日在里士满经速决审判定罪，因偷盗两只活家兔被判犯有普通盗窃罪；处刑：旺兹沃思监狱服苦役一个月。摘自旺兹沃思囚犯登记本，1872年。

图25　卡罗琳•莱特福特，又名雷诺德斯，51岁，5英尺1英寸，棕色头发，蓝色眼睛，肤色苍白，生于威斯敏斯特，已婚，无业，有很重的天花痘。住址：兰贝斯里士满街35号；前科：盗窃价值九便士的连衣裙；处刑：旺兹沃思监狱服苦役两个月。摘自旺兹沃思囚犯登记本，1872年。

图26　悉尼•娄曼，17岁，5英尺4英寸，深棕色头发，蓝色眼睛，气色很好，生于萨默塞特，未婚，没有明显的特殊标记。住址：旺兹沃思路威克斯利21号；因偷盗一个罐头和一品脱牛奶被判犯有普通盗窃罪；处刑：旺兹沃思监狱服苦役六星期。摘自旺兹沃思囚犯登记本，1872年。

插图来源说明

插图 1、3、4、7、18、19、21、22、23 见 *The Criminal Prisons of London*, by Henry Mayhew, 1861. Courtesy of Frank Cass, Ltd., London。

插图 8、9 见 Archives of the Gloucester City Library。

插图 10 见 National Portrait Gallery, London。

插图 11、20 见 Collection of the Finsbury Public Library, London。

插图 12 见 Courtesy of the Gloucestershire Record Office。

插图 13、15 见 Courtesy of the Guildhall Library, City of London。

插图 14 见 *A Peep into a Prison,or the Inside of Ilchester Bastille*, by Henry Hunt,1821。

插图 16 见 Bodleian Library, Oxford。

插图 17 见 University College, London。

插图 24、25、26 见 Public Record Office, London, Crown-copyright PCOM 2/290. Courtesy of the Controller of H. M. Stationery Office。

目录

致 谢

我想对加拿大委员会，以及中部抵押和住房公司城市史研究项目表达我的感激之情，感谢它们支持我的科研和创作。当我的作品作为博士论文逐渐成形时，哈佛大学的大卫•兰德斯（David Landes）教授给予了我很多指导，我十分感激他的谆谆教诲和敏锐批判。我要感谢约翰•克里夫 (John Clive) 教授，他见证了本书前两稿的产生。 x

下列学者和朋友对手稿提供了细致的批判：约翰•贝蒂（John Beattie）、道格拉斯•海（Douglas Hay）、爱德华•汤普森（Edward Thompson）、彼得•林堡（Peter Linebaugh）、汤姆•拉克厄尔（Tom Laqueur）、拉斐尔•塞缪尔（Raphael Samuel）、玛格丽特•爱森斯坦（Margaret Eisenstein）、乔安娜•伊涅斯（Johanna Innes）、迈克尔•唐纳利（Michael Donnelly）、吉姆•克利福德（Jim Clifford）、凯特•林奇（Kate Lynch）、弗雷德里卡•兰代尔（Frederika Randall）、泰德•罗森加滕（Ted Rosengarten）、乔•普鲁德（Jon Prude）、亚历克斯•季萨尔（Alex Keyssar）、埃里克•奥尔森（Eric Olson）、苏珊•巴罗克拉夫（Susan Barrowclough）、哈维•米切尔（Harvey Mitchell）和爱德•亨德特（Ed Hundert）。他们的批判促使我全部重写了学位论文，也让我对

问题的维度进行了反思。他们为挑出判断和事实上的错误已竭尽全力，剩余错误之责任不应由他们来承担。

前　言

我们很容易认为监狱的存在理所当然。对于不触犯法律的人而言，xi 现实生活中的监狱与刑罚在他们的社会意识里显得微不足道。然而在历史上，监狱一次又一次变成公众关注的焦点。这时，监狱就变得问题重重，不再理所当然。

在过去十年中，刑罚问题重新回到了公众讨论的中心。当局者迷，因此现在很难解释监禁（incarceration）为何突然变得如此“醒目”，但我们依然能够找出一些原因。西方国家从 20 世纪 60 年代起不断上升的犯罪率使人们开始质疑监禁能否有效地震慑犯罪。与此同时，持续上升的监禁人数使得业已设施陈旧、年久失修的监禁机构中的生活条件进一步恶化。在过度拥挤的设施中涌现出了新一代犯人，他们比起过去的犯人更执意要保护自己的权利。为应对这些压力，倾向于改革的管理者在很多地方尝试让安保和监禁自由化，这在狱警中激起了强烈的反感和公开的反对。监狱人口压力、公众的失望情绪、跌跌撞撞的狱政改革、犯人的好斗情绪与狱警的强硬态度结合在一起，打破了监狱中本已相当脆弱的秩序。秩序崩溃后将近十年的时间里，发生了 xii 一系列劫持人质事件、游行和全面反抗。最初监狱暴乱只是美国特有的现象，但现在已经波及西班牙、法国、加拿大、英国和意大利。这些暴乱是否仅赢得了象征性的让步，目前还不得而知。但毫无疑问的是，对于旁观的公众而言，这些事件让监狱的情况变得不再理所当然。

反抗与镇压还凸显出了强制力在维系社会秩序中发挥的核心作用。这让很多人感到震惊。当美国记者汤姆•威克（Tom Wicker）抵达阿蒂卡（Attica）监狱，穿过分隔开州警与占领D院的造反犯人的无人区时，他

> 强烈意识到……他将保证秩序与安全的制度与工具都置于身后了——这包括法律，以及配套的法规、警察和枪支。在离开它们保护的一瞬间，他不但意识到自己平时对这一切的存在习以为常，而他之前对这一点并没有注意，甚至毫无察觉，而且他还意识到就算是在文明社会中，法律说到底还需要靠枪来维持。[1]

就像威克意识到的那样，监狱将国家权力的道德性问题以最严酷的形式呈现出来。强制力为维护任何社会秩序所需，那么国家能对反抗者合法地施以何种程度的强制？每一场有关监狱状况和弊端的讨论终将落到这些问题上。阿蒂卡监狱用一种急迫的新方式把这些老问题重新提出来了。

当刑罚的道德性和策略性再次受到检视时，我们有必要重回18世纪的欧洲，那时约翰•霍华德（John Howard）、杰里米•边沁（Jeremy Bentham）和切萨雷•贝卡里亚（Cesare Beccaria）最先把监狱当成他们所属之阶级所关心的社会问题。从他们关于国家对被监禁者能合法行使何种权力的思考中，产生了有关矫正性刑罚的功利主义论点，而这

至今依然在影响我们的思想。在他们攻击旧机构时，也留下了现代感化院（penitentiary）这份具有多重含义的遗产。

这些18世纪晚期改革者的术语如今依然在定义我们所面临的刑罚问题。例如，在目前的讨论中，一些有影响的论点主张我们应回归贝卡里亚关于刑罚确定性和经济性的经典理论，而其他人则利用经典传 *xiii*
统中的重要制度遗产——感化院——来质疑其可靠性。

本书描述了1775年至1840年间，英格兰涌现出的刑罚思想。本书记述了这些新思想的社会史变迁，主要探讨努力在感化院中实现这些思想的斗争，及其在犯人和政治激进分子中所激起的反抗，以及这些思想在19世纪40年代获胜之后那些可见和未知的具有反讽意味的影响。本书主要关注规制监狱内部权力运作的现代化规范是如何产生的。本书尝试解读，为什么人们会觉得将犯人囚禁在单人牢房中，让他们穿上统一的囚服，按严格的时间安排组织他们的生活，通过大段的经文和大量的苦工“改良”他们的心灵，是一件公正、合理、人道的事情。1770年至1840年之间，这种“针对心灵”的监狱管教（discipline）取代了一系列“针对身体”的刑罚——鞭打、烙印、枷锁和公开绞刑。哪些新需要、哪些有关痛苦的新认识能解释这种刑罚方法上的大转型呢？出现在高墙内的新权威形式一定与高墙外的阶级关系和社会策略的变化有联系。因此，有关监狱纪律的研究必然不能局限于监狱，还要研究在正在发生资本主义转型的社会里社会权威的道德边界。因此，本书最终尝试着描绘英格兰的权贵阶层如何界定针对穷人的权力外延，以及这种外延在工业社会出现时又会被怎样重新界定。

叶礼庭
1977年于伦敦

第一章 本顿维尔

I

位于北伦敦苏格兰路（Caledonian Road）的本顿维尔（Pentonville） 3
感化院从 1842 年建立之时就成为最具争议的时代象征之一，赞美者认为它提供了解决犯罪问题的途径，其他人——当中较为知名的有托马斯·卡莱尔（Thomas Carlyle）和查尔斯·狄更斯——则讽刺说这是“重罪犯的殿堂”。[1] 它既是公众讨论的焦点，也是时代的纪念碑，而今天没有任何监狱能受到如此多的关注。公爵亲王、外国官员、各郡法官、政治家和布道者都曾参观过它拱形的走廊，一睹孤独和静默作为新的管教方法在现实中得到应用。[2] 本顿维尔不但在英格兰，而且在欧洲大多数地区迅速成为监狱建筑和管教方面的典范。它表明三代人有关管教规则的思考和实验在此达到了顶峰。本顿维尔坐落在一块 6 英亩的土地上，矗立在 25 英尺的高墙后，在周围工人区的住宅中若隐若现，它是一个呈三叉形的巨型法律要塞。

19 世纪 40 年代，随着拱形走廊里早晨 5 点 45 分响起的铃声，关
在本顿维尔的罪犯开始了一天的生活。[3] 所有的事情都要跟着铃声的节 4
奏来：起床、工作、吃饭、去教堂、放风、查房、熄灯。现在，在查

房开始前的15分钟里，犯人要穿上囚衣、整好吊床、洗干净脸、擦净石板地、取出鞋匠凳（cobbler’s bench）准备工作。

犯人的房间从用铁棍封着的窗到用木闩锁上的门共有13.5英尺长，两边的墙之间有7.5英尺宽，从地板到天花板有9英尺高。屋内陈设稀少：一张桌子、一把椅子、一个鞋匠凳，还有吊床、扫帚、篮子和一个墙角架。架上有个白镴杯子和盘子、一块肥皂、一条毛巾和一本《圣经》。除了放风和去教堂，犯人每分钟都待在这个空间中，置身于这些东西中。在1842年监狱成立时，犯人会被单独囚禁18个月。随着当局逐渐知晓单独囚禁的作用，单独囚禁时间先减到了12个月，又减到了9个月。[4]

本顿维尔有450名囚犯，分别关在三个条形区域中一模一样的牢房里。犯人之间隔着一堵两英尺厚的墙，晚上他们会通过敲墙来传递信息，就像竖井中的矿工一样。他们这样做可能会受罚，因为囚犯间禁止进行任何交流。静默是这里的规则，犯人会因为姿势、手势、微笑或耳语而被送到地下室的黑屋里去。

早晨6点，犯人会听到脚步声在牢房门口停下，他不用抬头就知道，看守的眼睛从窥孔一扫而过，检查屋内是否整洁、他是否在鞋匠凳上做工。一些犯人每天坐在凳上缝制或修补犯人穿的靴子。沿着走廊，他们能听到敲击锤子的声音；楼上一层会传来织布机的呼呼声和咔嗒声——其他囚犯正在房间里织犯人穿的细平布。工作时间漫长且不间断，早饭前要工作一个半小时，午饭前三个小时，下午四个小时。每天一次，工头会沿着走廊的每个房间收取完成品，并分发新材料。

早晨7点半，牢房的活板门会被推开，一只手会推进来一杯可可和一片面包。犯人在吃早餐时，能听到走廊中餐车的车轮声和其他房间活板门推开时的回声。[5] 监狱像机器一样运转。450 人的早餐十分钟 *5*
就能送完。

早晨 8 点，伴着杠杆的轰隆声和门闩的吱吱声，牢房的门打开了。集合去教堂。在走到狭窄的过道上之前，犯人要带上一个铲子形的棕色面具，面具在眼睛处开了两个孔。戴上面具，他就不会认出与他一同在押的朋友和共犯。犯人走出牢房，立正站好，目光穿过楼梯，看到其他人——除了眨眼之外一动不动的人。口令一下，这些面具人就沿过道行进，走下铁质的螺旋楼梯，穿过由闪烁的煤油灯照亮的高挑走廊，走向教堂。

教堂是这台感化机器的大脑。教堂被分割成几百个包厢似的隔间，这些隔间能装下一个人，它们分布在布道台之下。前进的人在教堂门口停下。当值的看守开始摇一个计数机。当犯人的号码出现在告示板上时，他就出列，走过一排排隔间，直到走进自己的那间，并关上门。教堂中响起了犯人靴子的响声和关门声。看守坐在高脚椅上，他们的目光扫视着教堂，观察下面囚犯的动静。

牧师爬上了通往布道台的台阶，开始背诵当日的长短祷告。接下来他会读一段《圣经》：

> 普天下当向耶和华欢呼。你们当乐意侍奉耶和华。当来向他歌唱。
>
> 你们当晓得耶和华是神。我们是他造的，也是属他的。我们是他的民，也是他草场的羊。
>
> 当称谢进入他的门，当赞美进入他的院。当感谢他，称

颂他的名。

因为耶和华本为善。他的慈爱，存到永远，他的信实，直到万代。[6]①

牧师在读经之后会布道：

囚犯们，如果我有这等权力，我定会让你们的感觉和良
心变得敏锐，我会让你们的眼睛直视自己的心，这样你就能
反思窝藏在心中的险恶邪念，你会因其丑态而惊恐万分，这
6 样你就能在慈悲之门彻底关闭之前归向上帝，在他面前变得
谦卑，为你过去的生活感到深刻而真诚的悲伤，不断虔诚祈
求圣灵的帮助，求它指引你走上那通向永生的窄路。[7]

在最后的祈祷之后，犯人们会大喊“阿门”。这喊声冲破寂静，好像排炮。

去完教堂，犯人们会被带到院子中放风。院子实际上是环绕在监视岗四周的很多片空地，每片边上有墙围着。每个人单独走进其中一个院子，开始绕墙快步行进。一名看守在监视岗上喊着口号，让囚犯们不停地运动：

左！右！左！右！

接着走，你，快点走！

① 译文沿用《圣经》（和合本），《诗篇》100：1—5。——编者注

站出来，那人，出来！

停下！

上午 9 点，医务室的钟声响起，身体有恙的囚犯在医生办公室门外集合。其他人被带回自己的牢房做工，午饭前工作三小时，午饭后工作四小时。犯人手上忙着，从鞋子上削下鞋底，装上新鞋底，将其缝好，而他的心思却在自由地游荡，他想起了他在外面的生活，也可能想起了他丧失自由的那天……

在他定罪那天，他从法庭被带到了本顿维尔监狱的接收室，脱得一丝不挂。他的衣服和财物被收走，他口袋里的东西——一卷头发、一封信、一些零钱——被装到了信封里。他平时穿的衣服被捆在一起，送到炉子中烟熏消毒。

赤身裸体的犯人被带到浅水浴池中，下半身浸到散发着石炭酸味的水里。把自己擦干后，犯人将走到一张桌子前面，桌子后面坐着一位狱警，一本大登记册在他面前摊开着。在这位狱警誊写信息时，另一位狱警会检查囚犯身体上是否有伤疤、畸形、文身或其他“明显的特殊标记”。多数犯人身上有些标记。像伦敦犯罪团伙四十大盗（Forty Thieves）的成员双腿的膝关节上都点有黑点，这是兄弟义气的象征。海员通常在肱二头肌上文美人鱼。煤灰渗入了矿工胸前和背后的肌肉，形成一道道的黑缝，这让他们的身份一目了然。码头工人通常都绑着 7
疝气带。这些标记都会记录在登记册上：

乔治•威瑟斯（George Withers），HF 4736

25 岁，未婚，法国抛光工人，读写能力有限。侵犯人身安全的盗窃罪，有一次重罪前科。1850年7月2日在中央刑事法院（Central Criminal Court）受审。判处有期徒刑七年。

亲属住址：米德尔斯堡肯特街威尔莫特公寓楼。

身高：5英尺6英寸。体重：132磅。头发：棕色。眼睛：灰色。身材：中等。

其他明显的特殊标记：左侧面颊上有天花疤痕，右眼上有疤痕。右臂肱二头肌上文有铁锚和十字架；左臂肱二头肌上文有G.W.和F. R.。[8]

在他的身份在政府记录系统中得到确认后，囚犯会被带到医生那里检查身体：

现在，把你的脚放在垫子上。在那里给你放着一个毯子，你站在冰冷的石头上干什么？现在张开嘴，抬起舌头。嘿，我让你伸出舌头了吗？把舌头抬起来，你没听见吗？

转身，举起双臂。抬起右腿，现在抬左腿。把脚底抬起来。现在抬另一只脚。现在弯腰。现在起来……[9]

接下来，会给囚犯剃头，发给他囚服。入监仪式中的最后一项是分配给他一个囚犯的编号。他不再是乔治•威瑟斯了，而是HF4736。

一旦入狱，犯人就与“外界”隔绝了。每六个月才能探视他一次。一名看守会押送他到一个由屏风一分为二的隔间中，那里只能容下他和来访者。看守会监听谈话，观察他们之间有没有递东西，并用沙漏为探视计时。15分钟后，他会把犯人带回牢房。

犯人每六个月才能发出或接收一封信。监狱的信纸顶部印有一段警告：

> 如果犯人的往来信件中有不得体或无价值的内容，或包含黑话或粗俗话语，该等信件将被扣下。允许囚犯写信、收
> 信的目的，是让囚犯能与体面的朋友保持联系，而不是让他 8
> 们获悉时事新闻。[10]

在本顿维尔，从信里能写什么到牢房中的杯子应该放到架子上的什么位置，每一件事都有规矩：

> 囚犯牢房的布置
>
> 吊床绳必须笔直悬在寝具之上。罐子盖和罐子放在桌子下面。扫帚必须挂在桌子中间的扶手上。肥皂、梳子、刷子要放在罐子盖前面的扶手上。两个水杯分别放在桌子的两边……书放在盐盒后面。盘子靠墙放，放在书后面。信号板放在盘子前面。毛巾要平整地叠好，挂在衣钩上。[11]

本顿维尔的工作日在每天 6 点吃晚饭时结束。餐车呼呼作响地穿过走廊，活板门会被翻开，一个盛着炖汤的锡盘被推入牢房中。伙食每天循环往复，早餐是可可和面包，午餐是稀粥，晚餐是炖汤，有时会有些奶酪或一个洋葱。

晚餐后，囚犯有两小时的时间在牢房里漫步、写信、思考或阅读《圣经》：

我在急难的日子，求你向我侧耳，不要向我掩面。我呼求的日子，求你快快应允我。

因为我的年日，如烟云消灭，我的骨头，如火把烧着。

我的心被伤，如草枯干，甚至我忘记吃饭。

因我唉哼的声音，我的肉紧贴骨头。

我如同旷野的鹈鹕。我好像荒场的鸮鸟。

我儆醒不睡。我像房顶上孤单的麻雀。

我的仇敌终日辱骂我。向我猖狂的人，指着我赌咒。

我吃过炉灰，如同吃饭。我所喝的与眼泪搀杂。[12]

晚上 9 点，煤气逐渐减弱、熄灭，有人推动扳手，牢房门上的双
9 重门闩落了下来。熄灯了。躺在吊床上，在漆黑的牢房里，犯人能听见看守低沉的脚步声，马刀碰到他们绑腿上的咔嗒声，以及他们用走廊墙上的机器打卡时的铿锵声。

有时，在所有声音下面，犯人能听到监狱的电报滴答作响，穿过围墙和排水管。整个夜间犯人们都会尽力透过石墙与别人交往，而他们不连贯的信息像心跳一样微弱。

夜晚最为难熬，因为很难睡着、睡好。有犯人透过铁窗看星星、看云遮月亮，倾听那墓穴一般的寂静，借此度过漫漫长夜。

有时会有尖叫。人们会在孤独和静默中崩溃。有个囚犯不断幻想他的姐姐正站在墙外的小路上，寻找他的牢房，呼唤他的名字。有一天午夜，他从吊床上跳下来，跑到窗前，双拳紧攥窗户上的铁柱，开始哭喊她的名字。[13] 还有一个人在屋子里看到了火焰般的光芒，因恐

惧而尖叫。还有一个人看到蛇蜷在铁窗上，从脸盆里爬出来。有个人确信那只将食物推过活板门的手想要将他毒死。因为那只手，他晚上开始呻吟。看守会把那些哭喊的人带到医务室去。在那里，医生写下了如下报告：

> 犯人 DF4920：入狱五个半月后，他出现了精神抑郁的症状，性情和言语变得古怪。他好像因对近在眼前的坏事感到模糊的恐惧和焦虑而受到压迫，这种感觉一到夜间就会增强。他说自己总怕因违反监狱的规矩而受罚，他确信自己因犯下某种严重的罪行而受到了惩罚。囚犯憔悴的外表也印证了他的描述。[14]

每年在本顿维尔都会有 5 人到 15 人被送到精神病院。[15] 如果他们一直疯下去，他们将被终身关押在精神病院；如果他们康复了，就会被带回去服刑。当局保证没有人能靠装疯逃离感化院。

孤寂和静默会使一些人发疯，还会逼另一些人自杀：

> 在 6 月 5 日早晨 6 点开牢房门时，犯人 RL1412 被发现 *10*
> 已经死亡。他的尸体吊在牢房的铁窗框上，绳子是拿他做鞋时用的“蜡线”做的……囚犯的盘子里放着一封写给父母的信，信中他明确表明了自杀的愿望，他将自杀的原因归于出狱后无法找到正经的工作，因而不得不再次犯下其他罪行，最后会去杀人。[16]

本顿维尔压垮了一些犯人，但其他人没有被压垮。个别人公开反抗这里的纪律。惩罚报告里讲述了一个关于“无可救药”的囚犯和监狱工作人员持续斗争的故事：

> ……受罚原因：一直非常不服管教，9月28日用最激烈、最具威胁性的语言跟狱警说：“你最好别碰我，不然我会把你们这群混蛋弄死。”一个冥顽不化、无可救药的囚犯。
>
> ……用桦树条抽打PG 20下，因为他把上衣和背心放在被子上，把它们全放火烧了，他还声称，如果继续把他关在单间，他会毁掉监狱以达到自己的目的……
>
> WR5451，20岁，九尾鞭抽打24下，因为他毁掉了2条毛毯、2张床单、1个杯子、1个床垫和1个碗；还因为他威胁说“我会让你们这群混蛋完蛋的”，还因为前8次报告后做出的极端下流而恶心的行为……[17]

桦树条和九尾鞭是用来抽打那些攻击或辱骂看守的囚犯的。对于情节较轻的违纪行为，通常的惩罚是在黑屋——监狱地下室里的黑洞——里关上几天。虽说正常的惩罚是关三天，一些犯人一次会被关长达三周之久。一些年轻犯人几乎一直被关在这种黑屋里，直到他们在寒冷和黑暗中精神崩溃。有个人告诉看守，他再也不会出来了，谁来押他出来，他就把那人杀了。看守们把混着辣椒的烟抽到了牢房里，不到一分钟的工夫，那个囚犯就开始猛敲牢房的门，求看守把他放出来。[18]

大多数犯人放弃了与本顿维尔的斗争。他们安于惯常的工作，不
11 惹麻烦，熬到了刑满释放的时候。有些人表面看来并没有受到静默和

孤寂的伤害。但大多数人身上留有一些受伤的痕迹。

在出狱时，铁窗生涯的印迹让犯人显得格外突出：他们穿着监狱为获释人员准备的衣服，剃了光头，肤色苍白。[19]他们心中也留有监禁的印迹。在囚犯获释后观察过他们的人注意到，很多人都受困于一阵阵的癫狂或痛哭。有些人觉得街上的声音震耳欲聋，他们想要用棉球把耳朵堵上。还有些人陷入了一种昏昏沉沉的麻木状态，要过好几周才能好转，这把他们的亲人吓得够呛。就连那些觉得自己已经适应了孤寂的人也意识到，自己之后很长时间内都会梦到监狱。他们会在睡觉时听到门闩锁上时的声音，还有那些尖叫。[20]

II

本顿维尔象征着一段历史的顶峰。在这段历史中，人们力求设计出具有绝对合理性和改良的监禁模式，而这最初可以追溯到约翰•霍华德第一次提出理想感化院管教体系的1779年。因此，从社会史角度探索感化院制度不应从19世纪40年代，而应从18世纪70年代入手，因为那时“全面机构”的概念开始成型，而它背后有着之前两个世纪从济贫院（workhouses）、改造所（houses of correction）和拘留所（jails）积累下来的经验。

我们的起始点——18世纪70年代——并不是第一个实验全面管教模式的时代。可以断定，之前有过四波实验，每次都为18世纪70年代提供了先例和范例。感化院最早的先驱是伊丽莎白时代的布莱德维尔式监狱（bridewell）或改造所。[21]早在中世纪，就有关押待审人员的拘留所，那时监禁作为一种刑罚也得到了有限的使用。改造所是欧洲第一个在监禁的同时还要通过劳动使犯人养成“勤俭习惯”的机构。

这里首次把监禁作为强制性教育的手段来使用，因此我们把用管教重塑违法乱纪者性格的理念也追溯到此。

在英格兰，建立布莱德维尔式监狱的目的是关押并震慑那些“无
12 君无父”的人。由于天主教修道院的慈善机构解散、封建侍从体系解体、圈地运动和驱逐佃农，以及人口增长给供过于求的自由劳动力市场带来的巨大压力，很多人流落街头。[22] 欧洲其他地区也建立了类似的机构，最著名的当属阿姆斯特丹的锉刀大厦（Rasp House），它是由城市的领导者于 16 世纪 50 年代创立的，目的是关押一群流浪汉和随军平民，这些人因为西班牙在低地国家的战争而流离失所。[23]

按日后的标准看，这些早期的改造所还谈不上“全面”。这些地方的管理松散而无序。举例来说，关于阿姆斯特丹锉刀大厦院子的一幅蚀刻版画，描绘了许多混杂无序的活动——一个人正在墙角挨鞭子，两个人在另一个角落里锉木头，有人正带着一群妇女参观，一个大人在殴打一个小男孩。没有人在发号施令。所有的活动都围绕着一座正义女神雕像展开，女神俯视着身边的乱象，愤怒却无能为力。[24]

这些建筑并不利于有效的控制。伦敦市建立的第一座改造所是由布莱德维尔皇宫改造而来的。后续的改造所有建在谷仓里的，建在酒馆里的，还有建在附属建筑物里的。专门化的建筑要再等两百年才会出现。

改造所在 17、18 世纪的历史并不清楚，尚有待历史学家考证。然而似乎在宗教改革期间，监禁就不再是首选的刑罚了，取而代之的是鞭打、烙印和脚枷。历史学家猜测，监禁在高失业率、人口增长、物价上涨和工资下降时最为流行。这种情况在 1590 年至 1640 年间，后来在 1690 年至 1720 年间都出现过。[25] 在这些年代，监禁使得一些人

退出了供大于求的劳动市场，转而为政府服务。另一方面，在失业率低、工资升高的时代，非监禁刑罚再度流行。在劳动力短缺的情况下，让违法乱纪者尽量参与劳动力市场是有好处的。

显然，劳动力市场的条件只是决定刑罚政策的因素之一。其他因素还包括对“循规蹈矩”和“违法乱纪”之间应保持多少社会距离的价值判断，劳动力市场的条件并不能决定这些因素。因此，除非我们掌握的有关 17 世纪改造所的史料比现有史料更为全面，否则我们就不 *13*
能解释这段时间内刑罚的变迁。

17 世纪 90 年代的严重萧条和过于拥挤的监狱可能诱发了第二波有关“全面机构”的思考。产生于这个时代的有贵格会商人约翰·贝勒斯（John Bellers）的实业馆（College of Industry），他的计划是在管教机关内建立一个社团性质的产业聚落；还有布里斯托尔（Bristol）的“铸币厂”（Mint），这是一个建于 1701 年的巨大济贫院，它由本市商人建造，用来关押流浪的穷人；约翰·洛克（John Locke）则提议建造监狱式济贫院，用来减轻院外救济给各堂区带来的负担。与此同时，托马斯·布雷（Thomas Bray）和移风易俗会（Society for the Reformation of Manners）则致力于改革新门监狱（Newgate），并对未受审的犯人实施单独囚禁。[26]

在 18 世纪 20 年代，伦敦犯罪率高发，济贫费用激增，这激起了又一轮监禁机构建设。新法规授权建造抚养院（Houses of Maintenance）并执行劳改测试，以阻止费用的上升。这些抚养院让穷人必须“早睡早起，避免用自己微薄的收入在酒店或酒馆里糟蹋自己；在生病或年老时相互帮助；抵制用小偷小摸和入室盗窃维持生计的诱惑”。[27] 马修·马里奥特（Matthew Marryott），一位白金汉郡的济贫监工，依照合同负责管理30多所济贫院，而且他还为150多所济贫院充当客座顾问。[28] 尽管有十几座济贫院是新建的，但多数都是由原来的穷人院（poorhouses）改建的，只不过穷人们现在得在更严格的管教下纺织了。马里奥特利用这些合同发财的大梦破灭了，因为强迫监禁中的穷苦人劳动很困难，特别是其中有很多年长者。到18世纪50年代，济贫院又变得昏昏沉沉，再次成为供老人、疯子和孤儿居住的庇护所。

第四波实验“全面机构”的浪潮是由东萨福克（east Suffolk）的地主和布商兴起的。[29]1753年至1771年间，九个名为“实业院”（Houses of Industry）的巨大济贫院拔地而起，每座造价在10000英镑到15000英镑之间。此时当地正因不断上升的济贫费用而感到焦虑
14 不安。在18世纪所有剥削济贫院穷人的劳动并遏制身强体壮者为堂区“增添负担”的尝试中，这项显然是最具野心的。院外救济遭到削减，最多时有500名穷人同时被关押在这些巨大的营区里，被送到济贫院的园地里工作，或者为诺维奇（Norwich）的布商扯羊毛、整羊毛。这些济贫院的组织方式预示了感化院中的强制孤立体系，以及之后得到强化的重体力劳动。在入院时穷人要脱光衣服，洗澡，换上制服。济贫机构每天的活动都是固定的。门永远紧闭，穷苦的人只有在得到院长允许时才能外出。在一所实业院中，设有单独房间和牢房关押不听话的人。东萨福克的雇农和工匠针对减少院外救济进行反抗。1768年，他们游行到布坎普（Belcamp）实业院，将其烧为平地。[30] 然而对那些铁心鼓吹济贫院的人来说，这次袭击印证了济贫院的威慑作用。1775年，实业院的声誉达到了顶峰，为感化院的缔造者提供了鲜活的先例。[31]

因此，18世纪70年代严格说来并非全面机构的历史起点。然而接

下来 20 年里的监禁机构建设量之大，足以让我们将这段时间视为决定性的加速时段。改造性管教的理念在十几家国立监禁机构大规模付诸实践，这是有史以来第一次。全面机构的设想为众多支持改革的政客、慈善家和法官所追捧，这些人已经投身于议会和公共行政的改革、现代医院的创建、刑法典的合理化修改，以及血腥的刑罚的缓和。感化院也卷进了这场广泛的经济、政治和社会改革中，并沿着其轨迹发展。正是逐步加速的改革活动把 18 世纪 70 年代和之前的时代区分开了。

要理解这次改革的性质，有必要深入观察其主要目标，即 18 世纪的刑事司法体系。要理解出现于 18 世纪 70 年代的有关刑罚基本设想的新范式，我们就需要研究它意欲推翻的旧范式。

第二章 18世纪的刑罚

I

1775 年之前，用监禁惩处重罪犯的情况并不常见。在老贝利街 15
（Old Bailey），也就是伦敦和米德尔塞克斯（Middlesex）[①] 最重要的刑事法院的所在地，1770 年到 1774 年的有罪判决中，监禁所占的比例不到 2.3%。[1] 这些监禁刑期很短——没有超过三年的，通常是一年或更短，而且只有那些犯有过失杀人罪、商业欺诈罪、做伪证罪、联合对抗雇主罪和骚乱罪的被告会被判处监禁。“威尔克斯与自由”（Wilkes and Liberty）骚乱的参与者，以及 18 世纪 60 年代示威要求提高工资的伦敦裁缝、运煤工人、制帽工人和海员都会被判监禁。[2] 只有这类轻罪犯才会被处以监禁。至于 1769 年和 1770 年斯皮塔佛德（Spitalfields）的丝绸业工人中那些因参与破坏织机暴动而被定罪的人，他们不是被处决就是被流放美洲。

我们并不清楚法官在这些案件中使用监禁的原因。然而从首席 16

① 米德尔塞克斯郡紧邻伦敦，很早就变成了伦敦都会区的一部分。（本书脚注若无特殊说明均为译者注）

法官（Lord Chief Justice）和内政大臣（Secretary of State）1773 年的通信中，可以管窥到法官在劳资纠纷案件中的量刑标准。来信事关七名来自佩斯利（Paisley）的流动纺织工人的命运，这些人犯有骚乱罪和联合对抗雇主罪。[3] 法官意识到，处决这些人将会激怒纺织工人，他们会继续骚乱或大规模移民美洲。用他的话说，城中的局势“非常微妙”。他认为比起炫耀强力，慈悲更有助于恢复秩序，所以他下令将这些人的刑罚减为监禁。[4] 在佩斯利案中，监禁成为一种策略上的让步，是一种介于流放和绞刑之间的“中等”刑罚，是二者之间“仁慈”的妥协。然而除了这种特殊情况外，法官很少用监禁来惩罚重刑犯。

对于重罪——最常见的是拦路抢劫、入室抢劫、盗窃各种动物、严重盗窃罪、谋杀和纵火——法定的刑罚是死刑。可判死刑的案件从 1688 年的 50 起左右上升至 1765 年的 160 起左右，在拿破仑战争结束时达到了 225 起。[5] 一些新法律，例如《骚乱法》（Riot Act），将原来判较轻刑罚的罪名变成了死罪。其他法律，例如《盗猎法》（Black Act），惩罚了原先没有入刑的行为，比如偷盗篱笆，从树上偷摘果实，盗伐林木，毁坏果园、藤架或林地，从池塘里捞鱼，以及挖开池塘让鱼游出来。制定《盗猎法》是为了惩罚小农和佃农，他们正在用打游击的方式抵抗暴发户庄园主，以及汉普郡和伯克郡的皇家林业官对他们传统林业权的侵犯。[6] 尽管《盗猎法》最初是作为一项紧急措施制定的，这项法律最终变成了狩猎法体系中的固定组成部分。[7]

由于这段时期的其他法律尚未得到历史学家的关注，目前尚不清楚犯罪定义的逐渐扩张为何会出现在那个世纪。笼统地说，新法律反映了 18 世纪农业商业化的趋势，以及地主从自己领地的林地、池塘和垃圾中获利的愿望，而他们之前或是忽视了这些地方，或是允许穷人随意利用。地主的权利主张需要依靠这些新刑罚来获得法律的支持， 17
因为雇农、佃农和小农传统上有权取用猎物、木材、倒下的树木、泥煤和其他大自然的赠予，士绅们原先将这些权利视为有约束力的乡间习惯而予以接受。因此，《盗猎法》和新的关于死刑的法律所带来的犯罪定义的扩张，代表着士绅阶层财产权的增大，而代价则是牺牲村民共有的权利和习惯。[8]

在其他情形中，常见行为入罪满足了商业的需要，18 世纪前 40 年激增的关于反假币和造假的法律就是力证。法官、法学家威廉•布莱克斯通（William Blackstone）解释说，这个领域中法律的增加，反映了银行和商业利益集团试图保护新的纸币信贷和交易体系，而该体系是全国性市场产生之后出现的。[9] 这些利益集团显然成功说服了政府和法院，严格执行这些新法律对商业来讲至关重要。在整个 18 世纪，2/3 被判造假罪的人最终被处决了。[10] 除了谋杀罪，没有哪种罪行受到过如此冷酷无情的惩罚。

从理论上看，“血腥法典”（当时大家对刑法典的称呼）刻板僵硬，它规定无论谋杀还是伪造买卖契据都要判处死刑。从实践上看，刑罚的应用其实比较灵活，有很大空间供法官行使自由裁量权，让行政长官能够回应公众求情来减刑，也能通过展示恐怖而杀一儆百。前引的佩斯利案表明，法官有权解释法律并使之变得仁慈一些。这种权力当然也可以让法律变得更严酷。1775 年，两位哈利法克斯（Halifax）的法官取得了内政大臣的批准，处死了马修•诺曼顿（Matthew Normanton），他被戴枷吊死在了灯塔山山顶。他因谋杀哈利法克斯的消费税税监而被判有罪。法官承认吊死一个戴枷的人非比寻常，但“哈利法克斯和罗奇代尔（Rochdale）周边很多体面的士绅和商人”都呼吁他们这样做，这些人觉得“一个众所周知的例子”能震慑其他制造假币的人，因为诺曼顿就是在那个倒霉的税吏发现他造假币时将其杀害的。[11] 一个能根据“体面”公民的要求而让法官增强绞刑仪式的象征意义，或是在反叛纺织工人的压力下放弃这种惩罚的法律体系，显然比那些血腥惩罚表面上呈现出来的要灵活许多。

当然还有一些司法和行政官员用自由裁量权来宽刑。在 18 世纪 50 年代的巡回法庭被判死罪的罪犯中，有 1/3 的人得到了法官赦
18 免，最终被流放美洲以代替死罪。[12] 法官的赦免权使他们能在“特殊”或“值得”的案件中免除死刑，救下那些能找来一名保护人为其求情的“体面”罪犯，总之是要用慈悲的折中方式让欧洲最严酷的刑法典稍微和缓一些。

实践中，刑法典也会受到传统的教士特权（benefit of clergy）的影响。最初享有这种特权的是中世纪为宫廷服务的教士，日后逐渐扩展到其他群体，直到 1705 年普遍适用于所有人。教士特权允许犯下较轻死罪的罪犯申请让自己免于一死。在声明自己的“教士身份”后（在 1705 年之前需要背诵一段《圣经》，即所谓的“脖颈经文”来证明自己的教养；1705 年之后不需证明），他们会遭到鞭打或在拇指上烙下印记，然后获释。[13] 目前尚不清楚教士特权适用于哪些罪行。布莱克斯通表明，虽然在 1705 年之后所有人都享有这项特权，但适用这项特权的罪行却大幅减少了，因为在手指上烙印被视为“几乎没有惩罚”。因此，1717 年通过了一项法律，禁止人们在入室抢劫案中引用教士特权。布莱克斯通注意到，入室盗窃会变成死罪，是因为“贸易和财富

的增加”——换言之，是因为越来越多的商业财产和经营场所需要保护。[14] 在实践中，那些犯下不再适用教士特权的罪行，或从 1688 年起首次变成死罪的罪行的罪犯，往往会被流放，而非处决。正如 J. M. 贝蒂（J. M. Beattie）有关萨塞克斯郡（Sussex）和萨里郡（Surrey）量刑决定的研究表明的那样，较之那些犯有既有死罪（如谋杀、入室盗窃或拦路抢劫）的犯人，犯有新添死罪的犯人更有可能“免于处决”。[15] 19
新旧死罪在执行上的差别让布莱克斯通觉得，死罪的扩张对这些法律之公正性并无损害。

法官赦免死囚，特别是赦免犯新入刑罪名的死囚，使得流放刑的适用性迅速增长。1717 年将轻微盗窃罪的刑罚从鞭打改为流放的法律同样助长了这种趋势。用流放替代鞭打作为刑罚的，还包括针对抢劫罪、轻微铸造假币罪，以及收赃罪等罪行的法律。[16] 正如血腥法典的扩充一样，用流放替代鞭打和烙印可被视为议会想要增强传统惩罚的惩处力度，1750 年之后不断上升的赦免率表明法官中有一种相反的倾向：越来越多的法官怀疑用死刑惩罚轻微的违法行为有失公正。[17]

陪审团的一些行为表明他们也对把轻罪犯送上绞刑架感到不安。和法官一样，陪审团可以在决定被告是否有罪时有一定的自由裁量权。陪审团经常会提出“善意的伪证”（pious perjury），也就是无论赃物价值，统统将其认定为一先令，这样就可以将被控严重盗窃罪（一项死罪）的被告定为轻微盗窃罪（判处流放）。[18] 布莱克斯通等法学权威的评论显示，“善意的伪证”在 1750 年之后越发常见，这表明越来越多的民众对血腥法典感到不满。[19]

与此类似，有零星的证据显示，一些犯罪行为的受害者不愿意去追诉①，因为他们不想把犯罪者送上绞刑架。当时的刑法改革家指出，这表明公众意见并不支持血腥法典。[20] 但是目前尚无研究表明，撤销或放弃追诉的情况在 18 世纪有所上升。就算这种研究存在，把这种行为完全归因于道德顾虑也有失妥当。把别人送上绞刑架不但会带来道德上的痛苦，成本和延迟审判也足以阻止很多人去追诉。[21] 还有一些人撤销了起诉，他们有的在法庭上提供了“微弱的证据”，使那些他们追诉的人不会丧命，有的恳请法官用绞刑以外的刑罚惩罚他们。[22] 显然，决定追诉人、法官和陪审员的罪刑适应概念的是一种更复杂的权
20 衡。我们对这些权衡知之甚少，不足以解释为什么它会在 18 世纪有所变化。我们掌握的只有一个清楚的事实：议会、司法机关和陪审团协同合作，推广用流放来取代鞭打和绞刑的做法。到 18 世纪 60 年代末，流放美洲殖民地 7 年、14 年或终身的刑罚占到了老贝利街所有有罪判决中的 70%，如果我们将那些日后得到减刑的死刑犯也算进来，这个比例会更高。[23]

虽说 1717 年的法律规定小偷要处以流放，许多法官依然判处他们在公共场合接受鞭打，有时还伴有短期的监禁。除了个人兴致，很难判别还有什么指导老贝利街法官量刑的标准。一个面包师的学徒在 1770 年因抢走了主人价值 18 便士的早餐而被判鞭刑。同一年，一个雇农因在酒馆楼上的房间中偷了室友 12 先令而挨鞭子。一个搬运工因从一个油脂商那里偷了价值 4 先令的货物而被判流放。[24] 看来，赃

① 尽管我们对国家通过受过法律训练的公务员——检察官——向犯罪提起公诉的做法习以为常，但公诉实际上是近代以来法律发展的产物，此前大多数刑事案件要靠受害人或其亲属自己追诉。19 世纪中期之前，除犯罪客体为国家之犯罪（如叛国罪和颠覆罪）外，英格兰的刑事案件都是自诉。直到 19 世纪 50 年代，英格兰才出现公诉机关。

物的价值只是决定犯罪“危害性”的众多因素之一。法官似乎对初犯，以及仆人与学徒针对主人的盗窃判处鞭刑，而不是流放。虽说由于破坏了雇佣关系中的信任关系，刑法典将仆人偷盗视为比由陌生人所为之一般盗窃更为严重的罪行，但实际上雇主往往会向法官求情，同意在惩罚之后重新雇用他们。18 世纪六七十年代的普遍劳动力短缺可能影响了主人的决定，使他们要求鞭打而非流放自己的仆人。[25] 无论法官判决的原因为何，《老贝利街诉讼简报》(the Old Bailey Proceedings)显示，他们在 1770 年至 1774 年间 14.2% 的案件中判处了鞭刑，其中一些伴有监禁。[26]

和绞刑一样，鞭刑也是一种由堂区官员或法院官员执行的公共仪式，为的是陶冶公共情操。因此有必要将这种仪式安排在能吸引公众注意力的时间和地点来举行。萨里郡的法官对此心知肚明，他们在一个记录在 1775 年的令状册中的判决书中写道: 21

> 罗伯特•斯诺登（Robert Snowdon）……因犯重罪而被判监禁在贵司三个月，在 15 号周六，12 点到 2 点之间，要把他上身衣服脱掉，绑到一驾马车的车尾，当众鞭打他，让马车把他从圆形仓库拉到泰晤士河畔金斯顿街的集市，再把他拉回来，如此反复直到他后背全都是血，上述三个月监禁期满后释放，不需缴纳费用。[27]

和那些在哈利法克斯吊死戴枷假币犯的同僚一样，萨里郡的法官也展示出了敏锐的戏剧感和时间感，将仪式性刑罚的威慑作用最大化。

另一种用作公开侮辱的刑罚是颈手枷。犯了众怒的犯人，比如在秤上做手脚的店主、囤积倒卖谷物的投机者、同性性侵罪犯，会被枷在市场中或监狱前，并被罚忍受公众一小时的虐待。[28] 这种刑罚的处罚力度需要依靠公众的情感。如果大家用石头或垃圾砸他，这刑罚将非常恐怖；如果大家同情他，那么一小时的戴枷示众就会变成公开的凯旋仪式，而治安法官①对此束手无策。这种情况就出现在丹尼尔 • 伊萨克 • 伊顿（Daniel Isaac Eaton）身上，他是一位激进的出版商，年长且德高望重。1813 年他被判在新门监狱前戴枷示众一小时。让政府颇为失望的是，有人给伊顿的头上戴了一个花环，在他受罪期间还有人给他送点心，而当值的警察和法官则遭到了唾弃和辱骂。[29]

这种仪式性刑罚的震慑作用，取决于公众对当局判决的默认。[30] 因此，法官对仪式的控制非常有限。理论上讲，通往绞架和刑场的路本身就应该成为一个精心布置的犯罪剧场，犯人和牧师要演一场包含劝诫、忏悔和悔改的大戏，观众就是那些心怀敬畏、赞许判决的群众。一名牧师于 1695 年在伦敦泰伯恩（Tyburn）刑场进行的布道就将这种戏剧感传递了出来。对着那些绳子已经吊在脖子上的死刑犯，牧师吟
22 咏道：

> 你们将自己引入了可悲的境地中，引入了凄惨的状态里，根据国法的审判，你们不配继续活下去，不配再行走于世间，不配呼吸这空气；你们对人类没有任何帮助，你们唯一的作

① justice of the peace 或 magistrate，一译“太平绅士”，该词在不同时间和国家含义略有差异，本书时间段里的治安法官主要由地方上非法学专业的名人担任，他们不是在编公职人员所以不领薪水，只能审理轻罪案件。

> 用就是用自己的死亡教育大家，像那些矗立在夺命的悬崖边的标志，警告他人将来不要重蹈覆辙。[31]

问题在于，如果观众反对行刑，牧师会发现从人群中迸发出的辱骂声会将他那高贵的情感淹没。此外，群众对死刑犯的权利也有极佳的认识，如果哪项权利缩水了，他们很快就会把怒气撒到当局身上，特别是在死刑犯本人也在质疑死刑公正性的时候。当1769年斯皮塔佛德骚动中破坏织机的纺织工人被处决后，当时在泰伯恩的群众就感到了这种双倍的愤怒，他们觉得不但犯人的权利受到了侵犯，而且他们还是错误判决的牺牲品。所以人们在行刑后攻击并捣毁了治安官的办公室。其中有一个人告诉旁边的一位绅士，尤其让他们反感的是治安官竟然没给犯人留出临终祷告的时间。伦敦的穷人将这种礼节视为临终者的权利之一。[32]

虽说当局在对待死刑犯时显然非常小心谨慎，但我们尚未完全搞清楚，当局在多大程度上认为他们享有权利。狱警、治安官和牧师会格外关注他们最后的愿望和遗言。这些官员会试图操纵犯人，利用他们遗言的影响力来劝诫公众远离犯罪、遵纪守法。但当局不能够确保结果必然会如此圆满。犯人在死亡的剧场中可以挑选角色，他既可以是牧师想看到的真心悔过者，也可以是人群想看到的不屈醉汉。这种选择是公众和政府共同创造这种仪式的必然结果。毫无疑问，很多犯人接受了群众想看的那个角色，满足了自己在公众记忆中以“笑对”死亡的形象长存的愿望。有时垂死之人甚至会抗议量刑不公，进而将伸张法律正义的仪式变成对其公正性的公开质疑。这样的事曾发生在1693年6月16日，两名印刷工因叛国罪而被送上了泰伯恩的绞架： 23

> 牧师奉劝安德顿和达德利去请求上帝将他们当成真心悔改的范例，并用自己的可悲下场来告诫他人。他们没有这么做。牧师要大家安静，说道：这些垂死之人的模样告诫大家，不要图谋推翻王国的政府，上帝会暴露这些阴谋，并将其绳之以法。他劝诫大家不要亵渎安息日；人们都会因自己被公开处决而痛哭，而亵渎安息日是所有罪过的诱因。安德顿告诉围观者他的判决太过严酷。牧师告诉他，他可是试图推翻现政府。他说自己已经宽恕了审判他的法官。牧师说法官不需要他来宽恕。[33]

一旦死刑犯或群众拒绝配合演出，政府就无力阻止庄严的押送和行刑仪式变得一片混乱。由于警力有限，而未发生极端危险情况又不能使用武力，法官只能眼看着群氓向囚车边上聚拢，嘲弄牧师，向醉醺醺的、桀骜不驯的罪犯欢呼致敬。[34]

从庄严仪式到公共狂欢的反转使得一些 18 世纪的观察家怀疑公开绞刑的震慑作用。伯纳德•曼德维尔（Bernard Mandeville）将伦敦 18 世纪 20 年代中期的犯罪高发部分归咎于泰伯恩刑场上粗鄙而喧嚣的抗法行为。他尖刻地指出，这种情况使得穷人相信绞刑没什么好怕的，不过是“拧断了脖子和尿湿了裤子而已”。[35] 这种能轻易为公众败坏掉的仪式，其功效受到了不止曼德维尔一人的质疑，因此英格兰的司法系统在整个 18 世纪（和 19 世纪上半叶）为什么一直依赖这种仪式就成了一个值得关注的问题。哲学家、牧师威廉•佩利（William Paley）坚持认为，绞刑持续存在是因为用偶发的公开仪式来展示主权者的责罚，比起“法国式”中央集权的警察巡逻和通过践踏臣民生命和自由来震慑犯罪的做法，要更经济，更符合宪法要求。[36]“英国式”的秩序观包含着有选择地将无可救药的犯罪分子公开正法，而“法国式”的方法必然需要用官僚化的方式来抓捕最微不足道的罪犯。通过研究法国旧制度（*ancien régime*）的乡村警察我们可知，这种英国式的解释其实是对其有效性和侵入性想入非非的夸张。[37]无论如何，有关“法国警察”的神话给英国式的替代方案——公开处决——披上了一层自由意志主义（libertarian）的外衣。 24

此外，绞刑的公开性被誉为有效保证受刑者权利的方法之一。伦敦法官约翰•菲尔丁（John Fielding）和亨利•菲尔丁（Henry Fielding）18世纪50年代时建议在监狱高墙内进行“非公开”处决，以防处决变成反抗的仪式。[38]但人们对这种理念的支持日渐减少，就连在那些震惊于泰伯恩刑场疯狂场面的人当中也是如此。如果在监狱里行刑，谁能确保刽子手真的把被判死刑的那个人吊死了呢？有人担心（至少有这种传言），有钱的罪犯会贿赂刽子手，找一些可怜的穷人去替死。只有在人群前的公开处决才能防止这种可怕的腐败行为发生。

群众知道自己在此类事件中要扮演见证者的角色。他们知道自己要确保受刑者不会因刽子手的恶意或无能而经受过多的痛苦。如果行刑者把事情搞砸，让受刑者浑身抽搐，最后窒息而死，他就有可能被暴民撕碎。[39]因此公开行刑还有一个显而易见的理由：保护臣民的自由。

因为19世纪的改革者成功使公众相信这些仪式是堕落而残忍的景观，所以有必要强调支持这些仪式的理由。就像在其他问题上一样，历史学家的任务是从这种刑罚的首要批判者的叙述中，重新发现18世纪的刑罚史。

II

在 1775 年以前，处罚严重罪行的方式不是监禁，而是流刑、鞭刑、绞刑或手脚枷。地方上的治安法官会在速决案件中用监禁来惩
25 罚犯罪者。在速决案件中，治安法官审理轻微的犯罪，无须将犯罪者送到更高一级的巡回法院（courts of assize）或四季定期法院（quarter sessions）接受正式审判。治安法官的速决权在 18 世纪不断扩张，以至于威廉•布莱克斯通担心速决审判终将彻底取代陪审员审判。[40] 到 1755 年，治安法官似乎已经有权对以下几种罪行判处监禁：流浪，抛弃家庭，私生子女（bastardy），多数行业中的侵占和抗命行为，偷盗萝卜和其他农作物，侵占私有树林中的木柴或枯木，以及轻微的违法行为。[41] 这其中很多罪行——比如说流浪——一直以来都通过监禁来惩罚，到了 18 世纪，监禁的惩罚范围扩展了。1744 年的《流浪法》（Vagrancy Act）将从伊丽莎白一世时起不同法律中积累的各类罪名整合在了一起，并增添了新的刑罚来满足 18 世纪雇主的劳工管制需求。除了授权给法官鞭打或囚禁乞丐、流浪艺人、赌徒、吉卜赛人、小贩和“所有拒绝从事收入正常之工作者”外，该法还授权给他们监禁游荡的疯子和“所有在外面游荡，留宿酒馆、谷仓或户外而不能给出合理解释的人”。[42]

不但《流浪法》赋予法官许多职权，1604 年的《工匠法》（Statue of Artificers）还授权给法官鞭打或囚禁所有在合同到期前擅离岗位、未在离开前一个季度提前告知、殴打或以任何形式违抗主人的仆人或学徒。[43] 为实施这些法规，伦敦的布莱德韦尔监狱和克勒肯韦尔改造所（House of Correction，Clerkenwell）加盖了单间牢房，用来关押逃跑或

反抗的学徒。由于这些人比较年轻，所以需要把他们和惯犯隔离开。[44]

几部狩猎法也授权法官判处监禁，以维持乡间的工资水平。在18世纪，很多违反狩猎法的人受到的指控都可用速决程序判决，因为速决程序较之陪审团审判较为方便快捷，所以对提起诉讼的士绅而言更为便利。[45] 用速决程序审理盗猎意味着会出现更多的监禁和鞭刑判决，因为速决法庭的法官无权判处罪犯死刑或流放。然而我们并不 26
清楚，法官在鞭刑和监禁之间进行选择时的指导原则到底是什么。

然而这种刑罚的社会功能是很清楚的。布莱克斯通说，惩罚偷兔子的目的是防止狩猎把“低贱贫穷之辈”从“他们本分的职业或营生”上勾引走。[46] 工资管制需要将其他可资替代的生存来源（比如小偷小摸和打猎）尽量堵死。一些狩猎法律的前言将其控制劳动力的目的直白地呈现了出来：

> 鉴于低等的工匠、学徒和其他放荡的人会置自己的手艺和工作于不顾，沉迷于打猎、打鱼和其他有损于自己和邻里的渔猎行为，鉴于此类行为贻害无穷，因此，如果此类人从事打猎、放鹰、打鱼或猎捕野禽等行为（除非该学徒正在陪伴合格的主人）……将被判处其他刑罚……[即在改造所的各等刑期]。[47]

随着有关侵占罪的法律增多（此类法律多数可由治安法官速决），我们也能发现这种以工作纪律的名义将穷人的习俗“绳之以法”的现象。纺织业、工具制造业、钢铁冶炼业和裁缝业等外包型产业的雇主利用反侵占法律来控制分散的劳动力。在这些产业中，雇主提供原材料，工人在自己的小屋里进行加工。在棉毛纺织业中，法律禁止居家工人对产品做手脚，把产品拉长，借以抬高雇主支付给他们的报酬。[48]

在18世纪，外包雇主对这些做法变得更为敏感，因为这些做法挫败了他们垄断销售、独占原材料和制成品的图谋。至于工人，他们将拿走工作中留下的下脚料视为自己的权利。正是他们的抵抗迫使雇主诉诸立法，为自己侵犯这些权利和习惯的行为撑腰。[49] 例如在毛纺织业中，从1725年到1800年通过了11部新的反侵占法，比该行业之前历史上
27 的总和还多。[50] 随着时间的推移，这些法律也越变越严酷。在1749年，侵占的惩罚通常是在改造所监禁14天，到1777年则升至3个月。[51] 为加强攻势，雇主们聚集在一起，组成互助会来追诉侵占罪，就像乡村士绅组成互助会来执行狩猎法、追诉盗猎者一样。[52] 这些互助会为追诉提供资金支持，雇请监工搜索工人家里是否藏有“侵占”的材料。这波攻势背后的终极武器就是监狱中的刑期。[53]

对这些关于狩猎、流浪和侵占的法律的回顾印证了布莱克斯通的感觉：法官速决审判的权力在这段时期内确实增加了。它同时表明，这些判处鞭刑和监禁的新权力服务于成本意识高涨的雇主，帮助他们瓦解农村劳动人民的传统和工作习惯。目前尚不清楚，这些新法律的执行到底有多么严格。雇主自己也有训诫的权力，实际上《工匠法》赋予雇主用适度的力量棍打桀骜不驯的雇工的权力。什么情况下雇主会选择自己来惩罚工人，什么情况下会把他们告上法庭？大规模的雇主会不会比小雇主更有可能借助国家机关的力量为自己撑腰？还是恰恰相反？当不服管教的雇工被告上法院，哪些人会挨鞭子？哪些人会蹲监狱？就流浪而言，堂区吏和堂区警察抓游荡者、逃亡者和二流子时会有多努力呢？回答这些问题需要我们更为深入地了解这时期内法

律在劳工管教中不断演变的作用。

不幸的是，有关速决程序的研究不能为我们提供坚实的结论。然而，零散的证据表明1775年时这些法律的执行非常具有选择性。从他作为弓街（Bow Street）法院治安法官的经验来看，小说家亨利•菲尔丁在1751年总结道，治安法官的“业务”比他的执行权增长得要快。他不能镇压伦敦街头的流浪汉，因为腐败无能的堂区警和堂区吏没有动力去送这些衣不蔽体的人上法院。[54] 经过菲尔丁的呼吁，议会1752年授权法官向抓捕流浪汉的警察发奖金。[55] 虽然一些评论家相信这种将骚扰 28
赤贫者转变为营生的做法加大了执行的力度，但是济贫法委员会针对流浪法的调查表明，至少在1772年至1775年间，较之让郡里出钱关押流浪汉，鞭打他们或将他们送回自己的堂区才是更常见的做法。[56]

至于其他适用速决程序的轻罪犯，有零星的证据表明，英国法官的策略依然是放过小鱼，集中精力用高度公开的方式正法重犯。这当然是18世纪晚期的改革家对法律政策的认知。实际上，他们对旧法律批评最多的地方就是放任轻罪犯，任由他们逐步演变成更为危险的罪犯。[57]

在约翰•霍华德1776年的监狱统计中，英格兰和威尔士的监狱中只关押着653名轻罪犯，虽说他的数据显然不包括那些受到鞭打、罚款，或未加监禁就释放的人，但这些数据看来确实能印证菲尔丁的观点，即治安法官缺乏必要的警力来执行他们刚刚获得的速决裁判权。[58] 数据可能还意味着，对于轻微的反抗，雇主和士绅更喜欢自己施加惩罚，而不诉诸治安法官。

在霍华德寻访监狱时，这些轻罪犯只占全部在押人数的15.9%。剩下的人中，59.7%（2437人）是债务人，24.3%（994人）涉及重罪，他们又分为三类：待审的，已定罪待处决或待流放的，少数被监禁服刑的。从这些数据中显然可以看出，1775 年之前监狱的主要作用是关押债务人，或是正在走司法程序的人，并不是用来服刑的地方。

监禁作为刑罚作用有限，对与工作相关的轻微犯罪追诉不力，这些都说明 18 世纪时国家（特别是法官）在规制劳动力市场方面所起的作用要小于其在 1640 年前或 1815 年后的作用。1660 年之后，《工匠法》
29 中要求法官管制工资、确定价格、约束学徒的条款失效了。[59] 人们对斯图亚特王朝“暴政”的记忆使得中央政府尽力避免对各地劳动力市场进行侵扰性过强的干涉。

尽管有很多猜测的成分，但也许很多作坊和农场的家族式的小规模生产意味着许多雇主不愿请法官来执行或批准他们的惩戒措施，而会选择自己来进行管教。父亲严惩懒惰的儿子，师傅将逃跑的学徒追回来，农场主批评并解雇自己的雇农。面对面的雇佣关系更偏好私人执行惩戒，而不寻求政府提供的公权力救济，哪怕这种法律救济是唾手可得的。也许主人不愿诉诸法律来惩罚仆人，是因为各地的布莱德维尔式监狱都声名狼藉，大家坚信将仆人投入监狱只能使其变得更加堕落。毫无疑问，监禁的恶名使得人们更愿意选择私人管教，而非政府管教。为了解释为什么会是这样，有必要更仔细地考察 1775 年之前监禁的历史。

III

我们需要区分三种主要的监禁类型：债务人监狱、拘留所和改造所（亦称“布莱德维尔式监狱”）。最为臭名昭著的大型债务人监狱包括：伦敦的拉得门监狱（Ludgate）、王座法庭监狱（King’s Bench）、弗利特河监狱（the Fleet）和相座法庭监狱（Marshalsea）。[60] 债务人

及家属被关在这些地方，直到他们向债权人清偿债务，或议会通过法
律宣布他们破产。他们在狱中的支出由债权人来支付。依照权利和习
惯，不能给债务人戴锁链，也不能强制他们劳动，他们可以与妻儿一
起住在监狱里，也能够接受探视，或与外界保持其他形式的联系。“优
等阶级”从典狱长那里租下了单独的房间，这就是所谓的“主人区”。
一旦所有房间都住满，新来的人就必须去“找室友”，也就是从别的囚
犯那里转租一块地方，甚至是从与监狱无关，只是在那里租住的人那
里转租。例如，在相座法庭监狱，典狱长将四间房屋租给了一个杂货
商：一间作为他的商店，两间供他与家人居住，剩下一间转租给了其 30
他囚犯。“较穷的人”睡在平民区肮脏拥挤的牢房里。在这里，新来的
人也得掏钱从老犯人那里买“室友卡”，以取得睡在牢房里的权利。

典狱长靠各种新奇的勒索手段来创收，这些都是 18 世纪各种监狱在财务上常见的手段。除了把房间租给囚犯，典狱长还经常开咖啡店，还可以勒索囚犯和违规者。在弗利特河监狱和王座法庭监狱，典狱长还出售在监狱墙外居住的权利。花八坚尼金币（guineas），债务人就可以买到“居住在规定区域内”的权利，也就是可以住在离监狱 2.5 英里的范围内。花的钱少一些，债务人可以买“白天规定”的权利，也就是白天可以自由出入监狱。狱卒也出售同样的特权，人们称之为“拿着钥匙乱跑”。[61]

由于债务人享有不受管教的特权，而且像王座法庭监狱只有 3 名狱卒和 4 名看守，却要看管 400 多名犯人，典狱长就让债务人自己管理自己。这样一来，债务人的社会生活完全不受任何限制。约翰•霍华德看到屠夫和其他从外面来的生意人与相座法庭监狱的债务人随随便便混在一起，与他们一起在监狱的茶水间里玩撞柱游戏。弗利特河监

狱被誉为伦敦最大的妓院。霍华德发现皇座法庭监狱里有一个饮酒俱乐部，一个1813年的调查委员会发现那里有一个音乐协会。[62]

第二种关押机构是郡立和市立拘留所，它们同18世纪大多数关押机构一样，造型不一，规模各异。其中有一些，比如兰开夏郡（Lancaster）、格洛斯特郡（Gloucester）和约克郡（York）的拘留所，利用的是中世纪城堡的地牢，其他的拘留所，特别是那些在小集镇里的，则无异于商店或旅店楼上结实一些的房间。伦敦的新门监狱基本上是最大的，1750年时能容纳约200人。其他的拘留所则要小得多。列在霍华德统计表中的50个郡立拘留所中（统计是于监狱人满为患的1787年完成的），只有7个在他寻访时在押人数上百，11所中的在押人数介于50人至100人之间，其余32所中的人数则少于50人。[63]

31 和拘留所的建筑一样，关在里面的人也是五花八门，每类人的法律地位和享有的特权都不一样。除了能与家人生活在一起、不受强制性管教的债务人外，在押的还有：待审的重罪犯，这些人常常身戴铁枷，但可以在监狱里自由走动，探访不受限制，也不用劳动；待审的轻罪犯，这些人很少戴枷锁，而且享有庭审前的特权；待处决或赦免的死刑犯，这些人通常被锁在“死囚室”里面；还有一些正在服监禁刑的重罪犯；最后还有待流放的犯人。

理论上讲，不同种类的囚犯应该住在不同的狱区中，相互隔离。在实践中，狱吏通常缺乏人手来执行隔离。囚犯在院子里随意混在一起，分享他人的特权。例如，如果债务人和重罪犯住在同一个狱区中，狱吏通常不会只让债务人享有无限探视权和享用外界食品的权利。

18世纪80年代的改革者点出了这种不同种类囚犯混居的情况，认为这是实施严格管教的重要障碍。他们说，除非所有的债务人都被转移到专门的债务监狱中，拘留所才不会变成实施刑罚的地方。[64] 他们还主张，旧式拘留所中给予有罪之人和无罪之人的待遇没有区别。待审的人也要戴铁枷，而且向他们索要的费用并不比有罪之人的少。只举一个例子：一个1730年因火烧仓库而受审的布里斯托尔人告诉陪审团，被捕后他被扔到一个“地窖”里，在那里和判死刑的重罪犯关在一起，“被锁在一个锁环上……在严冬里被关了十四周又三天，没有笔、墨、纸、火、蜡烛，远离亲人，身无分文”。[65] 最终的无罪判决也不能缓解对于审判前所受惩罚的记忆。霍华德还发现，许多犯人在被判无罪后依然在服刑。他们在拘留所里继续吃苦受难，因为他们付不起狱吏索要的出狱费，所以狱吏不给他们打开脚镣。[66]

第三类关押机构是改造所或布莱德维尔式监狱，这种机构有时是拘留所建筑的一部分，有时是独立但相邻的建筑，还有时是完全独立的。在霍华德改革前夕，这种机构正在衰落。名义上讲，这种机构应该让穷人工作，教会他们勤俭的美德。各种外包行业的雇主，特别是
纺织业和制绳业的雇主，与郡法院签订了利用在押劳动力的合同。比 32
如说诺维奇市的布商，他们严重依赖诺福克郡（Norfolk）和萨福克郡（Suffolk）的济贫院和布莱德维尔式监狱里的劳动力来加工和纺织原毛。制砖商雇佣监狱里的人把砖头凿碎，蜡烛匠雇这些人去做烛芯，木材商人雇佣他们切削洋苏木，制铁业的雇主则会让他们造屠夫用的穿肉针，床垫制造商与他们签订合同是为了让他们摘羽毛。[67] 从布莱德维尔式监狱和济贫院的作坊中，很多外包行业的劳务承包商学会了管理长期的分工劳动，这对他们来说是宝贵的经验。在很多方面，这些公立的关押机构是工厂的早期原型。[68] 然而他们学到的更多是负面教训。囚犯流转得很快，而且强制劳动会带来众所周知的低生产率，

这些都让盈利变得很困难，多数承包商选择了违约或放弃自己的合同。1750 年之前剥削在押劳动力的尝试失败了，这促使那些想要从大规模劳动分工中获利的外包雇主去发展自己的机构——工厂——来剥削自由的劳动力。这样的结果就是，早期工厂因其与监狱和济贫院关系密切而污名在外，兰开夏郡的第一代工人都尽力不把自己的孩子送到这些新机构去做工。

由于承包商很少能通过监狱人口来获利，严格要求囚犯劳动的布莱德维尔式监狱其实很少。[69] 当伦敦书商雅各布 • 艾利夫（Jacob Ilive）1757 年因诽谤而被押到伦敦的克勒肯韦尔改造所服有期徒刑时，他以为自己会看到流浪汉、捣乱分子和妓女在监工的警惕注视下辛勤劳动。他走到监狱院子中时实际上看到的是：

> 我注意到很多年轻而肮脏的娼妓与一些男人混在一起，一些重罪犯戴着脚镣，靠墙坐在地上，正在晒太阳，抓虱子，其他人躺着酣睡，一些人脸搭在其他人膝盖上睡着了，一些男子靠着女人的膝盖睡觉。我在询问之后发现，法官将多数娼妓作为不检点、不规矩的人送到这里来。[70]

在一个本应用来惩戒的地方，艾利夫发现男男女女能够自由交际，
33 一起在监狱酒吧里喝酒，在监狱院子里玩投钱戏、猜硬币、跳背戏来打发时光，他们还玩一种叫“滚球”的游戏，对于倒霉的艾利夫来说，这种“欢快但下流可耻的”游戏简直无法描述。

诚然，克勒肯韦尔肯定不是田园牧歌。不服从典狱长的女囚要戴枷罚站，最长可达 24 小时。1779 年，典狱长本人告知下议院的一个

委员会，法官允许他最多可抽打抗命者20下。[71]此外，他和狱卒向每个人无情地勒索钱财，而警察从街上送来的衣不蔽体、筋疲力尽的流浪汉经常会死在牢房冰冷的地板上，无人照顾，没有食物。艾利夫自己就曾五次协助调查狱中这种死亡事件，他将其归咎于典狱长未能提供足够的食物——法律没有要求郡里为犯人提供食物。理论上讲，囚犯应该通过努力劳动挣得自己的食物：郡里用销售监狱产品的利润来为他们买食物。然而实践中许多郡政府找不到愿意雇佣囚犯的承包商，法官必须为他们安排好饮食供应，通常是每天一便士的面包。但依然有些监狱完全不提供食物。伦敦法官约翰•菲尔丁曾于1770年告诉一个调查团，每年投入城门院（Gate House）的六七百人完全没有获得食物供应。他尖刻地指出：“当法官将犯人身伤害罪的人送到监狱中时，他不知道自己会把他饿死在那里。”[72]

理论上，市郡法官应该为那些在巡回法院或定期法院待审的人、死刑犯、有期徒刑犯或待流放的犯人提供食物。在实践中，囚犯们必须自己照顾自己。有时典狱长会贪污一些郡里为维持犯人生活而拨发的经费。就算典狱长老老实实地发放了郡里给的补贴，那点钱也基本不够维持人的生存。1760年在新门监狱，伦敦法团（Corporation of London，伦敦市政府的传统名称）拨发的经费只够给每人每年买96便士的面包，相比之下1813年是每人432便士的面包。[73]典狱长1779年时承认大多数囚犯要靠“朋友给的金钱和食物”来过活，而“贫穷而无友之人”由他“自掏腰包来维持，吃糙肉和烂汤”。[74] 34

在一些拘留所里，贫穷的囚犯可以站在乞讨栏里讨要食物和金钱。罗切斯特（Rochester）市立看守所的囚犯靠这招过得很好。典狱长告诉霍华德：“公众太过大方，以至于我们无法让囚犯保持清醒。人们甚至希望被关起来，这样就能享受救济的好处。”[75] 公众好像在其他方面并没有这么慷慨，但在为囚犯提供衣食这件事上，私营慈善机构似乎做得和政府一样多。在遗嘱中为贫穷的囚犯留一笔遗赠，免除身无分文的债务人的债务，这些都是常见的慈善行为。有时大陪审团的成员会将履行陪审义务所得的费用捐出来，用来养活在押人员。

然而囚犯更多是指望他们的家人和朋友，而非私人慈善机构和政府不稳定的资助。由于郡政府对在押人员只负有限的义务，因此就很少限制囚犯的探视权。如果加以限制，住在“平民区”的贫穷罪犯就会饿死。人们经常能看到妻子每天站在监狱门口，给监禁中的丈夫送饭。从日出到锁门的时间，她们均可在监狱的院子中穿行，如果足够的贿赂给到了正确的人手上，妻子还能在里面过夜。高墙内外的性产业十分活跃。早在 17 世纪，一位囚犯就注意到，妓女涌向监狱，就像“乌鸦扑向腐肉一样”。[76]1813 年，新门监狱的典狱长说，他对非法的交媾视而不见，因为这能避免爆发“更令人发指的罪恶”，[77] 他显然是在暗示鸡奸和手淫。

高墙内外的交通如此顺畅的一部分原因是关押机构里关的大多是债务人和待审的重刑犯。依照习惯和法律，这些人有权联系律师和伙伴而不受限制，因为这种联系为辩护或偿债所必须。由于不能管教这些人，或以任何方式限制他们的探视权，典狱长只负责保证这些囚犯一直在押，并将他们送到法庭上接受审判。而保证重罪犯不逃跑的最廉价、最有效的方式就是把他们锁起来。这种应急手段使得大量看守
35 人员、高墙和安全的建筑都不再是必需的了。[78] 吊诡的是，锁链促进了高墙内外的沟通。由于定罪的犯人被锁起来了，来访者就可以随意进入监狱里的所有地方。借着锁链，许多监狱彻底抛弃了高墙，或任

由其失修倾颓。一份 1771 年的法官报告这样描述萨瑟克（Southwark）拘留所的院墙：

> 环绕犯人院子的砖墙极其脆弱，已经对监狱的安全构成了威胁，它经常在暴风中晃动，其中一部分最近已经被吹垮了，而墙上的尖板条彻底朽烂、破损掉了，由于墙体的状态很差，一段墙上有一个大洞，直通相邻的戈登先生的木材场……[79]

这样的墙通常不超过八英尺高，无法阻止行人把食品、便签、信件从外面扔进来，也不能阻止囚犯与路人聊天，或向他们身上泼脏水。[80]

虽说监狱内外两个世界在现实中只有一道低矮摇摆的破墙相隔，这两个世界在行政管理上却相距甚远。典狱长行使权力很少受到外部的监督或检查。虽说两个世界在食色二事上具有共生关系，监狱在权力和财务上是一个国中之国。

监狱至少在名义上应该受三个外部机关的监督：治安官、治安法官和大陪审团。要确保典狱长押送囚徒受审，巡回法院的法官也要发挥监视的作用。这种 18 世纪行政上惯常的非正式行政管理使得 18 世纪 80 年代的改革者找不到任何法律来阐述三方责任的分野。他们也无法发现任何法律切实要求郡市法官监督典狱长、审查他们的开支并进行季度检查。这种法律直到 1791 年才出现。[81] 在那之前，季度检查只是习惯而非法律义务，因此很罕见。当霍华德猛批郡治安法官玩忽职守时，治安法官将自己的失职归咎于对“监狱热”（伤寒）的恐惧。霍华德发现底层狱吏会意味深长地暗示监狱里有“热病”，他们想要借此 *36*

挫伤士绅阶层中个别工作狂的工作热情。[82]实际上，霍华德是第一批严肃对待自己传统上所负之检查义务的治安官，他的声望也建立在这一点上。

法官也懒得去制定规则来明确典狱长的权力，以及他们能执行的管教措施。起床和锁门的时间，工作的安排，给囚犯戴枷或处罚的规则，以及监狱的卫生工作，这些全都任凭典狱长及其下属自由裁量。监狱的权力因地而异，取决于执行者是否清醒、负责、有决心。不受正式规则的限制，这种权力注定会武断任性，具有个人色彩。在解释监狱弊案的起因时，改革者会反复指出典狱长不受控制的自由裁量权。他们认为残忍和宽大都是缺乏外部规制和监督的结果。

典狱长在财务上独立于政府是靠收取各种费用来创收实现的，这使他们实际上免受治安法官的监督。典狱长会在给囚犯戴枷锁时收费，取下枷锁也要收费，“第一次关禁闭”也要收费，法庭发来的各种法律文书的副本也要收费，享受睡羽毛床（而不是木板子或冷冰冰的石地板）的权利也要收费，就连无罪释放或刑满释放也要收费。狱卒还会自行收费，比如外出为囚犯买吃的，或是在锁门之后留在牢房外面的权利都需要收费。[83]然而多数犯人实在是太穷了，付不起这些费用，只能请求法院免除这些收费。在这些案例中，法官会代付给典狱长一笔钱，但由于这笔钱比起典狱长的其他收入简直微不足道，因此法院的这种做法无法对典狱长的行为产生影响。[84]

典狱长的收费主要来自债务人和因诽谤、叛乱或侵占公款等“体面的”罪名而入狱的有钱人。这些人是典狱长的摇钱树。典狱长会把主人区的特供房间租给他们，使其远离那些住在平民区经常疾病缠身的罪犯，向他们索取床铺、食物、酒水的费用，丝毫不知羞耻。这种靠收费维持的系统将贫富间的不平等待遇制度化了。住在主人区的富裕待审人员可以购买钱能买到的一切：书籍、葡萄酒、美食、性服务。 37
平民区的囚徒则必须忍受木板床、发霉的面包和虱子。

典狱长的另一个收入源是监狱“酒吧”或茶水间。许多典狱长的主业实际上成了酒馆老板，而他们把管理监狱当成了副业，把监狱的日常管理交给了狱卒，自己则把时间花在了打点旅店和酒吧上。酒吧可是有利可图的生意。除了流连忘返的酒徒——只要你敢开价，多少钱他们都肯出——店主还能依靠穿梭于监狱内外源源不断的来访者的光顾。

监狱并非唯一一种靠收费或勒索使用者来维持的机构。医院的护士会向病人收取倒夜壶和换床单的费用，法官的书记员向追诉人、被告人、证人每抄送一份法律文书的副本都要收费，抓流浪汉所获得的赏金就是警察的工资，由书记员和誊写员构成的小型官僚系统基本靠收费来维持。[85]18 世纪的各个行政机关中，那些使用的人都需要交费，但面对勒索没有人比囚犯更无助，没有哪个机构像监狱一样周期性经费不足。然而这对司法系统有利。众多监狱中出现灾难性状况的主要原因是，治安法官不愿意向一个一直能靠自己来勉强维持收支的机构里撒钱。此外，由于政府财政在关押机构的支出有限，法官就能心安理得地放弃对这些机构的运营进行监管。如果一件事基本不花纳税人的钱，为什么还要管呢?

既不受政府监管，也不依赖政府财政，典狱长实际上变成了私人监狱承包商，而不是政府的受薪官员。诚然，他们依然需要向法院提交账目以备检查，需要押送囚徒受审，但只有出现集体越狱或严重贪腐时他们才会遭罢免。典狱长依靠重要法官的庇护谋得了这个职位，这些小生意人、地方士绅原来的跟班或法警就稳拿了一个终身的营生——一种无须太多努力就能收益颇丰的勒索。他们经常将职位传给儿子，甚
38 至遗孀。例如在贝德福德（Bedford），拘留所典狱长一职从1760年到1814年在（与那位改革者无关的）霍华德家族里传了三代。[86] 在伯克郡（Berkshire），雷丁（Reading）拘留所狱吏约翰·怀斯曼（John Wiseman）的职位由他的遗孀安接替。[87] 实际上，女狱吏十分常见，以至于在18世纪80年代时需要立法来禁止这种现象，理由是女性承担不了管教的任务，而改革者想要将这项任务赋予监狱工作人员。[88]

郡法院里的士绅既蔑视典狱长，同时也无法控制他们，典狱长便可以在监狱里为所欲为了。他们自己雇佣狱卒，执行自己规定的纪律。然而他们的自由裁量权并不是无限的。他们似乎要和不同的在押人群分享权力，至少是达成某种和解。

当代社会学家已经证明，近代感化院中看守和狱霸非正式的分权而治并非偶然现象。[89] 在18世纪，囚犯群体似乎更为强大。在伦敦较大的债务人监狱中显然更是如此，这里的犯人自我管理，自主财务，只需偶尔向典狱长进贡即可。拘留所中的债务人狱区也享受很大程度的自治，因为典狱长不能限制债务人与外部接触，不能侵犯他们的权利。

由于不能强迫待审的重罪犯劳动，也不能管教他们，典狱长一般允许他们进行自我监管。这符合他们的利益，因为他们需要自己掏钱支付狱卒的工资。多数典狱长将雇佣的人数压到了最低。在1779年的克勒肯韦尔监狱，只有2名狱卒负责看管在制麻坊狱区工作的114名男男女女。[90] 在18世纪60年代的新门监狱，每100名囚犯配有1名狱卒、狱警或看守。[91] 顺带比较一下，19世纪30年代克勒肯韦尔改造所每18名囚犯配1名狱警。[92] 狱卒不但人数少，职责也仅限于早晨解

锁、晚上上锁、接待访者、看守大门、给罪犯戴枷、押送他们往来法院。狱卒不负责巡逻走廊、监视院子、检查寝室或带重罪犯去祈祷或放风。他们并不执行 19 世纪意义上的“管教”。所谓的内部秩序主要 *39*
是由犯人的亚文化来掌控的。

这些亚文化在伦敦的大监狱里最为繁荣。1776 年英格兰和威尔士超过 25% 的监狱人口集中在伦敦的关押机构里。[93] 在小一点的市立和郡立关押机构中，从被捕到受审要等很长时间，而在典狱长通常不常驻的情况下，也会发展出亚文化来。当典狱长常驻时，他们的管理注定要比伦敦大监狱中的更为直接和细致。

新门监狱的老建筑，甚至是 1770 年启用的新建筑，都助长了犯人亚文化的发展。本顿维尔感化院的设计将犯人隔离起来，并置于当局的注视下，而新门监狱黑暗潮湿、拥挤不堪的牢房、院子、厕所和楼梯，没给当局留下任何一个能进行检查和控制的有利观测点。[94]

对出现在这一团局促中的犯人团体而言，勒索金是强制的惯例，由牢房里立足已稳的犯人向新来的犯人收取。不付钱的囚犯会被人脱光衣服，拳打脚踢。他的衣服可能还会被卖掉，换来的那点钱会被放入牢房的公共基金中，用来购买木柴、蜡烛、酒水和额外的食物。通过这种残酷的资源共享方式，囚犯们为自己提供了郡里和市里未能提供的必需品。勒索金似乎得到了法官的默许，前后三次将其根除的不懈努力都未能成功。1835 年，监狱督查震惊于亚茅斯（Yarmouth）普通拘留所中依然还有这种做法。他们发现一张钉在院墙上的告示上写着：

> 此屋的规矩：每个新来的要付三便士买柴火和蜡烛。刚到这儿来的人要打扫房间，别人让最小的囚犯去干什么，他

> 就得去干。本监狱的规则。谁敢把这张纸扯下来，就要挨36拳头。[95]

这些规则由典狱长挑选或囚犯自己推选的牢头来执行。牢头监督收取勒索金，维持表面上的秩序，分配郡里提供的面包和水。1813年，
40 新门监狱一位名叫戴维森（Davison）的轻罪犯向市议员投诉牢头，描述了他们与典狱长如何进行腐败的权力分配：

> 尽管典狱长的权力不受控制，也不用担任何责任，但无论他怎样对待一些囚犯，哪怕是用绳子将他们拴得更紧，其他重罪犯和很多轻罪犯也都任其胡作非为，他们只希望能在典狱长和狱卒的优待和放任中，减轻一下自己的禁锢。[96]

牢头时常会主持模拟审判，裁决各类争议以及违反牢房规矩的现象。鉴于他们熟知法院程序，囚犯的审判通常是对正式审判粗野而准确的搞笑模仿。改革者们尤其强烈地谴责这些模拟审判，不单是因为它们蔑视法律的威严，还因为它们证明监狱中活跃着一种与法律抗衡的反抗力量。1725年，伯纳德·曼德维尔指责新门监狱的典狱长允许待审的重罪犯将“一天当中最好的时光”花在“模拟审判上，相互交流如何通过交叉询问迷惑证人”。[97] 由于大多数贫困的囚徒只能自己来辩护并交叉询问证人，监狱亚文化中的“模拟审判”是他们唯一有可能得到的“法律援助”。[98]

这些审判还代表着一种象征性的嘲讽反转，它们把那些将犯人送进监狱的官方仪式颠倒过来了。这样一来，这些审判成了英格兰乡间

文化中的逗闹音乐（charivari）和草率执法在监狱中的对应物，在这些英格兰乡间传统中，泼妇、打老婆的人和其他违反村社秩序的人会在嘈杂的游行中受到侮辱，他们的模拟像会被烧掉。[99] 由于它们能带来象征性的满足感，而且它们具有实用价值，这些审判很难禁止。甚至到了 1817 年，一位改革家震惊地发现：

> 当一个囚犯做出有损群体或个体利益的行为时，他就会受到审判。一些人，通常是最年长、最机灵的盗窃犯会被任命为法官。他头两边拴着打着结的毛巾以冒充帽子。如果能找到座椅，他就会威仪堂堂地坐下来；如果不称他为“大人”，那就是很严重的过失。接着会选任一支陪审团，所有陪审员都要照常宣誓，然后犯罪者就会被带上来。不幸的是，高墙内的司法可不像高墙外那样公正完善。无论给法官数额 41
> 多小的贿金都能确保无罪判决，但如果忘了送礼就注定会判有罪。刑罚种类不一，手脚枷是最重的。罪犯的头被放到两条椅子腿之间，他张开的胳膊被拴在椅子腿上，然后他要搬着这个东西走来走去。[100]

在新门监狱的犯人群体中，拳击比赛是不同派别间另一种定纷止争的仪式。1813 年调查监狱状况的下议院议员发现了一场组织有序的比赛，有拳击台、教练、裁判，而典狱长和狱卒就在远处平静地观看。[101] 在专为待流放的囚犯而设的狱区，监狱官员似乎还会容忍一种极为喧闹的仪式：在将犯人装船送走的前夜，犯人们依照惯例会砸烂牢房，撕烂床单，捣毁家具。[102]

当改革者将亚文化蓬勃发展的证据展示给新门监狱的典狱长时，他只得承认他确实是要和狱霸分权而治的。因此，当下议院议员在 1813 年质询他是否能确保监狱干净整洁时，他回答说有权逼迫肮脏的囚犯去洗澡的不是他，而是囚犯们。议员和典狱长的对话值得整段摘录下来：

> *你是否有方法确保每个人干净整洁?*
>
> 没有，我不知道应该怎么做。
>
> *所以如果一个人很脏，他所属的整个牢房的人都会受罚吗?*
>
> 这样做困难重重。最常见的投诉是某个人太过肮脏邋遢，而如果这是他不讲卫生的结果，那么有时众多债务人会将他的衣服扒光，放到水里，任由他光着。[103]

在此次质询中，当问及他是否禁止狱中赌博时，典狱长答道：“既不允许也不阻止。”在牢房里见到了骰子的议员们知道该怎么解读这样的回答。与之类似，当霍华德 1775 年探访新门监狱时，他发现监狱牧师无法强制囚犯参加教堂的礼拜。他每天都读祈祷文，但很少有囚犯愿意来参加，那些来了的人会发现，他们的诚心敬拜会被楼下模拟法庭和娱乐室的狂暴噪声打断。[104]

典狱长对新门监狱的控制十分脆弱，特别是在严重超员的时候。
42 在 1795 年，当激进派裁缝弗朗西斯 • 普雷斯（Francis Place）试图护送两位因煽动诽谤罪而入狱之人的妻子通过拥挤的院子时，他注意到了这一点。在最大的院子的入口，他们发现自己的路被一群几乎全裸的囚犯给挡上了，这些人“大叫大嚷，乞讨钱财……相互争吵，骂着最难听的话”。当普雷斯请一个狱卒帮助他驱散人群时，他被告知，只有往墙角扔一些半便士硬币，人群才会散开。显然狱卒不敢命令囚犯后退。普雷斯按照他说的做了，所有囚犯都连滚带爬去抢钱了，“相互辱骂，他们的脚镣当当作响，混出一种令人恶心的噪声”。[105] 从 1830 年的视角回忆这些事时，普雷斯惊讶于这种“粗俗、暴力”的景象居然能在监狱里存在。政府看上去丧失了对关押机构的控制。

诚然，所有这些有关内部权威脆弱和监狱亚文化自治的例子都得自同一个监狱，尽管是最大、最臭名昭著的那个。然而这本身就值得重视。直到 19 世纪 30 年代，新门监狱都被当成改革前各种弊病的典型案例，先是在霍华德 1777 年的《监狱现状》(*State of the Prisons*)中，然后在下议院 1813 年的调查中，在托马斯•福韦尔•巴克斯顿(Thomas Fowell Buxton)的宣传册中，最后是在监狱督查员 1836 年的报告中。[106] 使旧监狱体系在慈善家的认识里定型并引起他们关注的，正是新门监狱。这种认识不单有关残忍和无节制的权力，更令人担心的是一种景象：监狱里根深蒂固的另类世界通过自己的官员、习惯和仪式来管理一个政府机关。

IV

对于严重依赖公开仪式而非监禁的 18 世纪刑罚体系，执政当局表现得志得意满。牧师在绞架前的布道，法官对大陪审团的讲话，布莱克斯通的《英国法评论》(*Commentaries*)中的华丽长句，都为法律和刑罚提供了辩护，直到 18 世纪 70 年代，这些辩护都很令人满意。绞刑是对穷人公正的震慑，而在个案当中其严酷性可以通过追诉人、保 43

护人、法官和陪审团的介入而降低。手脚枷、鞭刑、处决日等仪式在集市广场上传达着法律的信息，它们高度可见的震慑效果使得法国式的官僚化警察和昂贵的监禁体系毫无用处。流放使得母国得以摆脱无药可救的人，并向殖民地提供了急需的廉价劳动力。伴随着这些主题会出现很多自鸣得意的变奏。

有时也能听到反对的声音。阅读托马斯•布雷 1702 年向基督徒知识促进会（Society for Promoting Christian Knowledge）提交的有关新门监狱现状的报告，曼德维尔 1725 年的宣传册，下议院 1728 年调查弗利特河监狱两名囚犯死亡原因的报告，约翰•卫斯理（John Wesley）记述他探访监狱过程的日记，人们会发现那些与后来在霍华德《监狱现状》中发现的控诉相类似的控诉。[107] 然而这些呼声还没有变成一场合唱。当人们描述监狱的惨状时，治安法官依然会说："他们应该守法，不该把自己送进去。"一些人甚至承认，他们视"监狱拥挤、肮脏的状况"为"其一种必需的属性"。直到霍华德能够向他们展示一种医学上合理有效的震慑方法，他们依然倾向于认为"污秽的监狱，肮脏的囹圄"是一种正当而必要的震慑。[108]

第三章
爱的绳索，铁的桎梏：感化院的意识形态起源

I

监狱系统第一次接受考验是在奥地利王位继承战争之后的犯罪高发 44
期中。1750 年时任伦敦治安官的斯蒂芬 • 詹森（Stephen Janssen）将城
中犯罪增长归咎于数万青年人退伍之后四处流荡，他们一旦钱花光了就
不得不盗窃。[1] 因轻微财产犯罪待审的赤贫者越来越多，很快就把伦敦
的监狱压垮了。1750 年 4 月，两名来自新门的囚犯在受审时将疾病传
播到了老贝利街的法庭中。“被告席散发出的恶臭”夺去了至少 50 个人
的生命，包括法官、陪审员、律师和很多看客。[2] 这种灾难迫使伦敦法
团去同白厅（Whitehall）① 协商以争取财政支持，改建治安官詹森口中那
“充斥着兽行和腐败的阴沟”。协商一直拖到 18 世纪 60 年代早期，监狱
直到 1770 年才建成开放。[3] 与此同时，两名伦敦医生约翰 • 普林格尔 45
（John Pringle）和斯蒂芬 • 黑尔斯（Stephen Hales）为新门监狱设计了排
风机，以排出监狱“狭小密闭空间中的臭气”，降低瘐死率。[4]

① 英国政府所在地，代指英国政府。

虽然新门监狱的危机因超员得到缓解而退去，人们并没有忘记1750年的监狱疫病（Black Assize）。这件事使得人们开始注意监狱生活中各个方面的卫生问题。医院和济贫院很快就引入了黑尔斯的排风机，普林格尔在撰写陆军卫生方面的专著时，也利用了他从新门监狱获取的经验。[5] 乔纳斯·汉韦（Jonas Hanway）在18世纪50年代发起了旨在降低伦敦济贫院中婴儿死亡率的运动，其基础就得自防控监狱疫病的经验。[6] 同样受到影响的是海军军医詹姆斯·林德（James Lind），他首先主张利用酸橙和其他柑橘属果实来防止坏血病。林德关心监狱热，因为这种病在加勒比海战区害死了很多运输船船员。他认识到这种病是由强征入伍的囚犯带到船上来的。通过擦拭地板和窗口，给船员洗澡和去虱，强制他们穿制服，林德有效降低了船员的死亡率。在18世纪70年代，当约翰·霍华德开始发展自己的监狱卫生思想时，他承认受到了林德的影响。[7]

除了促进监狱卫生的提升，1750年的危机还使人们开始怀疑用死刑惩治轻微犯罪的有效性。下议院通过了一项法案，将一些较轻的重罪的刑罚从死刑改为在皇家造船厂服苦役。[8] 尽管上议院拒绝了这项法案，它的出现表明一些法官和议员开始认识到需要一种介于流放和绞刑之间的刑罚。

与此同时，一些追诉人好像放弃了追诉轻罪死刑案，因为死刑太过残酷。出于同样的原因，时任米德尔塞克斯郡治安法官的亨利·菲尔丁质疑判处轻微盗窃犯流放是否公正。他说，这种刑罚“看起来太过严酷”，以至于法官会改判轻微盗窃犯鞭刑。[9] 但他认为，鞭刑只剥夺了
46 罪犯的名誉，使他们更不顾及社会的批评和指责。有必要找到一种适中的惩罚，将“身体的改造”和“精神的改造”结合起来。他的建议是在

新建的改造所里单独囚禁罪犯，改造所的平面设计图是蜂窝状的：

> 要想让社会最为唾弃的浪荡子重新找回理智和纪律，最有效的方法无非是孤寂和禁欲，后者对于病态的精神和紊乱的体质一样有帮助。[10]

要实施这种管教，菲尔丁提议在米德尔塞克斯郡兴建新的改造所。在这个机构中，囚犯每天会被铃声叫醒，从早晨6点开始工作，直到晚上7点；他们的劳动中间会穿插“一小段道德讲座或训诫”。虽说菲尔丁的想法没有实现，他所用的词汇，特别是“精神的改造”，却预示着一代人之后霍华德的话语。菲尔丁是几个意识到1750年危机不只是一时恐慌的人之一，他们认识到了，这次危机不会因经济重归和平时期的平衡而消失。只有他提出了更大的问题：治安法官的“民事权力”和刑狱机关是否跟上了伦敦城市发展的脚步。

1770年，同为弓街法院治安法官的约翰•菲尔丁重新提出了兄长亨利•菲尔丁富有预见性的问题。七年战争之后的军人复员伴随着人口增长，引发了老贝利街的有罪判决的增长。议和五年后有罪判决的数量比起战时高了35%。1770年，约翰•菲尔丁告诉下议院一个委员会，他将这种增长归咎于监管不力，以及那些“无能穷人的孩子”人数众多，这些人无法在伦敦的各行各业中找到工作，只能去偷。[11]老贝利街待审的在押人员的增长，再次使新门监狱人满为患。[12]1774年通过的一部法律要求囚犯换掉在外面时穿的衣服，穿上马车夫的罩衫（carters’ smocks）待审，这表明伦敦城重新开始担心1750年监狱疫病复发。[13]在大伦敦地区的其他地方，治安法官发现他们必须应对不断增长的人口和犯罪给监狱系统造成的压力。从1766年到1776年，米德尔塞克斯郡、威斯敏斯特市（Westminster）、萨里郡的改造所都经历了重建或扩建。[14]

伦敦不稳定的公共秩序重新激起了人们对流放的质疑。1773年，
47 首席法官向萨福克郡的伯爵陈述说，放逐到安定繁荣的殖民地已经完全不能震慑穷人了。他也附和亨利·菲尔丁的主张，认为针对较轻的重罪应该使用一种适中的新刑罚。“现行法律不能根据罪行的性质和罪犯的情况引入更多类型的刑罚，这让人感到遗憾。”[15] 威廉·伊登（William Eden）影响深远的著作《刑法原理》(*Principles of Penal Law*）出版于1771年，作者在书中重申了他对流放的震慑作用的怀疑，呼吁引入适中的新刑罚。然而伊登拒绝扩大渐进的适用范围，理由是监禁势必会让罪犯变得更坏。[16]

仅仅过了八年，此时已成为奥克兰勋爵（Lord Auckland）的威廉·伊登开始协助布莱克斯通起草《感化院法》(Penitentiary Act)。该法授权政府在伦敦修建两所感化院，尝试用单独囚禁和重体力劳动来取代流放。这两人转向支持监禁，主要是约翰·霍华德的功劳。这位当时籍籍无名的贝德福德郡（Bedfordshire）乡绅在1777年出版了一部全面审视监狱弊病的书——《监狱现状》。霍华德日后变成了感化院之父，他提供了细致的例行常规，这两人将它们写到了《感化院法》中。

II

约翰·霍华德从来都认为不需要解释，为什么他会在1773年43岁的时候放弃在贝德福德郡自己的庄园里安静的生活，去从事监狱和医院改革工作，走遍欧洲每一个管理穷人的机构，耗尽自己的家财，最后于1791年丧命于俄罗斯陆军在赫尔松市（Cherson）的一家伤寒病

院。尽管霍华德从未对自己的动机产生过疑问，他的日记和信件却能让我们追溯他寻找宗教感召的脚步，看到他于1773年探访贝德福德监狱时最终找到了目标。

他的父亲是史密斯菲尔德（Smithfield），一名富裕的货栈主，虔诚的非国教[①]基督徒（Nonconformist），他经商取得了“一笔可观的财富”之后，隐退到哈克尼市（Hackeny）一栋宽大的住宅中。哈克尼市是伦敦非国教徒集中的地方。对于霍华德的母亲我们知之甚少，只知道她在生下霍华德后不久就去世了，因此，用一位为霍华德作传的作家的话说，霍华德没有感受过“母爱的力量”。[17]他父亲据说是一个严于 48
管教的人，一位从不退让的狂热教徒，为了“让他养成条理和勤奋的习惯”，把儿子送到一个批发商店去当学徒。霍华德憎恶学徒经历，等父亲一去世他就买断了自己的学徒合同。他旋即结婚，先是在汉普郡（Hampshire），之后在贝德福德郡购置的庄园安家，离他的亲戚、酿酒的怀特布莱德家族（the Whitebread）不远。

霍华德很早就显示出慈善爱人的倾向。他在卡丁顿（Cardington）为自己的佃户修建了一座模范村，配有学校、新村舍和花园。用他朋友和传记作者约翰•艾金（John Aikin）的话说，他对这些佃户实施的是一种“主人和父亲相结合的监督管理”。除了保证他们会一直得到雇佣，为他们提供学校和免费医疗，霍华德还依靠他作为地主的权力进行道德上的监管。作为租佃的条件，佃户要定期去教堂，远离酒馆和

① “非国教”指的是不接受英国国教统治或信条的众多新教教派，历史上有名的清教徒和贵格会会友都属于非国教徒。由于不接受英国国教会，他们受到了很多迫害，公民权利也受到了限制。

“他认为有害的娱乐活动”，特别是斗鸡。

霍华德两次丧偶，他的第二位妻子在生产时病故，留下他一人照顾幼小的儿子。就算以那个时代的标准来看，他也算是一名严父。艾金这样描述好友对父权的认识：

> 鉴于儿童拥有强烈的脾气和愿望，而不具备控制它们的理性和经验，他认为自然似乎让儿童受控于绝对的权威，首先要向他们灌输的基本原则就是绝对而无条件的服从。在理性开始发展之前，这一点不能通过说理来完成，因此必须通过强制来实现……他所实施的强制平缓温和，但同时坚定不移。[18]

用艾金的话说，霍华德的强制是“理性的”。当孩子哭闹时，霍华德会坐在那里一声不吭，直到孩子停下来。艾金解释说，他不愿意去安慰孩子，他怕孩子学会利用抗议和抱怨来实现自己的愿望。据艾金讲，有一次在孩子四五岁大时，霍华德把他送到花园地下的菜窖里关了一会儿。他选择这种惩罚方式，而不是用棍子打。后来，霍华德要求孩子像他一样严格吃素。当孩子五岁时，霍华德把他送到了一所寄
49 宿制学校，后来就很少去看他了，因为此时他已经踏上欧洲大陆，开始自己那几乎持续不断的旅程。艾金承认，霍华德父子的关系非常疏远。一位“总让人联想到约束和拒绝的”父亲在人心中激起的“更多是敬畏，而非喜爱”。

1786 年，在霍华德离家探访欧洲大陆时，他的儿子疯了，不得不被强行带离庄园，送到阿诺德（Arnold）医生位于莱斯特（Leicester）

的精神病院。霍华德对于这个消息的反应在悲痛与冷漠之间摇摆。在一封写给塞缪尔·怀特布莱德（Samuel Whitebread，他是霍华德不在期间其子的监护人）的信中，他哭喊："啊！我的儿子阿布萨洛姆！我的儿子！我的儿子！"在另一封信中他冷淡地评述道："我会给我的儿子写信，但他病得太重无法登船。只有清净的单独关押能让他康复。"[19] 就这样，单独监禁之父将这招用到了自己儿子身上。只有一名大胆的传记作家将他儿子发疯直接归咎于其父的"过早且过分的严厉"，但即便是最亲近的朋友都对他那强硬的家长观念又敬又怕。[20]

尽管霍华德作为父亲的严厉有可能是为妻子难产而死而悲痛的表现，这更有可能与他在非国教信仰的禁欲主义传统下成长的经历有关系。18 世纪的非国教分离团体和教派是 17 世纪的清教徒革命留下来的羸弱残余。当中一些教派——主要是贵格会（Quakers）——失去了教派激情，其外在生活已经与国教教会成员别无二致。其他教派依然坚持主张加尔文宗的预定论。还有一些团体——一位论者（Unitarians）和"理性的非国教徒"——支持一种高度理性主义的信条，强调上帝的行为可以理解，有据可循。然而所有以非国教徒自居的人，无论他们在教义上有何分歧，在民权上都受到了限制。如果他们不愿意宣誓效忠国教教会的信条，他们就不能担任官职。

据为他作传的艾金说，霍华德本人属于独立派（Independent）——"一个温和的加尔文宗派别"，不过他在伦敦也参加浸礼会的集会。尽管他本人满怀激情的虔敬与"理性的非国教徒"差别极大，理查德·普赖斯（Richard Price）却是他的密友。普赖斯是一名一位论激进分子，日后作为埃德蒙·伯克（Edmund Burke）《反思法国大革命》（*Reflections on the Revolution in France*）中愤怒抨击的对象而闻名于世。 50

霍华德的宗教塑造了他本人的禁欲主义。终其一生，他黎明起床，每天早晨洗冷水澡，在祈祷后穿上衣服，“一副普通贵格会会友的装束”。他全天的饮食只有“两便士的面包卷和一些黄油或蜜饯，一品脱牛奶和六杯茶，睡觉前还会吃一个烤苹果”。他干什么事情都“酷爱秩序和规律”，他因守时以及“时间安排准确精当”而闻名。

严厉而沉静，这就是霍华德给世人呈现出来的形象。尽管他的节俭苦行鲜见于乡绅阶层，但这在与霍华德交往的朋友——贝德福德、沃灵顿（Warrington）和伦敦贵格会和浸洗会的专业人士和商人——当中十分常见。理查德•普赖斯是一位论的神学家和哲学家；约翰•艾金是一名医生、作家，还是沃灵顿非国教学院（Warrington Dissenting Academy）的教师；塞缪尔•怀特布莱德是贝德福德的酿酒商；约翰•福瑟吉尔（John Fothergill）是一名贵格会的医生，伦敦的慈善家。这些人不会觉得自己的朋友特立独行。他们当中的一些人生活得同样克己严格。据说，福瑟吉尔临终之际用颤抖的声音骄傲地坦言，自己终身童贞。[21]

需要解释的是，为什么这种个人的禁欲主义会指向他人，被用在管教穷人上——于霍华德而言，就是用在严格管控罪犯的改革上。但在针对整个阶层正式提出这个问题之前，有必要更深入地了解一下他那在监狱改革中得以释放的私人动因。

妻子于 1765 年去世后，霍华德似乎陷入了一场严峻的精神危机。他想要把注意力从悲痛转到其他事情上，于是就开始了他一系列风风火火的欧洲旅程中的第一次欧洲之旅。在这些孤单的旅途中，他的思想不断回到有关精神使命的问题上。他这一生应该做什么？他的传统教导说，他只能在一项事业的辛劳中得到拯救，但他父亲事业上的成功把他解放了，使他不必工作。作为他家第一个脱离商海的人，他拒绝走父亲为他安排的道路，他在自己的存在中留出了一片虚空，而这是乡绅生活无法填补的。他用自己的天赋做了些什么？尝试“改善”佃户的境遇？在欧洲漫无目的地闲逛？这种旅行对于国教会的一般士绅而言其实很合适，但霍华德是一个士绅化的非国教小资产阶级的后裔，观光只会加重他的自我厌恶。在意大利，教皇制度和圣人节日流 51
行的地方，霍华德非国教会的良知受到了深刻的折磨，使他沉痛地感觉到了自己的轻浮：

> 为什么虚荣和愚蠢，图画和摆设，镀金的教堂和闪光的石顶，甚至包括那些巨大的山丘、美丽的土坡、富饶的峡谷，为什么这些速朽的东西久久盘踞在天国选民的思想中，盘踞在一只向来只会伏地爬行的虫子的思想中？[22]

这些写于欧洲旅行期间的日记描绘出一场复杂而深藏于内心之中的斗争，经常会演变成一幕幕自我撕裂的景象。在这些日记里，他把自己描述成“一条低劣粗鄙的虫子”，一个“一无所成、沉闷无趣、冰冷僵死、低劣粗鄙的受造物”，或是“一只向来只会伏地爬行的虫子”。[23]一篇于1770年写于荷兰的日记就非常典型：

> 当我反思、审视自己的内心，我怀疑——我颤抖！一个低劣粗鄙的受造物，一举一动都充斥着罪恶、愚蠢和不完美！啊，可怕的想法！罪恶的躯体和死亡，而我时刻都情愿远离上帝，一想到我所犯的各式可怕罪过，我的心就会颤抖，

> 几近绝望，但是我的灵魂，你为什么这么沮丧，这么焦虑？上帝中有希望！他无尽的恩典在耶稣基督内！主啊，我相信，帮助我免于无信仰，不要限制上帝的恩典！他的善我无法想象！在今天这个神圣的日子，我再次成为永恒上帝面前的一粒尘埃，我承认我的罪行在他眼中丑恶而深重，我会心怀最深刻的哀伤和忏悔，将我的罪过和深受污染的灵魂交给救主至上的慈悲……[24]

我们很难理解这些话，因为 20 世纪内省的方法受到的更多是西格蒙德 • 弗洛伊德（Sigmund Freud），而不是约翰 • 班扬（John Bunyan）的影响。就连那些浸染在班扬传统中的 18 世纪传记作者也会觉得，霍华德日记里有些段落读起来像“一个疯子在说胡话”。因此，很难将霍华德的宗教焦虑转化成能为我们所理解的世俗社会术语。这些日记展示了自身的强度，却隐藏了自身的出处。做任何判断时必须谨慎。

尽管如此，这些片段可以从世俗社会的角度理解为是在表达快速升入不需要靠劳动谋生的状态后的负罪感，也是在表达寻找另一种可以接受的使命时受挫的无力感。这种负罪感在意大利时达到了顶峰，
52 逼迫他不得不做出决定。在与自己达成“协定”去改变生活后，霍华德缩短了行程，回到了位于贝德福德的家中。[25] 他投身郡里的政治，赢得了郡治安官选举，在 1772 年时代表辉格党竞选下议院议员，但未能成功。

正是在任治安官期间，霍华德终于发现了自己的使命。和其他治安官不同，霍华德认真履行监狱督查的职责。他发现被判无罪的人因交不起出狱费依然被关在监狱里，他就去周边的监狱调研，看看这种

做法是否常见。1774年，他和他的朋友福瑟吉尔在下议院的一个调查委员会前作证反对收费，并支持一项给待审人员统一着装的法案。霍华德发现监狱的糟糕处境让他既反感又着迷，于是出发去探访英格兰和威尔士的每一座监狱，记录他最先在贝德福德看到的那种种罪恶。

霍华德对这些弊病的控诉并不新鲜。亨利•菲尔丁富于表现力的语句——监狱是“罪恶的学堂，下贱和疾病充斥的阴沟”几乎已经变成18世纪的谚语了。[26]在霍华德之前，向囚犯榨取费用、克扣他们的伙食、给他们戴枷锁、任由他们生病、在无罪判决后继续拘押等行为早已是众所周知。而霍华德谴责这些弊病的语言对他同时代的人而言也不新鲜。霍华德的控告新在其“科学性”，而非其道德性。霍华德1756年当选皇家学会的会员，他写过好几篇有关贝德福德气候变化的科学论文，他是第一个试图通过系统的数据描述社会问题的慈善家。

当《监狱现状》于1777年出版时，其研究的惊人广度和道德热忱都给公众留下了深刻印象。针对全国每一座监狱，霍华德努力记录下了建筑的大小、饮食、收费表、访问当日的在押人数、犯人能接收到的慈善捐助、枷锁的重量，以及一切吸引他注意的细节。难怪19世纪70年代的皇家统计学学会的“社会统计学家”将他誉为社会科学的创始人之一。[27]

由于霍华德所提议的改革正确而细致，《监狱现状》获得了更多的权威性。他的这些提议大致都源自他在欧洲的游历。阿姆斯特丹和 53
鹿特丹的锉刀大厦在霍华德造访时已经有将近200年的历史了，它们向他展示了改造所应有的样子。他惊讶地评论道，这些监狱“极其安静……极其整洁，以至于来访者很难相信自己置身于监牢之中”。[28]锉刀大厦为霍华德提供了写入1779年《感化院法》的管教计划中的大部分内容——“定时起床、读《圣经》、祈祷、就餐、工作”，还有统一着装、蜂窝式牢房和持续督查。在阿姆斯特丹锉刀大厦门廊上刻有塞内加（Seneca）庄重的名言：我手狠而心善。[29] 这句话为霍华德不断发展的权威观提供了扼要的定义。[30]

在不远的根特（Ghent），霍华德发现了另一种具有启发意义的模式：权力院（Maison de Force），它是在当地一位治安法官和市政改革家 J.P. 维兰（J.P. Vilain）的支持下兴建的。权力院是济贫院和改造所的结合体，于 1771 年投入使用，佛兰德斯农场主和士绅用它来遏制七年战争之后遭遣散而无处可去的士兵和随军人员四处游荡或小偷小摸。霍华德在《监狱现状》中复制了权力院的建筑平面图。

维兰有关单独囚禁的想法源自教皇克雷芒十二世（Clement XII）的圣米歇尔（San Michele）监狱，该监狱建于 1703 年，目的是改造梵蒂冈的少年犯。监狱又称沉寂院（Silentium），它将天主教修道院的纪律运用到了惩罚中。[31] 在霍华德 1775 年造访罗马时，这里依然保持着单独囚禁和沉默赎罪的传统，他承认这些对他的思想产生了影响。一句刻在庭院里的话成为霍华德最喜欢的座右铭：“如若不加以管教使其向善，用刑罚来约束坏人毫无意义。”[32]

霍华德也承认他受到了国内提议和思想的影响，在 1775 年的英格兰，单独囚禁并非新奇的想法。1701 年，在引人入胜的宣传册《绞刑作为惩罚还不够》(*Hanging Not Punishment Enough*）中，匿名作者认为由于一般的处决已经丧失了震慑力，他鼓吹将人戴着枷锁绞死，或用鞭子抽死，他还觉得应该将待审的囚犯“单独关到一个箱间或牢房里，
54 以防他们相互助长各自的罪恶”。[33] 一年后，托马斯•布雷的基督徒知识促进会推荐在新门监狱待审的人当中引入分类囚禁。

1725年，伯纳德•曼德维尔重申了布雷的想法。[34]曼德维尔坚信，当局任由惯犯和初犯混在一起，使得新门成了一所“犯罪学校”，他建议将待审的人隔离在“100间小屋里，每间大约12平方英尺”，配有结实的铁窗、厕所和盥洗设施。他补充道，有了这些牢房“就能在确定是否应当受刑之前，让人免受戴枷锁的屈辱”。[35]在18世纪四五十年代，各路人士，包括亨利•菲尔丁、雅各布•艾利夫（一位因出版宗教性诽谤内容而服刑的出版商）和富于哲思的约瑟夫•巴特勒（Joseph Butler）主教都建议在庭审前设置单独监禁。[36]在《监狱现状》问世前两年，乔纳斯•汉韦，一位特立独行但颇有影响的伦敦慈善家，提议在伦敦修建一所监狱，单独关押两百名原本应处流放或死刑的罪犯。这是第一次有人谈及将单独囚禁适用于定罪的罪犯。汉韦是弃婴院、抹大拉医院（Magdalen Hospital，从良妓女收容机构）、海员协会（Marine Society）的董事，也领导着努力降低伦敦济贫院死亡率的运动，他在机构管教和管理方面有着丰富的经验。[37]可以从他对模范监狱中的教堂的描述中看出，他在感化院管教方面有多超前：

> 教堂里的隔间应该和牢房数量保持一致，每个隔间都与一间牢房通过走廊下的一条狭窄通道相连。隔间必须装双层栅，囚犯能听到、看到牧师，但不能看清其他囚犯的脸。[38]

从这些来源——伦敦的慈善活动、天主教修道传统、荷兰新教禁欲主义——霍华德构建出了自己理想中的感化院。这理想中有一部分过去就存在，它们一直等待着一个具备管教思维的人来加以权威的表述。

然而霍华德不仅仅是精于镇压科学的技师。他孜孜以求的经验主

义与朝圣者的求索紧密相连。他喜欢将探监时的自己比作单独走进狮
55 坑的但以理，在一封写给理查德·普赖斯的信中，他说自己工作的目的是用“慈善的火炬”点亮黑暗的地牢。[39] 他不单从行政的视角来思考监狱，不将其仅仅视为效率低下、弊端丛生的烂摊子，还把它看成一个角斗场，他在其中与邪恶缠斗，在上帝面前展现出他的价值。在他富含象征意义的参照系中，监狱代表着一片充满罪恶、苦难和悔恨的地方。监狱的地牢于他而言就是人间地狱，是永恒诅咒的体现，而开庭的日子代表着末日审判。

这种对司法机制高度象征性的理解能在 18 世纪深入人心，循道宗领袖约翰·卫斯理功不可没。卫斯理本人经常向死刑犯布道，有时在法院中，有时在地牢里，有时在绞架前。尽管可能性不大，但 1758 年 3 月 10 日霍华德理论上可能出现在贝德福德巡回法院，当时卫斯理正在向一群法官、陪审员、囚犯和坐在听众席上的乡绅发表法庭开庭前例行的布道。卫斯理在法庭审判日和末日审判之间进行了一串有力的对比，然后请他那些富有的听众把目光转向被告席上的囚犯：

> 一些人今天会站在被告席上，根据他们所受的指控受到审判；他们一直滞留在监狱里，也许还戴着枷锁，直到上法庭受审定罪。但是我们所有人，我这个说话者和你们这些听者，都会“站到耶稣的被告席上”。我们滞留在此尘世，这里不是我们的家，我们在这血肉的监狱中，也许很多人还戴着黑暗的枷锁，直到我们被带到庭上。在这里人们要就一两个事实接受询问，在那里我们必须讲清楚我们终身的所作所为，从摇篮到坟墓，还要讲清楚我们全部的所说所做、我们全部

的所欲所求、我们心中全部的所思所想。[40]

这套象征体系的负担在于，罪恶超越了阶级，给富人和穷人、法官和囚犯戴上了同样的枷锁。卫斯理本人在新门的死囚犯当中的事工证明他与犯人关系亲密。对于霍华德，地牢底端那些戴枷的可怜人同样也代表着他自己的罪过。他不是也曾在痛苦、潦倒中宣称自己是“主的囚犯”，还宣称自己是一个“什么也配不上，只配下地狱的受造物”吗？[41] 他在监狱中找到了自己的使命，因为他感到自己与囚犯之 56
间有一种兄弟之情，这让他深受感动。正是这种亲密感赋予了霍华德的监狱改革工作一种不屈不挠的特质。这项事业能满足人内心最深处的愿望，使他能怀着满心热情投入其中，让他为之付出一切，甚至是自己的生命。

他觉得富人和穷人、法官和囚犯皆因宗教道德上的罪过而接受同样的刑罚，进而联系在一起。这种感觉也构成了一种情感上的力量，让他执意要求政府对囚犯履行它在道德上的义务。

他说：“重罪犯是一个人，他人应把他当成一个人来看待。”[42] 他坚持认为法官应该尽力改善监狱条件，以防由于“必将发生的人生波折”，他们将来也身陷囹圄。[43] 通过自己的内心斗争，他意识到道德法则划定的界限非常模糊。他提议废除收费和脚镣，建立一套规范的饮食体系，提供宗教教导，阻止疾病传播，因为他相信所有罪人都应该能得到这些，无论他是重罪犯还是法官。

霍华德认为罪具有普遍性，这在很大程度上解释了他为何坚信罪犯能被改造。他在为罪犯服务时发现了自己的精神使命，这证明上帝可以走进一个荒废的生命，为它赋予意义。这证明对于所有人，无论他是多么“粗鄙的虫子”，上帝的慈悲都不会离他而去。他惊呼：

> 哦！连这样一条虫子都能成为缓解我同类悲苦之工具，能通过互相鼓励、互相帮助让连接社会的纽带变得更强，我当如何赞美上帝啊！[44]

他所经历的转变给了他转变囚犯的信心。如果上帝能拯救像他一样的罪人，他难道就不能拯救监狱里的罪人吗？

卫斯理也对囚犯有同样的亲密情感，但他讲道主要针对死囚，因为他相信只有那些直面死亡的人才能接受改悔的劝诫。霍华德则要乐观很多。他相信不但是将死的囚犯，活着的囚犯也能改变。“感化院中坚定不移的管教”能够将“不幸的失足者”改造成“对社会有益的人”，不应该让这些人白白上绞架送死。[45] 拯救不仅仅是上帝的事，
57 也是政府的事；霍华德坚持认为，现在出现了一门可为尘世所用的拯救之术。

III

很少有人能用自己的个人愿望激发他所属之阶级的想象力，霍华德就是其中之一。1786 年为他塑立雕塑以资褒奖的努力，以及他去世后出版的传记和挽歌，都表明同时代的人为他的个人追求所深深吸引。诗人沃尔特•莱尔•鲍尔斯（Walter Lisle Bowles）用笨拙而真诚的诗句，将霍华德作为上帝派往地狱的使者的公共形象表达出来：

> 慈善之神！谁会为你承受苦难，甘冒风险而又尽心尽力？

谁会为了你，放弃世俗的好处，尽观疾病之景和不幸之境？

谁会为了你，会在黑暗中探访监狱？

那里恐怖的罪恶正祈求长久的毁灭；

那里忏悔者无人同情，苍白无力，心怀难以名状的惨事；

那里有饥饿的受难者在徒劳挣扎；

那里阴郁的沮丧者正戴着枷锁嗫嚅；

那里患病者瘦得皮包骨头；

那里眼睛深陷的绝望者在呻吟中被人遗忘。

慈悲批准了这雄伟的计划，骄傲地喊着：

霍华德！这任务属于你！[46]

对霍华德为人的崇敬有助于解释为什么他的管教方法富有吸引力。他成为慈善事业的象征，被中产阶级当成了代表他们最优秀品德的圣人。霍华德的盛名也颇具讽刺意味，因为他在《监狱现状》中，连篇累牍地记录着那些称颂他的士绅如何玩忽职守。在揭示了法官对犯人的关切有多空洞之后，他发现自己的事业被用来证明法官的这种关切。不过这种讽刺并不算强烈，因为霍华德并无意让同阶层的人陷于尴尬中。虽说他的谴责惹恼了很多治安法官，但他们作为一个群体并没有被冒犯，因为他将自己的奋斗描述成一场针对抽象邪恶的斗争，而并不针对具体人群。因此，他获得了公平公正、无干政治的慈善美名， 58
这为他的管教理念赋予了特殊的权威。

他的理念最能吸引那些与他同根同源的中产阶级人士的支持，即那些非国教的商人、职业人士和小乡绅。尽管非国教内部各派严重分裂，他在很多阵营中都有朋友。贵格会支持监狱改革最力，霍华德对他们崇敬有加。他深受贵格会禁欲主义的吸引，并换上了“贵格会会友那种朴素的衣服”。他特有的虔敬与贵格会传统的默祷、“受难”自省和对上帝之光启明作用的信仰极为类似。对于贵格会会友，监禁作为炼狱的思想注定会吸引他们，这种想法意味着监禁把人从感官纷扰中强行带离，安静而孤寂地投入与自己的斗争中。霍华德设想中犯人改造的过程，与贵格会中信徒的精神觉醒类似。经过苦行式的守夜静修，犯人和信徒都能听到内心良知的呼唤，感到上帝之爱改变一切的力量。

作为非国教各派中自律最为严格的一派，贵格会自然会为用管教规则来改造犯人的想法所吸引。对于贵格会会友而言，管教和纪律最初意味着一套思想和行动的规则，这套规则能将他们聚合为一个群体，与罪恶的世界区别开：朴素的衣服，以“你”而不是“您”相称，拒绝交十一税、发誓或在大官面前脱帽。到 17 世纪末，贵格会的管教开始发生变化，从原先标示自己独特身份的方式变成了控制他人的工具。与这种变化相对应的，是他们社会地位的变化，他们从内战期间由小手工艺者组成的遭受迫害的内敛教派，变成了 18 世纪中期的一个富裕团体，成为雇主和商人。[47] 由于他们有着自我管教的经历，贵格会会友在为他人设计管教制度上颇有心得。约翰·贝勒斯 1696 年设计实业馆的蓝图，宾夕法尼亚州（Pennsylvania）贵格会 1786 年改革核桃街（Walnut Street）拘留所，塞缪尔·图克（Samuel Tuke）1813 年在约克郡修建贵格会精神病院，是这种能力的明证。[48]

贵格会受到霍华德的吸引，还因为他们有 17 世纪 70 年代受迫害
59 入狱时的惨痛经历。尽管贵格会会友在 18 世纪中逐渐融入英国社会，他们依然会因拒绝宣誓、参军或缴纳十一税而入狱。作为对何物应归

恺撒解释得最为严格的教派，他们与恺撒的法律处于永恒的冲突当中。①因此，在所有教派中，他们针对政府强迫公民的现象提出了最尖锐的疑问。

他们不但否认治安法官有权在良知问题上强迫人民，还否认他们有权判处剥夺生命的刑罚。宾夕法尼亚州死刑和核桃街拘留所的改革，都遵循了他们在教义上对政府使用暴力的严格限制。当霍华德开始着手调和管教和人道的不同要求时，贵格会会友是最先支持他的群体之一。

贵格会医生约翰•福瑟吉尔是霍华德的密友，日后也是他在1779年感化院委员会中的助手。[49]通过持之以恒的辛勤劳动，以及他与非国教上层的良好关系，福瑟吉尔成为当时最成功的医生，他为玮致活（Wedgwoods）、古尔内（Gurneys）、达秘（Darbys）、汉璧礼（Hanburys）、巴克莱（Barclays）等非国教徒的工商业望族服务，每年收入大约10000英镑。和霍华德一样，福瑟吉尔酷爱科学。他是一名业余植物学家，曾资助约瑟夫•普里斯特利（Joseph Priestley）的科研工作，并曾为他治病。福瑟吉尔是伦敦慈善事业的重要支持者，他也积极推进各种“提升”伦敦卫生的计划。他曾撰写短文，呼吁用卫生的方式安葬贫困的人，还主张修建贯穿城中犯罪高发区的公路，以利于空气流通和商业运转。他还领导了在约克郡阿克沃思（Ackworth）为贵格会贫儿修建寄宿学校的事业。福瑟吉尔曾骄傲地宣称：在这所

① 《圣经·新约》记载，反对耶稣的法利赛人问耶稣，是否应向罗马当局交税。犹太人普遍抵制向罗马占领当局交税，所以这个问题显然想将耶稣置于两难的境地中。耶稣巧妙回答说“恺撒的归恺撒，上帝的归上帝”。后世用此典故描述基督徒对于世俗统治者（恺撒）的义务与宗教（上帝）义务的区分。

学校中，孩子们“活跃的心灵会受到几分束缚，能让他们习惯于安静、专注和适度服从”。霍华德曾在 1779 年造访这所学校，他发现这里与他的管教理念完全吻合。[50]

监狱改革能吸引福瑟吉尔，不只是因为他是贵格会会友，还因为他曾与一些医生一道，为医院、药局、济贫院等机构的卫生和管理带来了
60 革命性的变化。朴次茅斯（Portsmouth）哈什拉尔（Haslar）海军医院的院长詹姆斯 • 林德，曾于 1776 年写信痛斥伦敦地区拘留所肮脏现状的威廉 • 史密斯（William Smith），曼彻斯特地区医院“监管”和城市卫生方面的权威托马斯 • 帕茨瓦尔（Thomas Percival），这些人在医院、弃婴院、药局、兵站和军舰卫生问题上的经验为霍华德提供了一种他想引入监狱中的卫生制度：制服、洗浴、除虱、粉刷墙面并用石灰消毒、规律饮食和卫生检查。[51] 他们轮流向治安法官和地方议员推介这些方法。对这些医学家而言，监狱改革只是在对付穷人的机构中进行卫生改革时的一步。

这些医生认为这些机构的卫生改革既是一场医学斗争，也是一场道德斗争。穷人的病态被解释成他们内心缺乏管教、道德和荣誉的外部表现。正如冷浴原监狱（Coldbath Fields）的医生约翰 • 梅森 • 古德（John Mason Good）1795 年所说：“穷人总体上不讲卫生”，他们因此容易得病，因为“其他人致力于雅致、荣誉和道德情操时能体会到快乐，他们由于缺乏教育而感受不到”。[52] 这当然是伪装成医学话语的指责性社会话语和道德话语。在丹尼尔 • 莱亚德（Daniel Layard）1773 年讨论监狱热的宣传册中，这种从医学滑向道德和阶级分类的倾向也非常明显。他声称，肮脏和疾病对穷人来讲很正常，就像干净和健康之于勤俭高尚的人一样。穷人为放荡生活和淫乱酗酒的枷锁所困。[53] 他

们易于得病，因为他们善于行恶。

18 世纪的医生很容易用医学的语言来表达阶级恐惧和道德抨击。在他们的设想中，身心的界限不像 19 世纪医生所想的那么分明。他们深受大卫•哈特莱（David Hartley）唯物主义的影响，这种思想当时在爱丁堡（Edinburgh）的医学院里如日中天。[54] 大卫•哈特莱认为，心理和身体具有相同的物质性。身体系统的紊乱会造成认知扭曲和精神痛苦，正如心理紊乱能导致身体功能崩溃一样。因此，身体疾病是可 61
以有“道德”根源的。举例来说，富有的伦敦医生，福瑟吉尔的弟子约翰•考克雷•莱特索姆（John Coakley Lettsom）很容易理解精神抑郁或悔恨会导致监狱中死亡率居高不下，而且他不但把监狱热归咎于不卫生的环境，也归咎于管教不当。酗酒的恶习和床上的虱子都能导致囚犯因斑疹伤寒而丧命。因此，哈特莱的分类法为从“医学上”谴责穷人缺乏管教提供了“科学的”支持。

由于各类机构中的疾病既有道德诱因也有身体诱因，旨在实现管教功能的卫生措施应运而生。要教会穷人保持干净，就必须教会他们敬畏上帝、驯良温顺、严于律己。哈特莱式的假设让医生们坚信，一旦穷人的身体受到了监管，他们的心灵也会变得井然有序。

在这种信心的驱动下，非国教会的医生们在 18 世纪 70 年代开始尝试将医院从濒死者的滞留地转变成通过卫生规则改造穷人道德的机构。在 1791 年利物浦病院（Liverpool Infirmary）的开幕式上，托马斯•帕茨瓦尔坚持主张把穷人囚禁在各种机构中是改变他们的唯一方式。无法在病人家中将其治愈，他们必须在隔离的机构中接受卫生禁欲主义的道德治疗。[55]

早期的监狱改革者的理论框架在很大程度上得自这些医院改革者。

当乔纳斯·汉韦把犯罪描述为“一种流行病，其病态特征广为传播，能像瘟疫和恶行一样传播毁灭”时，他运用的就是这些人的话语。[56] 和医生们一样，他认为犯罪与疾病同源，都源自穷人肮脏、混乱和无节制的聚居地。监狱也是瘟疫和犯罪共生的温床。在新门监狱恶臭而混乱的牢房里，惯犯把罪犯的价值观“传染”给新手，就像老犯人会把斑疹伤寒传给新来的人一样。与医院一样，建立感化院的目的是执行道德和医学上的隔离。在高墙之内，罪犯会与墙外健康而道德的人隔
62 绝。在监狱内部，把罪犯分开关押能防止惯犯把罪恶的细菌传给新人。

通过医生和自己的交情，霍华德还获得了另一拨人的支持：异见学院和学会中的非国教科学家和知识分子。曼彻斯特文学哲学学会（Manchester Literary and Philosophical Society）的两名会员，托马斯·巴特沃斯·贝利（Thomas Butterworth Bayley）和托马斯·帕茨瓦尔，在兰开夏郡主导修建了两所“根据霍华德先生的方案”设计的新监狱。伊拉斯谟·达尔文（Erasmus Darwin）是利奇菲尔德学会（Lichfield Society）的关键人物，他曾写过一首宏大的哀歌，向霍华德致敬。[57]

各种学会为北部和中部地区（Midlands）的知识分子和制造业巨头们提供了集会的场所，当中包括伯明翰市苏豪引擎厂（Soho Engineering works）的业主詹姆斯·瓦特（James Watt）和马修·博尔顿（Matthew Boulton），德比郡棉纺工厂的领袖杰迪代亚·斯特拉特（Jedediah Strutt），煤溪谷（Coalbrookdale）钢铁王朝的创始人亚伯拉罕·达秘（Abraham Darby），北斯塔福德郡（North Staffordshire）的陶瓷大亨约西亚·玮致活。[58] 这些新兴的实业家宗教上是贵格会或一位论信徒，政治上支持温和或激进辉格党，他们热心于科学，以慈善为副业。这些大亨资助了一系列改革事业：废奴、修建医院和药局、推

进技术教育、提高贫民学校的办学质量。

然而他们更多是以工厂体系和科学管理的创立者闻名于世。除了推进机械化、广泛的劳动分工和工作流程系统化，他们还为产业工人设计了新的管教体系：打卡机、闹铃、规则和罚款。为了在早期的工厂中降低工人流转率，留住劳动力，他们在模范村里为工人提供了学校、教堂和住房。[59]

与医院和监狱改革者一样，这些早期的实业家将这些新的管教措施视为革新工人道德和操行的理性实验。例如在1815年，斯特拉特夸耀说，在他们在克罗姆福德（Cromford）和贝尔珀（Belper）建厂之前，“当地居民因不道德的恶行而声名狼藉”。[60] 固定的工作和工资，以及监管严密的村社所发挥的稳定影响，改变了他们的行为。斯特拉特说，现在“他们勤劳和礼貌，参与公共礼拜，各方面的良好行为非 63
常显而易见”。玮致活则宣称，陶瓷厂中的酗酒、技艺不精、游手好闲和暴力已经在他位于伊特鲁里亚（Etruria）的工业王国中被消灭了。打卡机、罚款，以及他坚持不懈的严格监督已经改变了工人，让“工人和机器一样不会犯错误”。[61] 在第一代工业化中，工厂不仅被证明是技术进步，同时也是道德进步。[62]

这些非国教的实业家、科学家和医生也因政治而聚在一起，为18世纪70年代萌发的各种议会改革提议提供了有力的支持。福瑟吉尔、霍华德、T.B. 贝利和G.O. 保罗都支持克里斯托弗•怀维尔（Christopher Wyvill）增加议会中各郡代表的席位、减少开支和改革财政管理的运动。[63] 玮致活还热心于卡特赖特少校（Major Cartwright）和约翰•杰布（John Jebb）更为激进的改革措施，他们鼓吹议会每年选举一次，将选举权赋予所有成年男子。

很多以激进派辉格党人著称的人在18世纪80年代都参与了监狱改革。基于他18世纪70年代在萨福克郡一座实业院当院长的经历，约翰•杰布1785年时写了一篇关于机构管教的论文。[64]其他激进分子——威廉•史密斯、约西亚•唐福特（Josiah Dornford）和威廉•布利泽德（William Blizard）撰写了控诉伦敦监狱和警察现状的小册子。[65]1780年向上议院提交第一份改革草案的里士满公爵（Duke of Richmond），也曾负责指导修建英格兰的第一座感化院，该院于1778年在萨塞克斯的霍舍姆（Horsham）启用。[66]

这些人将监狱改革融入针对旧制度行政与政治体制的全面打击中。他们将霍华德的指控作为托利党士绅在行政上无能的证据。这并不是说监狱改革变成了“政治问题”。这项事业得到了各个政治团体的支持。然而，霍华德最认真的听众就是辉格党的非国教改革家们。因此，他事业的成功与辉格党反对派传统的全面复苏紧密相连。

这种复苏反映了非国教的小资产阶级地位的上升，他们进入了拥有土地和工业的中产阶层。霍华德本人的家庭在一代人内完成了从毛
64 毯货栈主到乡村庄园主的转变，这种地位的上升成为一部分非国教徒的成功的缩影。他们从1769年开始抗争，他们最初要求获得与自身经济实力相称的政治权利的举动是要求废除禁止非国教徒担任公职的《法团法》（Corporation Act）和《审查法》（Test Act）。[67]霍华德本人在1773年感受到了这些法律的压迫，当时他在就任贝德福德郡治安官时必须屈辱地撒谎，宣誓效忠国教会的《三十九条信纲》（Thirty Nine Articles of the Established Church）。[68]

深度卷入美国独立战争也有助于非国教政治激进主义的复兴。宗教、政治和商业利益将英国非国教徒与美洲殖民者紧密地联系在一起。

仅举一例：霍华德的朋友约翰•福瑟吉尔有贵格派亲戚住在费城，他在18世纪50年代曾到访那里，与本杰明•富兰克林和本杰明•拉什（Benjamin Rush）结下了深厚的友谊。在18世纪70年代的伦敦，美洲人每两周就会与福瑟吉尔和其他“诚实的辉格党人”聚在伦敦酒馆（London Tavern）一起讨论政治。[69] 辉格党的政治哲学正是在这样的圈子中复兴，并针对殖民地危机、反《审查法》斗争和议会改革事业重新进行了构建。理查德•普赖斯、约瑟夫•普里斯特利和詹姆斯•伯格（James Burgh）是这种新兴激进思想的主要鼓吹者。拉什、富兰克林和其他北美革命家正是在这些人的思想中找到了论点，来反对英国向在国会中没有席位的北美人民课税并派驻常备军。美国宪法中的关键原则，特别是权力分立制衡，也源自这些人的著作。[70] 在英格兰，这些作者为福瑟吉尔、霍华德、贝利和其他辉格党改革者提供了支持殖民者斗争的理由。

当战争真正在1776年爆发时，福瑟吉尔、霍华德和普赖斯等人遭受到了切身的悲剧性打击。在过去十年中，他们努力发动公共意见来反对战争，徒劳地进行妥协以避免与他们的美国朋友彻底决裂。当政府愚蠢地坚持进行战争时，辉格党激进派认为战争远不只是一个政治错误。普赖斯和福瑟吉尔都将其视为上帝在惩罚一个道德沦丧的国家。在战争爆发时，普赖斯写道： *65*

> 在此危难时刻，我们应该将自己的思想转向天堂。这正是我们在殖民地的兄弟所做的。在北美大地上的每个角落，他们都在斋戒祈祷。但我们在做什么？想想都觉得可怕：我们在纵欲享乐，在假面舞会中忘掉了一切严肃的事情，我们

> 在赌场里赌博，在城市里做违法的生意，在选举中欺骗自己，
> 为官职出卖自己——上帝会眷顾哪一方呢？[71]

在他们因自己的国家与殖民地兄弟相残而苦闷时，他们也看到政治精英腐化堕落的后果以致命的方式突显出来。可能会反对政府行为的人被官位和好处轻松地收买了，其他可能发出声音、反对政府蠢行的人深陷享乐之中，无暇顾及公共事务。作为反对派的辉格党，他们的心态和 1968 年后反对越战的自由派的是一样的：残暴的对外政策揭示了国内更深层次的道德缺失。[72]

战争证明辉格党反对派进行政治、行政和道德改革的主张是正确的。战争让他们的观点变得更为令人信服：政府的帝国政策失误，是因为议会里充斥着缺乏独立性的帮佣，他们无法构成有力的反对派。在紧张而幻灭的战争氛围中，出现了一系列恢复议会权力、修正宪政的制衡机制，以及根除政府部门中的腐败的提议。霍华德于 1777 年出版的《监狱现状》在改革的呼声中扶摇直上。

在这躁动的中心是一群聚集在包伍德（Bowood）的知识分子，包伍德是辉格党政治家谢尔本勋爵（Lord Shelburne）的庄园。杰里米•边沁、塞缪尔•罗米利（Samuel Romilly）、理查德•普赖斯和约瑟夫•普里斯特利是这群人的领袖。包伍德可以被视为非国教中唯物主义、科学主义（以普里斯特利为代表）和欧陆启蒙运动（以边沁和罗米利为代表）的汇合地。[73] 这两种传统间的关系超乎寻常地复杂。

就连承认其影响的英国改革者也被法国哲人深深困扰着。罗米利
66 与日内瓦的卢梭式激进分子有亲戚关系，他曾于 18 世纪 80 年代造访巴黎最重要的沙龙，拜会过狄德罗、达朗贝尔和爱尔维修。他曾就医

院和刑法改革与米拉波（Mirabeau）通信。直到1792年的九月大屠杀，罗米利都是法国大革命的坚定支持者，他曾为愈发焦虑的英国读者写过两篇介绍性文章。[74]他自己的法学思想很多得自伏尔泰、贝卡利亚和孟德斯鸠。虽然罗米利还是一名胡格诺派制表师的儿子，他本性中胡格诺的一面将巴黎沙龙中18世纪80年代公开宣扬的无神论和放荡思想驱散了。[75]同样的矛盾心理在普雷斯特里身上也显而易见。作为谢尔本勋爵的图书管理员和伙伴，他必须陪同爵士出访巴黎。而他也反对沙龙中的宗教和性主张，喜欢尽量待在酒店里。[76]

霍华德则说巴黎是一个“肮脏的城市”，他从阿姆斯特丹和鹿特丹等良好的新教城市汲取灵感。[77]在《监狱现状》中，霍华德基本没有提及伏尔泰、贝卡利亚或法哲学革命中其他的关键人物。在欧洲，似乎只有像权力院这种机构的实践经验才对他有深刻的影响。霍华德实际上宣称自己是一个“实干家”，他对玩弄理论的法国人并不感兴趣。[78]

因此，正如卡罗琳•罗宾斯（Caroline Robbins）所说，18世纪70年代辉格党意识形态的复兴可能主要归功于对17世纪英格兰激进传统的重新发掘，而非欧陆的启蒙运动。[79]但是我们不能过分放大英国和欧洲这两种传统之间的区别。辉格党理论家的作品中会反复提及孟德斯鸠、伏尔泰和贝卡利亚。虽说普里斯特利的唯物主义主要源自英国，它与欧陆思想家朱利安•奥夫鲁瓦•德•拉美特利（Julien Offray de La Mettrie）、爱尔维修和卡巴尼斯（Cabanis）的论述并无本质上的不同。

英国唯物主义很大程度上源自大卫•哈特莱与约翰•洛克。他们的理论否认先天观念的存在，这为反驳原罪观念提供了影响深远的“科学”支持，因此也反驳了罪犯都无可救药的观念。[80]唯物主义能让监狱改革者把犯罪归咎于不当的社会教养，而非先天的倾向。正如边沁所说，罪犯都是“顽固的孩子，神志不清的人”，他们缺乏自律，无法
67 根据理性的要求来控制自己的脾气。[81] 他们不是无可救药的怪物，而是有缺陷的人，他们幼稚的欲望会驱使他们忽视满足短期利益所要付出的长期代价。所以犯罪不是罪，而是失算。

因此，霍华德和边沁都否认罪犯无可救药，但他们的出发点截然相反——一个接受原罪观念，另一个则反对；一个坚持罪的普适性，另一个则坚持理智的普适性。像边沁和普里斯特利这样的唯物主义者宣称，通过正确调整人们享乐的本能，使之符合社会要求，就能使人提升。霍华德相信，如果唤醒了人心中罪的意识，人就会改变。

霍华德的思想并非机械主义的变种，而是一种更为古老的宗教思想，更接近卫斯理，而不是哈特莱。对他而言，罪犯不是有缺陷的机器，而是远离上帝的迷失灵魂。尽管如此，18 世纪 70 年代改革者中那种哈特莱式的信仰氛围确实为人们接受霍华德的管教理念营造了必要的环境。唯物主义心理学瓦解了身心区别，为霍华德的主张——管教人的身体可以改变其道德行为——提供了科学的解释。唯物主义心理学指出，通过外部威权而加诸身体的制度首先会变成一种习惯，然后会逐渐转变成一种道德选择。通过常规化和反复，管教制度会内化为道德义务。

唯物主义的改造观还认定，针对心灵进行的系统性道德再教育也会有助于这种制度安排。如果包括道德观念在内的所有观念都得自外部感官，那么就可以通过控制感官接触到的内容对人进行社会化改造。当时“全面机构”之所以有吸引力，就是因为它提供了这样一种对罪犯的“交往”进行完全控制的措施。这种唯物主义的乐观精神在辉格

党18世纪70年代的议会和行政改革主张中无处不在。正如詹姆斯·伯格所说："能干的政治家能随意改变人的举止。"他说"通过管理，人类可以被塑造成任何样子"这难道不是显而易见的吗？[82]

接受了伯格和普里斯特利政见的工厂主、医生和医院改革者也会说人类就像机器一样，可以修修补补，加以改进。约西亚·玮致活夸耀 68
说他能让"工人和机器一样不会犯错误"。边沁自夸说，他的全景监狱（Panopticon）是一部"将流氓打造成君子的机器"。深受18世纪80年代唯物主义影响的罗伯特·欧文（Robert Owen）宣称，在他的管理下，新拉纳克（New Lanark）"有生气的机器"已经变得和"无生气的机器"一样高效了。[83]

需要说明的是，有一些管教专家看待工人的态度并不那么唯物主义。1782年，约西亚·玮致活写信给他的朋友詹姆斯·瓦特，后者为伯明翰苏豪引擎厂操劳而心力交瘁：

> 我的朋友，你的心灵对于你的身体而言太过活跃，太过强大，使你不堪重负。如果这是你管理的其他机器……你一定会很快想出补救措施来。现在请先允许我向你提议，在你这台机器上多多添加一些分权代理的润滑油。说真的，作为结语，我想告诉你一句话，这是福瑟吉尔医生想让我对布林德利（Brindley）说的："让你的机器歇一会，不然它就会像你管理的其他机器一样，很快就会因不断的高强度使用而损坏。"[84]

在这套由唯物主义的设想而开创的象征体系中，管理自己和他人变得与管理机器类似。用边沁的话说，对人的改造也可以被视为“一种制造业”，因而需要“特殊的资本或工艺”，也就是一套独有的技术。[85]

这种唯物主义的乐观精神是一种国际现象。在法国，这种精神激发了革命年代的医院和精神病院改革。唯物主义论点也为医学界的斗争提供了依据：医生们想要垄断精神病院的管理和监狱的管教，他们把犯罪和疯癫描述为源自大脑损伤的病态。在传播“犯罪习性和理智失常通常都伴随外显于身体形态或生理机能上的器质性异常”这种想法上，医生、革命时期的理论家 P.J.G. 卡巴尼斯的作用尤为显著。[86] 这种论点是在管控异常人员问题上赤裸裸地主张医学的霸权。卡尼巴斯不是第一个提出这种主张的人。1749 年，《人是机器》(*Man a Machine*)
69 的作者拉美特利曾预测，终有一天，有罪或无辜将完全由医务人员来定夺。他说：“我们不再需要法官，只需要技艺精湛的医生，这是再好不过的事情了。”这种有先见之明的观点预测到了目前刑事司法程序中医生和精神病学家在确诊阶段享有的主导地位，这是否认个人责任的唯物主义犯罪论的自然结果。[87]

在法国，1792 年菲利普 • 皮内尔（Philippe Pinel）被任命为巴黎比塞特（Bicetre）精神病院的院长，这是医学界在机构管教方面最富戏剧性的进展。他砸碎了疯人的脚镣，这件让他一举成名的事通常只被视为人道主义的举措，而其与当时管教思想之间的联系则被掩盖了。在皮内尔看来，锁链只能禁锢身体，管教才能让心灵习惯于秩序。因此，他用由监视、苦工和服从命令构成的管教体系取代了锁链。皮内尔将管教与治疗等而视之的做法假定了疯癫和犯罪一样，都是丧失自我控制、偏离理性道路、陷入欲望泥沼的结果。要想让心灵重新走上条理的道路，首先有必要重新学习守时、服从和勤奋的习惯。[88]

通过 1806 年出版的译本，皮内尔对治疗的认识传到了英格兰。和霍华德一样，他最热心和认真的支持者都是贵格会会友。约克郡的会友于 1813 年修建了一所精神病院，在塞缪尔 • 图克的领导下，这里首次用医生监管下的“道德规制”取代了原先锁住病人、责骂病人的做法。[89]

在美国，唯物主义对管教的热情主要是通过本杰明 • 拉什得到系统阐述的，他是费城的“疯子大夫”、医生、慈善家和政治家。和他的朋友福瑟吉尔一样，拉什在爱丁堡读医学院时吸收了大量哈特莱的观点。[90] 在他的《生理原因对道德官能影响的研究》(*Enquiry into the Influence of Physical Causes upon the Moral Faculty*) 一书中，他呼应了卡巴尼斯关于犯罪和疯癫都是病症的观点，强势预言医生很快就能为犯罪开出处方，就像他们“开出金鸡纳树皮来治疗间歇热一样”。[91] 和卡尼巴斯一样，他主张“道德官能的培育”应该成为为政府效命的医务人员的工作。 70

在他的慈善副业中，拉什践行着自己的管教信念。和几位费城的贵格会显要一道，他加入了一个致力于将改造型管教引入核桃街拘留所的委员会。当他在 1792 年造访这座监狱时，他记录下了自己对这种实验的满意之情：

> 所有人都忙着：1. 切割大理石，2. 磨熟石膏粉，3. 纺织，4. 制鞋，5. 缝衣，6. 车削，7. 切凿洋苏木。
>
> 道德素养方面的关照：布道、读好书、穿着整洁、房间整齐、洗澡、不大声喧哗、不饮酒、少吸烟。严禁下流或粗俗的谈话。不断工作、熟悉菜园，那里很漂亮，有 1200 颗洋

> 白菜，都是犯人们种的，为监狱提供了饮食……[92]

当法国监狱改革家拉罗什富科-利昂库尔公爵（Duc de La Rochefoucauld-Liancourt）1795 年造访这座新监狱时，他发现那些原来犯有死罪的人现在被关在 8×6×9 英尺的牢房里，就连放风时也不能出来。每间牢房里配有马桶和一个装有围栏的放风小院，这样一来囚犯即使在休息时也处于孤立状态。其他囚犯被囚禁在寝室里，白天在作坊里一起干活。虽说这里不要求沉默，但严禁他们“相互叫骂，交流入狱的原因，或因任何缘由而相互指责”。公爵被告知，需要保持大体上的安静，这样就能消除分心之事，以利于囚犯“转变成新人”。[93]

费城的精神病医院为拉什提供了另一个通过管制人们的身体来规制他们精神的机会。拉什是这所医院的顾问，也曾写过一部有关疯癫的重要著作。他对治疗式管教最突出的贡献是“镇静仪”（tranquilizer）——一种用来压制歇斯底里病患的椅子。病人被捆在椅子上，戴上一种木制的护眼罩后，他们的头就无法晃动了。座位下的马桶供他们排泄用。他们要一直这样待着，直到他们变得可控。对于身受“呆钝型疯癫”困扰的病人，拉什设计了一种“旋转仪”（gyrator）——一种旋转的桌子。昏睡的病人和紧张性抑郁症患者被捆在桌子上，这样就能使血液流到大脑中去，或使大脑震荡，拉什认为
71 这样就能让病人的理性活动得以恢复。然而在病人因抗拒拉什善意的治疗而受伤后，这两种仪器都停用了。[94]

IV

虽说监狱改革者总把违法乱纪者说成需要修理的机器，但矛盾的

是，他们还认为这些人像汉韦说的那样，是“行动自由的人，能够向善悔恶”。[95] 杰里米·边沁有时称罪犯是有故障的机器，有时又说他们是应该得到社会保护的理性人，他在二者间交替，完全不感觉矛盾。[96] 霍华德不但坚持认为罪犯是有理性的，还认为他们是知羞耻的。换言之，罪犯可以被改造，因为他们和其他人一样，都有良知。正如一位改革者所言，在每个人心中，包括在罪犯心中，“都有一种对法律的尊重，他绝不会侮辱法律，就如他第一次犯罪后一定心怀悔恨一样，这种尊重使得他的心灵能够接受改造”。[97] 另一位改革者写道，道德律令“是刻在人们心上的”。[98]

当改革者为良知的概念在心中寻找一席之地时，他们的关联论观念让他们遇到了一些困难。唯物主义心理学明确否认内在感官的存在。洛克坚持认为，责任并没有铭刻在人的心脏上。责任是孩子通过奖惩机制从权威那里学来的一种义务。洛克相信，人们的理性足以让他们评判善恶，但如果他们的道德教化有误，他们心中并没有良知的声音将自我从不断寻求享乐的歧途上召唤回来。[99]

到了 18 世纪 40 年代，关联论已经能把这些令人不安的结论掩饰住了。第三代沙夫茨伯里伯爵（Earl of Shaftesbury）就坚持认为，人拥有“一种自然的道德感，这种感觉如果没有为不良境遇或环境所碍，就能让人发现自然法则，培养美德”。[100] 巴特勒主教（Bishop Butler）18 世纪 40 年代的布道也谈到了这个光明的话题：“如果我们知晓自己真正的幸福之所在，那么良知和自爱就会将我们引导到那条路上。责任和利益是完全一致的。”[101]

这些掩饰洛克文本的说辞把良知的观念偷偷带回了关联论的道德理论中，而且验证了两种独特而矛盾的异常者改造进路，一种需要让 72

身体习惯常规，另一种则直接诉诸良知。在第二种理念中，惩罚的目的是激起负罪感。

最先发现负罪感有社会功用的人并非18世纪80年代的改革者。洛克在《论教育》(*Thoughts on Education*）谈到了体罚，他认为教师应该尽量少用棍子，不然孩子未来在挨打时会不觉得羞耻。“唯一能算得上美德的真节制，是因犯错和受罚而感到羞耻。”“如果没有羞耻感，棍打的疼痛很快就会消失、被遗忘，棍打多次之后其震慑作用就会消失。”[102]当扩展到师生关系之外的社会上时，这种理念意味着一种靠威慑来维持秩序的社会，它绝对不如一个自愿遵守法律的社会那样稳定。在一段亨利•菲尔丁在18世纪50年代常爱引用的布道中，蒂洛森大主教（Archbishop Tillotson）说：“对法官权力的畏惧”，只是一种“脆弱而松散的服从”，“一旦人们的反抗没有风险，而且有利可图时”，它的作用就会消失。大主教认为，统治者必须让不服从的臣民感到羞耻。“其他义务都崩溃时，良知会让人坚持下去。”[103]

如果社会秩序有赖于让公民因受罚的风险而感到羞耻，那在公众眼中保持刑罚实施过程的道德公正性就变得至关重要。因此，对于社会秩序而言，关键就在于，在实施刑罚时，要让受刑者和观看者心中都保有对施刑者在道德上的尊重。惩罚的效力取决于其公正性。这样就出现了一个悖论：最痛苦的刑罚，那些最能激起负罪感的刑罚，是那些遵守最严格的法律和道德标准的刑罚。在这些刑罚中，人们不能再靠蔑视施刑者、宣称自己无辜或抗议刑罚残忍来寻求心理上的逃避。在刑罚实施的过程中，任何事都不会将罪犯的注意力从反思自己的罪过上转移走。一旦认定自己的判决是公正的，认定抓捕自己的人是出于好意，罪犯就只能在懊悔的恐惧中就范了。

刑罚只有在罪犯和公众尚未感到离心离德时，才能激起人们的负罪感。18 世纪 80 年代的改革者肯定不是最先意识到这一点的人。但 73
他们的确最先主张罪犯也有悔过的能力，这种能力可以通过精心论证和科学实施的痛苦来唤醒。举例来说，洛克对矫正罪犯表示怀疑。他怀疑罪犯是否有可供改造的良知。在《政府论下篇》(*Second Treatise of Government*)中，他将罪犯贬低为奴隶，他们的过失给予社会任意剥削他们的权利。[104]

相较之下，霍华德毫不怀疑他能靠诉诸罪犯内心善良的一面来治理他们：

> 认为罪犯无法管理的想法肯定是错误的。有一种管理方法，能让你轻松管理最险恶的罪犯，切实帮助他们改造。向他们展示你的人道，告诉他们你的目的是把他们变成有益于社会的人，让他们听到、看到监狱的规则和条令，这样他们就不会认为承包商或狱卒在衣食上欺骗了自己。这种做法能防止监狱暴动和越狱，我坚信这些问题通常的起因是，囚犯因典狱长的虐待、滥权和污言秽语而变得绝望。[105]

如果公正的待遇能争取到罪犯的良知，滥权则会疏远良知。改革者坚持认为，像鞭刑这种体罚，以及监狱的肮脏状态，侵蚀了罪犯和普通大众对法律的尊重。由于在改革运动之前似乎不存在大规模针对监狱弊案或体罚的公众抗议，改革者似乎把自己对肉体折磨的强烈感受当成了社会整体感受的表征。

他们警告说，经常执行“严厉程度变化无常”的处决毫无必要，而且通过公开而血腥地折磨罪犯“将他们永久固定在恶行中，无法让他们改过从善”。[106] 一位作者在18世纪90年代写道：“过度的惩罚更多激起的是群众对受刑者的同情，而不是对罪行的义愤，这把法律的本意抵消掉了。”[107]

监狱改革者对关押机构的弊病和肉体折磨的强烈感受反映了一种深刻的忧虑，他们担心在公众（特别是穷人）眼中法律体系并不公正。在辉格党18世纪70年代的激进议会改革主张中，人们能察觉到一种
74 类似的忧虑，以及一种利用改革来增强公众守法意识的愿望。辉格党政论家喜欢详细论述公共秩序在共和政府与君主政府中的区别。理查德·普赖斯察觉到，由于人们能参与到立法过程当中，公开绞刑在马萨诸塞州（Massachussets）很少见。在英格兰，由于公民无法通过民主参与增强自己内在的义务感，处决每天都在发生。[108] 当本杰明·拉什1787年在论述死刑是“君主制政府的必然产物”时，反映的也是这个主题。由于国王相信自己具有神授君权，他们自然也拥有了“剥夺人生命的神圣权力”。他们视臣民为自己的财产，“他们让臣民流血时表现得冷酷无情，就好像宰杀绵羊或牲畜一样”。他说，共和政府的“理念完全不同。他们珍视生命，增加了公私各方保护生命的义务”。[109]

在为一个不平等的社会设计一种更坚实的社会秩序时，辉格党的改革者再次强调政府需要遵循人民的意愿。除了卡特赖特少校，他们都不能算民主派，但他们都坚持普赖斯所谓的“公民政府……是由人民缔造的”。[110] 伯格说，无财产者可能没有选举权，但需要使他们相信他们的统治者是在为公众谋福利，而不是在中饱私囊。[111]

美国独立战争期间共识式的权力观复兴了，这有助于解释监狱改革者为什么坚持寻找一种让罪犯感到痛苦的同时又不使他们离心离德

的惩罚方法。但是他们怎样才能将这种理论付诸实践呢？霍华德坚持认为："温和的管教通常比酷刑更有效。"[112] 为取代"野蛮的惩罚方式"，他提出了"一种更理性的方案"来"软化心灵以使其得到改善"。[113] 正如《预防犯罪论》(*On the Prevention of Crimes*) 的作者约翰·布鲁斯特 (John Brewster) 那句令人胆寒的话所说："既有爱的绳索，也有铁的桎梏。"如果"恐惧的盛怒"不能使罪犯屈服，"施加更柔和的影响"也许能把他们争取过来。[114] 爱的绳索能将心灵约束在对罪过的悔恨中，铁的桎梏只能拘束人的身体，却任由愤恨在心中发酵。

布鲁斯特所谓的"爱的绳索"就是那些改造主义和功利主义的刑罚论，这些论点能说服罪犯接受自己的苦难，面对自己的罪过。需要 75 注意的是，这些新兴的刑罚论都是针对囚犯的。改造主义理论会告诉罪犯刑罚是"最有益于"他们的事情，而功利主义理论会将刑罚说成一种基于社会需要的公正之举。改革者希望通过放弃应报理论清除掉刑罚中的愤恨。用边沁的话来说，由于囚犯能接受其公正性，刑罚就不再是"一种愤怒和复仇的举措"，而是一种精心算计之举，受制于社会的公益和罪犯的需求。[115]

用爱的绳索捆住囚犯的是监狱牧师。他们会说服罪犯接受自己的苦难，将其视为公正而有益的惩罚。牧师会强迫他们接受自己的罪过。牧师的任务就是把他们关到意识形态的监狱里。在 18 世纪 90 年代，囚犯能听到监狱牧师在布道台上这样说：

> 国法不是复仇的工具，而是改造的工具。治安法官并非在盛怒之下任凭自己的愤恨摆布，他们判处的刑罚也绝非无意或有意虐待那些让自己不高兴的人；应该把这些刑罚当成

> 一种对罪犯和他所危害的社会都有益处的好事。不要让你的心中埋下怨恨或恶意的种子，不要仇恨那些将你绳之以法的人。[116]

然而光靠讲道不能说服罪犯接受刑罚的公正性。除此之外，当然还需要关押机构的管教来确认法律体系的善意和公正。换言之，改革者的任务是让刑罚的合理性变得显而易见。杰里米•边沁对这个问题进行的思考影响最为深远。

他的刑罚观在他有关鞭刑的探讨中体现得最为生动。鞭刑的严厉程度取决于施刑者的力量，以及罪犯在公众心中激起的愤慨。刑罚的严厉程度会因施刑者和观看者的情感而有所变化，边沁认为这不公正、不理智。在他看来，刑罚的严厉程度应该只取决于罪行的严重性。因此，他设想出一种鞭刑机，一种由藤条和鲸须制成的转动连枷，操作
76 者可以选择打多少鞭，机器会用相同的力量抽打每名罪犯的背部。[117]

因此，在边沁有关痛苦的认识中，理性就是不受个人影响，不受个人影响就是人道。刑罚不应由君主的愤怒之手随意散播，而应针对每项罪行精心分配，就像市场为商品定价一样。理想情况下，机器应该能精确给出罪行应付的代价。刑罚应该变成一门科学，变成一种客观利用痛苦的方法，政府能用它来规制人们自私自利的小算盘。

18 世纪 70 年代议会改革和苏格兰启蒙运动中流行一种认为政府管理本身会变成科学的信念，这是理解边沁将痛苦科学化的必要背景。[118] 因此，并不只有边沁一个人相信未来人们会发现财政、行政和社会秩序背后的法则。在这些政府管理理论中，刑罚占据了显要的位置，它是政府用来将自私的追求引向合法目标的首要工具。[119]

18世纪70年代的慈善事业中就弥漫着这种权威观。早期工厂主和监狱改革者的善意常常被解释为一种将理想化的乡村父权制引入工业和监狱当中的尝试。然而玮致活、斯特拉特和霍华德没有用传统的顺从概念来描绘自己的慈善事业，而是选择了像“政治的人道”和“科学的人道”这样的新词。[120] 正如改善贫者境遇协会（Society for Bettering the Condition of the Poor）的托马斯•伯纳德（Thomas Bernard）在1798年所说的，他们立志“将一切有关穷人和增进其幸福的探索变成一门科学”。[121] 在伯纳德看来，这就意味着系统地区分值得帮助与不值得帮助的穷人，并以此取代不加区分的施舍。在工厂中，科学的权威代表着一种调和剥削工人牟利和保护工人道德福祉的尝试。就监狱而言，这意味着调和威慑和更新，刑罚与改造。

但是如何才能在监狱和工厂中建立理性的权力体系呢？在实践中如何调和“人道”“恐惧”“利润”和“善意”的不同要求呢？对于改革者而言，这些问题都转化成了另一个问题：如何控制这些机构中的监管人员？ 77

答案是树立规则的权威。监狱改革者相信，由于施刑者享有无限的自由裁量权，刑罚在穷人中丧失了道德权威。监狱沦为培育犯罪的温床，因为治安法官没有执行明确的管教、卫生和劳动规则。由于典狱长的权威不受规则和督查的节制，监狱中腐败、后门和虐待丛生。为取代“不受管制的自由裁量权”，改革者提议用“基于规则的温和管理”来将其取代。[122]

在霍华德心中，规则既要适用于囚犯，也要适用于工作人员。他提议的新规则中，有一半是关于禁绝工作人员倒买倒卖、言语侮辱、胡乱收费或肢体虐待的。规则中还有一组是关于看守任务、督查巡视、点名制度、睡前检查和夜晚巡逻的。看守和犯人的行为都通过正式的管制规程化了。[123]

改革者对收费制度的攻击是专门用来限制看守人员自由裁量权的。通过取消收费，改革者希望将典狱长从独立承包商变成政府的受薪雇员。为确保典狱长认真负责，改革者提议将治安法官的季度督查强制化。

这种对自由裁量权的攻击意味着，刑罚对于实施阶级统治极端重要，不能交给私人承包商来完成。现在政府要直接监督其实施。

规则同样适用于囚犯，它定下了一个由困苦构成的精细网络，将狱中生活标准化，在孤寂的恐惧中又增添了单调的痛苦，最终抑制犯人的亚文化。这种亚文化和典狱长的自由裁量权一样，阻碍了过去公正而定量施加痛苦的尝试。这些规则的意图在于把监狱从罪犯和典狱长手中夺回来。为取代罪犯和看守之间不成文而腐败的习惯性权力分配，改革者提议将双方都置于一种由外部执行的正式规则的管理之下。

督查是这种新权威体系中的关键词。在《全景监狱》（*Panopticon*）——一份出版于1791年的感化院草图中，边沁把囚犯和
78 看守都置于一个在中央监控塔中不断巡视的督查员的监视之下。从这个有利的角度，督查员能看清楚囚犯在牢房中的情况，以及看守在巡逻时的情况。如此一来，看守人员和囚犯一样受制于“无法违抗的控制之下”。[124]

这种督查应该是民主的。公众能自由出入监控塔，以监视督查员。无处不在的督查，针对所有人而设，通过所有人实施，这是边沁解决谁来看管看守这个老问题的方法。

因此，规则对于改革者而言有着双重含义。它们列举出了犯人要经受的苦难，但同时也是他们的权利宪章。它们约束着关押机构中的

双方，让他们都得服从一套由外部来执行的公正规范。就此而论，规则调和了政府、看管者和囚犯的利益。

单独囚禁同样调和了恐怖与人道。改革者不怀疑单独囚禁是折磨人的工具。约翰·布鲁斯特生动地描述了孤寂所能造成的痛苦：

> 罪犯要与一种他曾努力扰乱的社会秩序分离开来，要被埋在孤寂之中，在那里除了反省之外他没有同伴，除了思想之外他没有参谋，他受到了最严厉的惩罚。他所经历的一切突然改变，只有几道光能从窗户透进来，午夜时身边一片死寂，一切都能让他感到前所未有的恐慌。由于他能够思考，这会加剧他的恐慌感。没有酒杯能麻醉他的感官，没有躁动的狂欢能耗费他的心绪。孤身一人，他能真切地感受到悔恨之弦的牵动，他不断思考自己的现状，并将其与那些将他从社会中剔除并带到这里的事件联系起来。[125]

乔纳斯·汉韦毫不含糊地承认除了死刑之外，孤寂是一个社会所能施加的“最恐怖的惩罚”。他同时坚持认为，这也是“最人道的惩罚”。[126] 罪犯没有经受任何凶狠、残暴的折磨。政府好像在打碎他们的锁链之后消失了，让他们与自己的良知独处。在牢房的寂静中，囚犯受到了一种权威的监督，这种权威条理性太强而令人无法逃避，太过理性而令人无法抗拒，他们会接受悔恨的鞭打。拉美特利说：“折磨人类的人最终会折磨自己。”[127] 79

这就是伦敦和工业城市中那些支持霍华德事业的非国教医生、慈善家和法官所表述的感化院理论。他们支持感化院的理念，因为作为一种权力体系和一种重塑人类的机器，它反映了一些他们内心最深处的政治、心理和宗教理念。最关键的是，这个理念给他们一种希望，能重新树立法律体系的公正性，他们担心这种公正性因血腥法典苛刻而武断的弊端而受到了损害。然而，感化院不仅对这个小圈子有吸引力，它还吸引了像威廉•布莱克斯通，以及日后参与兴建新监狱的众多乡村地区的治安法官这样的人。对霍华德的管教理念有好感不能解释他们对监狱改革的支持，能解释这种现象的是18世纪70年代改革客观上的必要性。如果霍华德的《监狱现状》是在其他时代出版的，在非国教改革派小圈子之外的人可能会倾向于将其贬低为一本有价值但非常枯燥的小册子。然而这本书却在刑事司法体系出现严重危机时出现了。

第四章 布道的高墙：现实中的感化院

I

由于美国独立战争的爆发，向北美13个殖民地运送流放犯的行动戛然而止，这给负责刑事司法的机关带来了瘫痪性的打击。他们必须立刻为众多财产性犯罪设计出一种替代性刑罚。他们最初倾向于选择临时性措施，而非永久性改变。作为“权宜之计”，政府改装了几艘老朽的战舰，把它们停靠在泰晤士河畔的伍尔维奇（Woolwich）作为浮动监狱。之后，有更多这种名为“废船”的军舰停泊到普利茅斯（Plymouth）、戈斯波特（Gosport）和朴次茅斯港的入口。到1787年，大约有2000名戴枷的罪犯在废船上做苦工，将沙子运到船上当压舱物，或建造新的船坞设施。 80

政府委任邓肯•坎贝尔（Duncan Campbell）来管理这些囚犯，他是一名有20年流放犯人经验的承包商。过去他曾通过把犯人卖给北美的雇主而发财，因此他习惯于将他们看成商品。坎贝尔绝非异常冷酷的承包商，但他将1/7的死亡率视为能够接受的“库存减损”。然而在最初三年，在他监管的废船上，死亡率接近1/4。[1] 81

因犯把斑疹伤寒从郡拘留所带到了船上，由于坎贝尔未曾采取任何卫生防护措施，船上疾病肆虐。当霍华德 1776 年 10 月查看“正义号”上的罪犯时，他从“他们病态的面容中”看出了“这里管理不善”：

> 很多人没有衬衣，有些人没有背心……有人没袜子，有人没鞋子；有些人认识他（霍华德），霍华德感觉其中一个人病得很重，他摸了摸那人的脉搏，问他感觉怎么样。那人说，他希望能长眠于地下。[2]

伦敦的上流社会有十年都在因频繁越狱、伤寒爆发和泰晤士河畔的废船上的囚犯起义而担惊受怕。显然，在管理惩戒场所一事上，中央政府并不比郡市法官强多少。

尽管废船在 18 世纪 70 年代突如其来的危机过去之后又存在了很久，它们从来都不是取代流放的长久之计。其中一个原因是，它们只能吸收 60% 在独立战争爆发时被判流放的罪犯。其余几千名罪犯只能被继续关押在郡立和市立监狱里，和那些 1775 年之后被判流放的新犯人关在一起。结果，囚禁在一夜之间就从一种偶尔施于重罪犯的刑罚变成了惩治所有轻微财产性犯罪的首选。下页上的表格展示了老贝利街法院判处监禁的案件在 1775 年后的激增。[3]

82 这些被判处监禁的人中的大多数都是轻微盗窃罪的初犯。“残忍的惯犯”都被送到了废船上。最初，刑期很长，而且常常会附有鞭刑。法官经常会判五年或七年徒刑，直到下议院的一个委员会 1779 年时指出，考虑到多数监狱的现状，判这么长的刑期等于是签了死刑令。[4] 此后刑期就缩短了。到 18 世纪 90 年代，多数人刑期不超过一年。

突然改用监禁给监狱增添了额外的负担，而在 1775 年之前监狱就

表 1：老贝利街 1760—1794 年各类刑罚之分布

年份	死刑百分比	流放 / 废船百分比	鞭刑 / 烙刑 / 罚金百分比	监禁百分比
1760—1764	12.8	74.1	12.3	1.2
1765—1769	15.8	70.2	13.4	0.8
1770—1774	17.0	66.5	14.2	2.3
1775—1779	20.7	33.4	17.6	28.6
1780—1784	25.8	24.1	15.5	34.6
1785—1789	18.5	50.1	13.2	13.3
1790—1794	15.9	43.9	11.7	28.3

已经出现了人满为患的迹象。然而直到 1783 年，这个系统都能勉强维持，没有暴发瘟疫。霍华德在 1779 年的寻访中没有发现一例病例。[5] 这并不是因为法官采取了任何预防性措施。大多数法官没有采取措施。他们都以为在迅速击败北美革命者之后，就可以把那些挤在监狱里的流放犯送到一个驯顺的战败殖民地去。他们设想人数问题会自然消失，因此没有改变监狱的条件。此外，战时的人力需要也起到了稳定犯罪率的作用，进而减轻了监狱的压力。[6] 法官判处很多罪犯到陆海军中服役，而不是到监狱中服刑，这也有助于减缓监狱人口的压力。[7]

真正的危机直到 1783 年重归和平之后才出现。军人退伍，以及丧失殖民地市场所导致的贸易萧条，导致了自 18 世纪 20 年代以来最严重的犯罪高发期。[8]1783 年至 1786 年间，关在老贝利街的待审犯比之前三年多了将近 40%。虽然一些观察家将“犯罪和破坏行为的迅猛增加”归咎于劳动力市场短暂的供大于求和贸易额下跌等短期原因，监狱改革者却用末世论的眼光来看待这种情况，将其当成了城市秩序、阶级和谐和穷人中道德管教崩溃的证据。[9] 他们为时疾所开的诊断中，最关键的就是“奢侈”一词。

他们认为，“奢侈”已经腐蚀了富人严格的公民责任感，而这是公

共秩序的基础。[10] 穷人受这种有害的影响，已不愿暂缓自己欲望的满
足，摆脱了打工者那种克制的禁欲主义，开始拥抱犯罪带来的感官享
83 受。在这样一种道德权威放宽的环境中，陷入享乐主义的富人不再监
护穷人，儿童不再服从父母，学徒公然违抗师傅。[11]

这一连串道德破裂促使乔纳斯•汉韦针对伦敦治安现状写了许多危言耸听的宣传册。他呼吁监狱中启用单独囚禁。“日常经验证明我们现在施加的刑罚已经失去了效力，”他写道，“必须设计新的刑罚……毫不夸张地说，在我们国家人们不能安全回家，就算他在这座大城里驾着战车，也要冒着手枪打穿他胸口的危险。”[12] 他说，当局“在悬崖边昏睡”。他们没有认识到“战争的胜利、艺术的进步、商业的繁荣”诱使人们忘记了“那只带来这一切幸福的手”。汉韦警告同阶级的人，他们的“挥霍”和“奢侈”让穷人“绝望而贪婪”，驱使他们去“抢劫和谋杀，获得金钱来满足自己的欲望”。[13]

伦敦的治安法官帕特里克•科洪（Patrick Colquhoun）、医生威廉•布利泽德和辉格党激进派的约西亚•唐福特都支持汉韦的危言耸听。这种危言耸听集中在伦敦，这一点也不让人惊讶。因为正是在这里，奢侈的诱惑最厉害。码头上的大包、小餐馆窗口的火腿、五金店窗前摇晃的水壶、平板车上诱人的包裹都刺激着人们犯罪的欲望，这些都是乡村所没有的。[14]

伦敦也是“无主之人”——逃离乡村秩序之人——的圣地。在城市中心，一群无法管理的人聚集在一起，政府无法监控或介入。布利泽德描述了位于教堂道（Church Lane）、原野道（Field Lane）和黑仔巷（Black Boy Alley）街区的这么一个“小偷共和国”，这片区域是“一个独特的市镇或地区，简直就是为接待最黑暗和凶险的社会公敌而专门

设置的”。[15] 当警察追捕时，罪犯可以退入这片布满院落、小巷和地下通道的区域，在这片藏身之处嘲弄法律的无能。

早在 18 世纪 80 年代之前，这种危言耸听的各个方面——奢侈的腐化作用、富人衰落的道德权威、地下犯罪团伙的挑衅——就出现在 84
了约瑟夫•巴特勒、亨利•菲尔丁、托马斯•布雷和罗伯特•纳尔逊（Robert Nelson）的著作中。[16] 在将近一个世纪的时间里，有关“奢侈”及其道德影响的讨论为中产阶级——特别是其中的辉格党非国教徒——提供了一个平台来探讨经济增长的后果。但就算 18 世纪 80 年代讨论的内容并不新鲜，危机、战争、刑罚崩溃、监狱拥挤和空前的犯罪率都让这种危言耸听之论听起来更可信了。结果，在 1783 年刑事收押人数猛增后，这些基于当时伦敦的问题而来的分析获得了各郡人士的关注。对许多人来说，时代呼唤社会权威得到重新树立，政府的道德公正性得到维护，改造不服管的穷人的努力重新开始。

由于汉韦和布利泽德等人将犯罪认定为其中一种穷人反抗形式，他们执迷于设计出一种关押机构，能让他们全面控制穷人的身体、劳动，甚至是思想过程。换言之，感化院不仅仅是针对一场监狱危机的实用主义反应。它能深入人心，因为它从一个很小的方面代表着一种等级森严、恭敬顺从、虔敬庄严的社会秩序，他们感觉这种秩序正在他们身边崩溃。

改革者的社会危机感很快又得到了加强。1786 年，下议院有关济贫成本的委员会公布了其研究结果。研究发现，从 1776 年开始，在一些地区，向堂区申请援助的人数上升了 30% 之多。[17] 此外，拘留所和改造所里人满为患的现象也让各地的治安法官惊恐万分。1750 年和 1770 年监狱人满为患的现象在伦敦表现得最为明显，然而与这两次不同的是，18 世纪 80 年代的危机在全国各地的监狱都能感受到。霍华德估计监狱人口从 1776 年至 1786 年上升了 373%。[18] 监狱的条件也因此严重恶化。

白厅的内阁大臣正好能正确领会形势的严重性。在 1783 年至 1785 年之间，他收到了 35 个地方的治安法官发来的急件，其中报告监狱中爆发了瘟疫、越狱或暴动，请求派军方的卫兵来保护监狱，
85 呼吁尽快恢复流放。例如在梅德斯通（Maidstone），“散发恶臭的疾病”夺去了 12 名囚犯的生命，还导致另外 27 人病危。[19] 从伊尔切斯特（Ilchester）发来的报告说，一种“恶疾”已经夺去了 11 条生命。[20] 一名来自萨默塞特郡（Somerset）的法官在请愿书中告诉大臣，监狱热已经杀死了狱吏、他的妻子、当地的医生，并“在各级法官中造成了极大的恐慌”，因为他们需要去审判那些患病的囚犯。兰开夏郡定期法院的法官担心，[21] 兰开斯特拘留所中的“传染性热病”有可能会传播到高墙之外。[22] 在格洛斯特，确实发生了这种情况。1784 年，在城堡拘留所拥挤的待流放犯人区爆发了热病，并传染到了周边街区。六名穷人不幸身亡。[23]

囚犯并没有沉默地忍受这些劫难。伦敦一所名为“伍德街监所”（Wood Street Compter）的拘留所爆发了暴动，领头者“像别卜西（Beelzebub）一样狂暴”，暴动非常激烈，典狱长不得不向参加私人军事俱乐部“伦敦步兵协会”（London Military Foot Association）的中产阶级公民求助。[24] 在克勒肯韦尔改造所，看守们挫败了一次大规模的越狱图谋，造成三名囚犯死亡，三名囚犯受伤。[25] 在萨瑟克拘留所，罪犯的威胁性行为让萨里郡的法官们感到十分紧张，他们上书内政大臣，请求在监狱围墙上部署军方的卫兵。当卫兵在六个月后撤离时，他们

又提出了强烈的抗议。[26]

囚犯们也就自己的苦情上书内政大臣。从他们的请愿书中可以看出，治安法官并不敢正视判处犯人监禁所带来的后果。这些机构的运转依然和拘押场所一样。很多改造所没有给囚犯配口粮，囚犯不得不靠朋友的施舍来生存。一群因偷羊而在达勒姆（Durham）服刑的囚犯向白厅抱怨说，他们同意参加陆军以换取缓期流放，但没有人送他们上路。于是他们在拘留所里受尽苦难：

> 我们就这样失去了一切通过勤恳工作来维持生存的手段，我们的罪行使得我们失去了朋友的援助，除了郡里慷慨的慈善捐赠，我们得不到其他帮助，而这些食物只能让我们勉强
> 吃饱，我们几乎衣不蔽体。因此我们谦卑地请求您考虑我们 86
> 不幸的现状，下令为我们提供在您看来必要的衣装。[27]

一位来自兰开斯特城堡的囚犯在请愿书中说，他们也为郡里和朋友所抛弃，正在慢慢饿死。[28]1785 年 7 月 20 日，莱斯特拘留所中的 11 名罪犯向白厅的内政大臣写下了下面这段哀戚的文字：

> 11 名不幸的罪犯在此提出最为谦卑的请求。我们谦卑地告诉您，我们这些悲惨的人确实值得同情，我们已经在这所悲惨的监狱里待了三年了，我们每天只能吃到两便士的面包，这连让我们吃个半饱都不够，我们当中多为年轻人。我们的不幸远不止于此。冬天，我们当中很多人不得不用那少得可怜的救命口粮去换一点点煤，用来生火，温暖被酷寒和铁链

> 冻僵的四肢。尊敬的阁下，就算我们罪孽深重，我们所受的苦难也是难以名状的，我们将会这样死在自己的祖国中，尤其是让我们在这个残酷而悲惨的地方再过一个冬天的话。如果我们的刑罚在判决之后立即执行，我们现在可能已经服刑完毕，在上帝的保佑下，在海外开启了一段比在故土更好的生活。然而我们眼中毫无希望，只有绝望，我们几乎快被饿死了，有些人没有裤子，光着双脚，有些人身上从来就没有衣服，快被毒虫活活咬死了，总之我们无法遮挡自己赤裸的身体。有些人的家远在百里之外，没有朋友能稍微帮上他们一点忙，一开始有朋友的人，现在朋友也早就厌倦帮助他们了。因此，尊敬的阁下，我们受尽了苦难，就像全能的上帝让您生活丰裕一样，我们最谦卑地乞求您将自己的丰裕之手伸向我们，救济我们这些最不幸的人……[29]

II

和监狱状况同样让人警觉的是，有证据表明通常剂量的震慑好像
87 已经不能遏制犯罪高发了。政府对1782年定罪数上升的最初反应是，宣布国王的赦免从此之后不再适用于盗窃和入室盗窃。[30] 新政策立刻对量刑产生了影响。例如在1785年，伦敦和附近各郡中只有1/3的死刑犯获得了赦免，而1782年之前大约2/3的人获得了赦免。

在法庭上，陪审团似乎支持使用严刑酷法，他们做“善意的伪证”的情况减少了，这种法律策略能让他们将受控犯严重盗窃罪的人认定为犯轻微盗窃罪，这样就能让他们免受绞刑。结果在老贝利街被判有罪而处死的人从1770年至1774年间的17%蹿升至1780年

至1784年间的25.8%。[31]1783年至1787年间伦敦处死的人数比之前五年高82%。1783年之后的五年间，一共有348人死在了伦敦的绞刑架上，光1785年就有97人。[32]

虽说这场大屠杀给像罗米利这样的改革者留下了深刻而悲哀的印象，它似乎并没有阻止犯罪率的上升。在1783年的一次审判中，当老贝利街的一名法官将被告席上的35名罪犯判处死刑时，他观察到这个数字悲哀地证明了传统的震慑手段业已失效：

> 所有看到或听到这么多罪犯聚在一起的人，都应该表现出一种难以名状的关切，去反思这用血写成的法律，它判处违法者死刑，但在很多情况下已经失去了震慑作用，在频繁的处决和更为频繁的赦免之后，公开行刑和皇家宽赦似乎对这些大胆的罪犯已经丧失意义了。[33]

意识到大规模的处决未能阻止“成群的坏蛋”被送上法庭之后，贵格派作家马丁·马登（Martin Madan）1785年时主张，唯一的出路是更为严厉和刚硬的惩罚。在一本受众广泛的小册子中，他宣称频繁的赦免损害了死刑立法的威慑力，让这些法律看上去就像“为防止鸟吃玉米而在田野里竖立的稻草人”。[34]他提议未来不给死刑犯判缓刑。

塞缪尔·罗米利是谢尔本勋爵圈子中的一位年轻律师，他很快就想出了一个反驳马登的论据，但他的反击是多余的，因为就连维护血腥法典的人都不支持马登。伦敦一地一年就处决了97个人，血腥法典 88
的执行力度已经触及了人们可接受的极限。像马登主张的那样扩大屠杀的范围，无疑会让“法律的仁慈和人道”这个本身就不太牢靠的神话彻底失效。

在一份写给内政大臣的简报中，伦敦法团认为增加处决的人数甚至有可能会鼓励犯罪，因为这会让民众对残忍的行为习以为常，也会贬低生命的价值。[35] 就连哲学家威廉•佩利（William Paley）——他在历史上通常是以血腥法典的傲慢辩护者而闻名的——也在 1786 年宣称自己怀疑处决扒窃者可能有失公正。他支持用感化院监禁来取代绞刑和流放，作为轻微犯罪的首选刑罚，他还利用自己的盛名来支持这一想法。[36]

在 1783 年，对公开处决仪式的失望终于导致通往泰伯恩刑场的游行被取消。死刑犯从新门监狱上车，穿过拥挤的街道，到达临近大理石拱门（Marble Arch）的泰伯恩绞刑场。这场貌似庄严的游行要让尽可能多的人知道违法的下场。然而在现实中，这个仪式让群众控制住了，变成了一场小偷的节日，一场穷人的狂欢。

虽说针对这种仪式及其劣化的批判早已比比皆是，可是要等到 1783 年，在刑事司法体系的总危机达到高潮时，仪式才被缩短。伦敦和米德尔塞克斯的治安官彻底废除了这种游行，并下令今后的处决应该在新门前进行。他们为这一决定给出的理由值得大篇幅引述：

> 经常有人控诉，通往泰伯恩的游行业已变成嘲弄法庭庄严判决的场合，临终场面已经丧失了震慑作用，它不但未能让旁观者吸取到任何道德上的教训，反而已经变成鼓动罪恶的机会。凡曾目睹这一幕的人都无法否认这种批判的正确性。这一天，我们当中的一些人注定要变成震慑作恶者的例子，并用不光彩的死亡补赎自己荒废的一生所造成的罪过，然而这个城市中的庸众常常把这一天看成一个节日，人们谈起行刑的场所

> 时，怀着一种奇怪的期盼，想要满足一种莫名其妙的好奇心，89
> 而不能用稳重的关切将其看成道德提升的机会。如果唯一的缺陷是缺乏仪式感，那么至少我们可以期望观众只会感到无动于衷，但当他们看到组织的卑劣、囚车的肮脏、马具的破旧，周围环绕的是一群庸众中最为低贱的人，观众的感情就更倾向于耻笑，而非责任。整个过程得到的结果也是一样的。游行的跟随者很快就聚拢起来，然后会听到不雅的妄语，人群会跟着队伍行进，他们的妄语不断增多，直到通往致命之树（Fatal Tree）的通道。刑场上出现了躁动的人群，他们放荡的言语伴着粗俗的笑话、咒骂和亵渎四散开来。[37]

鉴于这种针对公开处决的攻击原来也有，现在的问题是为什么当局到了 1783 年时会接受这种批评。也许 1782 年之后绞刑的激增对此有影响。喧闹声一浪高过一浪的人群如今几乎每周都会聚拢到一起，由此产生的骚动变得难以接受。尽管戈登暴动（Gordon Riots）不能直接解释他们的决定，但这次暴动依然让他们心有余悸。

就在三年前，为抗议一项取消限制天主教徒民权的法律草案，伦敦人民攻击了法官的住宅，扫荡了伦敦的监狱，释放了囚犯，还在两院议员去国会的路上揶揄他们，推搡他们。与先前伦敦的选举暴动不同——这些暴动多少还是激进派政客指挥的——戈登暴动很快就不受其主要煽动者乔治•戈登勋爵（Lord George Gordon）的控制了。这样一来，暴动展示出了穷人与精英之间一道令人担心的新鸿沟。所以在这之后，当局自然会更不能容忍像泰伯恩游行这样的公共骚乱了。

无论如何，仪式的控制权从治安官的手中流入了暴民那里，现在治安官要把绞架从泰伯恩挪到新门门口，显然是要重新夺回控制权。这样看来，他们的举动就与监狱改革者的努力有共通之处了，后者想要重新夺回监狱的控制权，因为在犯人亚文化的控制下，监狱已经变成了盗贼的学校。双方的举动都让人回想起帕特里克•科洪18世纪90年代的提议，科洪主张建立一支伦敦警察力量，摧毁圣吉尔斯
90 区（St. Giles）的罪犯自治王国，在整个伦敦建立起法律至高无上的权威。[38]这三件事情都能被视为树立国家对于贫穷群众的霸权，因为长久以来穷人对公共权威的叛逆被纵容或接受了。

取消泰伯恩游行与18世纪70年代人们对鞭刑和烙刑的反应也有关系。常会有人说，公开鞭打和烙印“除了在受刑者身上打下难以磨灭的污点，让所有体面的市民感到愤慨之外，没有其他作用”。[39]雇主会拒绝经受过这种带有刑罚污点的人，体面的人会躲避他们，这样必然会无情地将他们赶回犯罪的老路上去。这种刑罚不但没起到震慑作用，反而让罪犯变得更加冷酷麻木，“坚定了他们作恶的信念”。威廉•伊登和乔纳斯•汉韦主张，这种景观已经丧失了公众的信任，让法律的形象变得非常严酷，损害了法律在穷人眼中的权威。[40]

这波新观点导致量刑发生了重大变化。1779年，在授权建设感化院的法案中，烙印被废除了。[41]与此同时，在1775年至1790年间，老贝利街的判决中鞭刑的比例从17%下降到了11%。当全国性的刑罚统计数字于1805年出现时，鞭刑在巡回法院和定期法院所判刑罚中占了不到4.5%，不过在速决程序中，鞭刑的比例可能会高一些。[42]此外，绞刑变得不那么常见了。从1787年开始，赦免的数量开始上升。到1800年，在伦敦的死刑犯中，只有10%多一点的人被真正处死。[43]

这一切都说明人们对仪式性惩罚的道德性和有效性丧失了信心，

而政府应该与绞刑架边或鞭刑台旁的公众一起施加刑罚的理念，也逐渐为人们所抵制。将绞架挪到新门边上，更多使用监禁，这些都剥夺了罪犯公开反抗的机会，也剥夺了群众让仪式为其所用的可能。与仪式性刑罚相比，监禁为政府提供了一种绝佳的罪犯管控方式，让政府能控制所有刑罚的力度，而不受公众的讥笑。 91

与此同时，监禁的兴起也表明人们在道德上对折磨肉体的惩罚的顾虑越来越多，正如很多人支持霍华德反对锁住或鞭打在押犯的斗争一样。改革者感觉到，“公众”——在他们看来包括囚犯、追诉人和观众——都不再容忍或接受虐待身体的刑罚了。

如果人们不能接受用体罚来应对不断上升的犯罪率，那重新启用流放怎么样？这是治安法官一致的呼声，因为监狱快要被流放犯挤炸了。内政大臣本人也考虑过重新开始流放，以走出这场危机。但在西非建立罪犯殖民地的计划以灾难告终，而新斯科舍（Nova Scotia）和好望角都反对把他们新兴的定居点当成罪犯收容所，约瑟夫•班克斯（Joseph Banks）提议启用澳大利亚的植物湾（Botany Bay）。班克斯曾是库克船长远航船队中的植物学家。他坚持认为这片殖民地的商业价值“比整个欧洲都大”，这巧妙地说服了一个还在因北美大陆被输给了战胜者而苦恼的政府部门。[44] 然而在 1786 年第一批船只出发之前，必须给流放犯中那些正在废船或监狱里服刑的人改判。在一封写给内政大臣的信中，弓街法院法官桑普森•赖特（Sampson Wright）承认这样篡改判决是非法的，但他将自己的顾忌弃之一旁，说：“公众无论如何都很乐意摆脱掉这些人。”[45]

在经历过戴枷苦工或地牢的磨难之后，犯人们，至少是伦敦的一批犯人，绝不想无声无息地接受这样的篡改，在被带到法院接受改判时，已经在废船上服刑的九名男子和七名妇女对此提出了抗议。

莎拉 • 米尔斯（Sarah Mills）在法庭上站了起来，喊道：“我宁愿在祖国死掉，也不想让野人生吞。”莎拉 • 考登（Sarah Cowden）告诉又惊又恼的法官：“我愿意接受祖国法律的死刑，也不想在海外终老此生。”简 • 泰勒（Jane Tayler）也说：“我愿意第一个去死。我为自己的
92 行为受了三年牢狱之苦，我受够了。”原来有人曾使他们相信，监禁四五年之后他们会得到减刑。正如玛丽 • 伯吉斯（Mary Burgess）对法官所说：“很抱歉我给法院添麻烦了，但过去 16 个月中，每次开庭我都希望能重获自由。（内政大臣）悉尼勋爵（Lord Sydney）是我的朋友，我认为自己不应该被发配到海外。”当法官下令把他们带到死囚室去反思时，除了一个人以外，剩下的人都同意上船。莎拉 • 考登依然在坚持。当她被重新带回法庭时，她为救一位狱友的性命而讨价还价：

> 我告诉你说：我情愿接受国王判处我的任何刑罚，但莎拉 • 斯托勒（Sarah Storer）是无罪的。我不关心我会受什么样的刑罚，如果莎拉能得到减刑，我愿意接受任何惩罚。[46]

法官在听到这些话后勃然大怒，下令将她关起来等待处决。但当时正在法庭里的一名律师介入了此事，救下了她的性命。他去新门监狱的牢房，在那里说服她上了船。这就是老贝利街法院遭遇的抵抗。在那个知悉自己将被送到地球另一端的悲痛时刻，不知道其他法院的囚犯是否也像莎拉 • 考登一样。这是一个值得关注的问题。

抵制流放的并非只有罪犯。霍华德猛烈抨击了“植物湾计划”，他说这剥夺了罪犯接受改造的机会。就连 1785 年支持恢复流放的委员会

也有一些疑虑：

> 流放发挥的示范作用十分有限……虽说流放犯受刑时备受折磨，但别人看不到他的磨难……他腾出来的犯罪机会很快就会被补上，他很快就被人遗忘，在那些需要通过震慑作用来改造的人心里，流放没有留下任何印象。[47]

这种醒悟有助于解释为什么1787年后流放逐渐失去了其在各种刑罚中的显要地位。到18世纪90年代，在有罪判决中，判处流放的比例已降到50%以下，相比之下，在1775年暂停监禁之前，这个比例是75%。[48] 对于情节轻微的重罪，监禁逐渐开始取代流放，成为首选的刑罚。对于严重侵犯人身安全的暴力犯罪，以及抢劫、入室盗窃和侵犯民宅等暴力侵犯财产的犯罪，流放和绞刑依然是最主要的刑罚。然而，对于轻微的财产犯罪，首次出现了一种“适中”的刑罚。 93

在短短十年之中，出现了一波旧方法无法应对的犯罪浪潮，流放被暂停，而且改革派认为政府能用一种更为公正合理的手段对臣民施加痛苦，这些都让18世纪的刑罚政策受到了质疑。

III

霍华德、伊登和布莱克斯通起草的1779年《感化院法》是体现这种改革理念的重要文献。在他们最初的提案中，他们要求通过改造现有设施或国家拨款兴建新设施，建立一整套“苦役院”（hard labor houses）网络。最终通过的法律将这个计划大幅压缩了。[49] 该法规定在伦敦地区修建两座感化院，一座关押600名男性，另一座关押300名女性，接收来自伦敦及附近法院的囚犯。这些罪犯本来都可以判处流放罪的，现在他们会被判处最长两年的监禁。晚上他们会被关在独立的牢房中，白天则会分组劳动。他们从事“最艰苦、最低贱的工作，核心内容是苦役，而且是那种不因无知、粗心或顽固而受阻的工作”。该法举例推荐了锯石材、磨光大理石、压制麻绳、锉木头和撕抹布。霍华德希望各郡会纷纷效仿这些条款，在地方监狱中开启一个严肃的新时代。

同样的精神也在草案中有关伙食和囚服的条款中发挥着作用。为取代郡里提供的不定期、不足量的食物，每一名罪犯会获得固定的伙食。为防止有法官认为这样做会侵蚀刑罚的威慑力，法案特别规定伙食应该是“面包和糙肉，或者任何劣质的食物，水或淡啤酒”。与此同
94 时，囚犯将首次获得服装，不再继续穿他们肮脏的破衣烂衫。威慑与人道的要求再次得到了和谐的表达。衣服应该是“粗糙而统一的，每个人身上都戴有鲜明的特定标识或标记，这既可以羞辱穿着者，也有助于侦破越狱案件”。

有人担心伙食、卫生和穿着的提高会消除人们对监禁的“恐惧”，使得“底层人民”认为监狱比“自己家”更好，霍华德回应说，他希望让监狱所施加的痛苦更为公正，而不是减轻痛苦的程度。用他的话说：

> 我的提议不会带来丝毫雅致或愉悦之感……至于囚犯食宿事宜的规定变得更为人道，我敢说，如果结合预防挥霍和放荡娱乐的严格规定来看，监禁尽管不再有损于健康和道德，但依然会让人感到痛苦难忍，特别是对那些游手好闲的浪荡子而言。[50]

霍华德的大多数“严格规定”都借鉴了欧洲的范例，比如根特的权利院、阿姆斯特丹的锉刀大厦和罗马的沉寂院。这些地方都不叫感化院。在1778年，霍华德、伊登和布莱克斯通弃用了“苦役院”一词，代之以“感化院”。这个词能表达理想中那种不但要工作，还要悔罪和赎罪的地方。在死前出版的最后一版《英国法评论》中，布莱克斯通宣布他想法有变，接受了感化监禁的理念：

> 在制订这些感化院的计划时，首要目标是禁酒、卫生和医疗援助，手段是一系列常规的劳动、工作之余的单独囚禁，还要通过宗教教育来保护并改善不幸的罪犯的身心健康，向他们灌输勤奋的习惯，保证他们远离不洁之友，让他们习惯于认真反省，教导他们宗教和道德责任的理论与实践。[51]

《感化院法》通过之后，一个三人委员会受命为这两所监狱选址，任命建筑师并开始建设。这三个人是霍华德、他的朋友约翰•福瑟吉尔，还有一个是很快就和他们吵了起来的乔治•惠特利（George Whateley），他是弃婴院的司库。福瑟吉尔于1780年去世，霍华德 95
旋即辞职，因此不得不选出第二个委员会，成员是托马斯•包德勒（Thomas Bowdler），他是惠特利在弃婴院的同事，另外两人是下议院议员吉尔伯特•艾略特（Gilbert Eliot）和查尔斯•邦伯里（Charles Bunbury），他们推动了最初的法案在下议院通过。[52]

这四个人开始着手评选建筑师提交的方案。他们想要在监狱设计史上做出重大创新，这点在包德勒写给一名竞标建筑师的信中明确体现了出来："我们要建的和过去我国建成的任何建筑都截然不同，一个擅长建造教堂或宫殿的人，可能并不能胜任感化院建筑师一职。"[53]

威廉•布莱克本（William Blackburn）——霍华德认为他比任何人都理解自己的目标——赢得了竞标。他日后会修建格洛斯特和其他几个郡的感化院。然而委员会在为监狱购买巴特西丘（Battersea Rise）的土地而进行徒劳的谈判时陷入了僵局，而感化院规划到1785年就失效了。

T. B. 贝利是兰开夏郡治安法官，普雷斯顿（Preston）新改造所的创立者，他将计划搁浅归咎于"政府各部和各党贵族士绅考虑不周的吝啬"。他还强烈抨击他们"惧怕任何需要**持续**关注、监督和操心的计划"。[54]

但内政部并不只是因为懒惰而冷漠。有人在宪法层面上反对该部进入狱政管理领域。监狱属于郡市事宜，由地方法官管理。这些法官最多只能容忍没有约束力的监狱立法。但他们在议会有足够的影响力，可以阻止白厅采取更为积极的措施。结果，政府虽说修建了废船作为"权宜之计"，却决定不再进一步开展永久性的监狱管理工作。这种基于宪法的反对粉碎了霍华德设立两名监狱督察员的提议。

另一个更难确认却更为重要的因素，是内政部不情愿放弃流放臭名昭著的罪犯，转而采用最终会让罪犯重归社会的监禁体系。监禁的
96 潜力尚有待证实。对于一个坚信罪犯无可救药的社会来说，接受一种假定他们能重新融入劳动力市场的刑罚是十分困难的。

IV

尽管感化院计划未能实施，《感化院法》本身并没有沦为虚置的摆设。在1783年和1784年，鉴于监狱愈发拥挤，而且监禁的适用率不

断上升，治安法官们决定重建或扩建自己的监狱，他们将《感化院法》当成了管教的范本。这波监狱复兴潮的结果影响深远。1812 年，伦敦商人和慈善家詹姆斯 • 尼尔德（James Neild）对霍华德调查过的监狱进行了重新统计，他发现，从霍华德那时到现在，过半数监狱已经改建或大规模扩建过了。[55] 在这些关押机构中，收费和酒水销售已遭禁止，典狱长也有固定工资了。囚犯获得了“郡里提供的衣服”，以及固定但贫乏的伙食。在很多地方，法律禁止使用枷锁，典狱长要想用鞭刑，必须得到治安法官的正式许可。定期粉刷墙面已经成为一项规矩，囚犯得到了洗衣设施，厕所也会定期清理和消毒。

一些郡更进一步，修建了小型感化院。这些感化院要么毗邻现有的拘留所或改造所，要么取而代之。这些感化院最初于 1775 年出现于萨塞克斯郡的霍舍姆和佩特沃斯（Petworth），比《感化院法》早四年，是在本郡显贵里士满公爵的鼓动下兴建的。[56] 尽管霍华德称赞霍舍姆感化院真正体现了他的计划，但似乎并没有人在修建该院时向他咨询过。里士满公爵的管教理念似乎直接得自根特的权力院和阿姆斯特丹的锉刀大厦。

1775 年萨塞克斯郡大陪审团谴责旧式拘留所“具有破坏性”而且“不能够保证囚犯的安全与健康”，拘留所被拆除，一所造价 3650 英镑的感化院拔地而起。[57] 按 19 世纪标准来看，这个只有 25 间牢房的新感化院很小。牢房中设施简单，只有“一个石制夜壶、一块抹布、一把扫帚、一个皮革桶、一张帆布草垫床和两床毯子”。罪犯脱光衣服、
洗净身体，再穿上绿黄相间的统一囚服，然后被登记带走。他们在牢 97
房里劳作，每天只能出来放风两小时，出来是为了参加“上帝的礼拜”，以及法官明令许可的来访。他们的伙食每天只有水和两磅面包。

收费制被取消，典狱长、众狱卒、一名牧师和一名兼职医生都会领取固定工资。负责监督该机构的，是一名被任命为监狱“督查”的法官。

佩特沃斯的感化院仿效了同样的管教计划，它取代的是一个狭小的乡间监所，据一名法官 1782 年的报告说，那里“只有两间凄惨的房间……没有烟囱和水，没有庭院或任何水，也没有工作”。里士满公爵对萨塞克斯郡刑罚机器的升级感到十分满意。他夸口说，新的机构已经变成了震慑穷人的有效工具，它们太过有效，以至于里面经常是空的。[58]

在《监狱现状》出版、《感化院法》出台之后，新的管教理念迅速传播开来。到 18 世纪 80 年代晚期，霍华德发现他的努力和刑罚危机在郡级法院中催生出一小批倾向于改革的治安法官。米德尔塞克斯的威廉 • 梅因沃林（William Mainwaring）按照霍华德的样本，在冷浴原的克勒肯韦尔领导修建了一所新的改造所。[59] 在多塞特郡（Dorset），威廉 • 莫顿 • 皮特（William Morton Pitt）说服当地法院在多切斯特（Dorchester）兴建了一座感化院，并让住在里面的人为当地的制帽厂工作。[60] 托马斯 • 比弗（Thomas Beevor）于 1785 年将诺福克郡怀门德姆（Wymondham）的布莱德维尔式监狱改造成了按照感化院原则监禁犯人的机构。[61]

T. B. 贝利于 1787 年监督修建了索尔福德的新贝利（New Bayley）监狱。[62] 监狱的奠基石上写道，这座监狱是“献给约翰 • 霍华德的纪念碑，以此表达本郡对他的爱戴与感激。他充分证明了单独关押囚犯是明智而人道之举”。[63]1792 年，贝利在普雷斯顿主持了一座“按照霍华德先生的方案修建的感化院”的开幕式。在这座感化院中，200 名犯人夜间关在独立牢房中，白天在当地棉纺业巨头霍罗克斯（Horrocks）

先生的巨型联合车间中织布、摘棉花。约翰·艾金注意到，利物浦 1776 年以来修建了一所新拘留所、一所新精神病院、一所新的布莱德维尔式监狱。[64]

要不是改革的支出过高，很有可能会出现更多的新监狱。这些支出不但包括修建费用，还包括监狱工作人员的工资，以及为犯人采购 98
囚服、寝具和食物的钱。在过去的收费制度下，维持监狱的开支大多由囚犯自己来承担。当倾向改革的治安法官们寻求将这项开支转移到郡里时，他们发现自己被愤慨的纳税人所阻挠。例如在布里斯托尔，市长提议按照感化院模式修建一所新的拘留所，结果发现自己遭到了暴民的武力威胁。遍布全城的讽刺画将他妖魔化了，画中他正向布里斯托尔的市议员们大喊："我要一座拘留所，我要一座拘留所，我他妈要让他们世世代代交税！"——而两个正在玩牌的主教在亲他的臀部。[65]那些修建了感化院的郡对 1780 年犯罪浪潮和监狱热病的警惕性非常强，足以克服财政上的这些反对意见。

V

在这些新的郡立机构中，格洛斯特郡修建的那些影响力最大、重要性最高。这些机构最完整地体现了当时理想中的感化院，也代表着各郡在将这种理想付诸实践时所遇到的诸多困难。

格洛斯特郡的监狱都是由一个人缔造的，他叫乔治·阿尼色弗·保罗爵士（Sir George Onesiphorus Paul）。[66]他的祖先是胡格诺派商人，1685 年后在西部定居，靠羊毛业致富。保罗的父亲是一个取得过炫目成就的制衣商，他迅速上升的社会地位在 1760 年受封男爵时达到顶峰。G.O. 保罗生于 1746 年。他在牛津大学度过了一段散漫岁月，并花了一年去环欧旅行，之后他定居伦敦，过上了城中年轻绅士那种略有些放荡的生活。当他父亲于1774年去世后，他继承了爵位，将家族的毛纺厂租了出去，在父亲的庄园上定居下来。1780年，他领导了郡里的一系列集会和宴会，支持克里斯托弗•怀维尔的温和议会改革和削减公共财政运动。和霍华德一样，保罗似乎也心怀政治抱负，但他代表辉格党参加议会选举的尝试受到了郡中显贵的阻挠，因为他作为激进分子的声名让他们感到不快。受挫之后，保罗就安下心来在郡里当
99 法官积累声望。

除了霍华德，保罗在他那一代监狱改革家中影响最为深远：他是一个不屈不挠、专断独裁的行政专家，他凭一己之力将格洛斯特感化院变成全国监狱的楷模。他在管教方面的才能并非只体现在监狱上。经常有人向他咨询有关医院和药局的管理问题，他于1807年在议会中发起了一场运动，旨在为贫困的疯人建立一个新的郡立精神病院体系。他对疯癫者的兴趣自然源自他对监狱管教的兴趣。由于缺少替代性机构，很多疯癫者被关押在拘留所里。他们怪异而暴乱的举动打乱了监狱中执行严格管教措施的计划，所以保罗认为应该兴建专门关押他们的机构。[67]不过保罗的代表作依然是格洛斯特郡塞文河（the Severn）岸边的感化院。

当霍华德1779年造访格洛斯特用作拘留所的城堡时，他发现了一个“封闭而黑暗的”寝室，里面的重罪犯躺在“脏得根本洗不干净的”地板上。已判刑或待受审的囚犯没有分开关押，男女之间存在着一定程度的“放荡交往”，霍华德觉得这“有损尊严与人性，令人发指”。牧师所有促进囚犯改造的努力都付之东流了，因为“治安法官心不在焉，忽视了良好规则的制定与实施”。[68]

和其他郡一样，格洛斯特也被暂停流放压得喘不过气来。1783 年，保罗作为大陪审团的主席请求内政大臣将流放犯从监狱中转移走，因为“他们人数太多，心情太绝望，无法确保拘押的安全”。[69] 监狱人满为患之后随即爆发了斑疹伤寒，而且很快就传染到了高墙之外的街道上。[70] 这场灾难，以及白厅持续的不作为，促使治安法官们依照《感化院法》的原则重建所有郡里的关押机构。赢得国立感化院招标的建筑师威廉•布莱克本承包了改造格洛斯特郡监狱的工作，保罗成为项目的主管。

五座新的改造所和一座新的郡立拘留所于 1792 年启用，造价 46000 英镑。它们能容纳 400 名至 500 名罪犯，比旧机构的收押规
模大四倍。其他郡都没有追求这种规模的“改革”。[71] 100

格洛斯特的郡立监狱系统由三部分组成：关押待审犯、重罪犯的拘留所，关押轻罪犯的改造所，以及感化院。这是一座三层的蜂窝式牢狱，它环绕着几个带围栏的放风场院而建。这里有 52 个夜间牢房和 52 个日间牢房，每间 9 英尺 10 英寸长，8 英尺 8 英寸宽。通道和门故意弄得小而窄（5 英尺 6 英寸长，2 英尺 2 英寸宽），以防有人突然想要越狱。[72]

保罗竭尽全力向格洛斯特郡法院保证，监狱改革不会损害刑罚的威慑作用：

> 那些因内心软弱而想放松法律威慑力的人里没有我。我从不认为监狱应该成为安逸的地方——那里应该是特别可怕的地方。[73]

在经历过十年的犯罪率攀升和监狱超员之后，保罗必须向疑心重重的同事展示改革能够调和“震慑”和“人道”。他需要通过某种手段让刑罚变得更严厉，同时又不会让罪犯和公众觉得这是不公正的。格洛斯特的感化院就是在实践中调和这组矛盾的尝试。

格洛斯特监狱中的第一批规则源自医务人员的卫生学研究。当 1784 年监狱热在格洛斯特城堡爆发时，保罗从密友托马斯•帕茨瓦尔等卫生专家那里获知，防止热病复发的方法其实很简单。困难在于说服他的法官同事们，让他们相信引进沐浴、制服、病院、常规医疗护理、更好的伙食和粉刷的墙壁不会减轻监禁的痛苦。保罗的解决方案是劝说这些法官相信卫生措施能发挥惩罚的功能。举例来说，他在一份 1784 年写给法官们的报告中说，给罪犯剃头既是卫生措施，也能够羞辱他们：

> 第一我将剃头视为一项重要的监管措施，因为它能最有效地清洁人身体最肮脏的一部分，是防止害虫在床铺上滋生的唯一手段。第二，由于剃头会改变一个人通常的相貌，而每天路过放风院落的陌生人只能远观囚犯的秃头，这能有效
> 101 避免他们在重回社会时被认出来。第三，由于剃头对罪犯来说是一种屈辱，它会成为一种针对心灵的惩罚，而且（至少在我看来）在当前系统取消体罚后不失为一种替代措施。[74]

因此，入狱时采取的医学措施拥有了一个潜在但又明确的目的：羞辱。在入狱时，格洛斯特郡的罪犯要脱光衣服，接受搜身和医生的体检，然后洗澡、剃头、穿统一的囚服。这个净化仪式不但清除

了害虫和污垢，也剥夺了人之为人的身份标识。罪犯的个体性被重塑为恐怖的一致性：头发剃光、衣着一样。入狱仪式背后的含义向罪犯清楚表明，政府有权将他们所有的外在特征都置于其管控之下。与之类似，每天的扫除和卫生检查不单是为了预防疾病，也是要表明政府有权管理监狱生活的方方面面，无论事情有多琐碎。

在另一个层面上，卫生仪式也是改造性的。卫生被视为内在秩序的外在表现，肮脏则被当成不负责任、不受管教。因此保罗说，卫生惯例“同时服务于道德和身体”。[75] 如果囚犯能学会保持整洁，他们就能领会条理和规矩在生活中的价值。

其他保障犯人健康的措施也会服务于管教和改造。保罗坚持认为，从医学上来讲郡里应该为每一名犯人提供稳定的伙食。为了向他的法官同事保证这不会将监狱变成饥饿穷人的避难所，他指出，从管教的角度看，由郡里提供伙食有潜在的好处。犯人在旧式监狱中依靠亲友供给食物，结果郡里不得不允许这些人自由进出监狱庭院。保罗指出，如果由郡里提供伙食，就能断绝掉囚犯和外部世界的联系。

这样一来，郡里提供的伙食与其他措施一道，构成了一套将犯人与他们之前的社会环境隔绝开的制度。在格洛斯特，一堵 18 英尺高的
墙环绕着监狱。外面的人需要治安法官的书面许可才能入内。近亲每 102
六个月只能探视一次。不能从外界带进任何食物、寝具、书籍或家具。

对于“犯法者”和“守法者”之间的社会距离，感化院施行的是一种全新的理念。关在格洛斯特监狱的高墙之内，“违法乱纪者”丧失了勉强作为社会一分子的身份，这种身份原来体现在旧式拘留所和外界之间可自由穿行上。[76]

这种隔离被视为道德再教育的首要前提条件。它将囚犯和高墙外

怂恿犯罪的同伙分割开了。改造的另一个前提条件是孤寂。单独囚禁是为了将监狱的管理权从犯人的亚文化那里夺回来。它恢复了政府对罪犯良知的管控。它将罪犯们分离，这样能更有效地驯服他们，进而使其丧失在思想和行动上抵抗的能力。孤寂还能让罪犯远离感官诱惑和干扰。只有用石墙和铁门将这种诱惑挡在外面之后，内心中良知的声音才能占到上风。保罗对孤寂情有独钟，他将这个词刻到了新监狱入口处的石门上。在格洛斯特，感化院中的囚犯不但睡觉时独自一人，白天时也在相邻的单独牢房中做工。他们每天只能在监狱庭院中放风一次，会有一个狱警来监视他们，这个狱警的职责是“确保他们不会站着不动，通过结伴闲坐、密谋或交谈阻碍放风的目的”。[77]

值得指出的是，较之那些赞扬他的法官们，霍华德本人对于使用单独囚禁显得更为谨慎。他相信孤寂当中应该伴有长时间的协同劳动和集体放风。他担心不间断的孤寂会压垮犯人的精神，导致他们“麻木不仁或绝望”。[78] 然而在至少三个郡——格洛斯特郡、萨塞克斯郡和伯克郡——罪犯每天除了两个小时的时间外都被关在单间中。在雷丁，他们连放风时都只有一个人：每间牢房连着一块带围墙的空地。当霍华德造访这座监狱时，他对伯克郡法官的这种做法表示强烈反对，并呼吁他们
103 通过增设集体放风来缓和他们的规则。他的反对意见似乎没有得到重视。他曾劝告法官认清罪犯“结伙”的危险，但看来他太过成功了。当他警告刑罚过重时，法官们援引他的原则而漠视了他的话。[79]

考虑到 18 世纪 90 年代治安法官们那种强硬的态度，单独囚禁在实践中无法彻底执行对囚犯而言肯定是个好消息。其中一个原因是监狱人满为患。鉴于 1798 年至 1801 年的饥荒中收押人数陡增，许多基于单间牢房设计的监狱变得极为拥挤，以至于每间房间里挤进去了比

原来多两三倍的囚犯。1801 年，在格洛斯特，保罗把多出来的囚犯从感化院送到了几座郡立的布莱德维尔式监狱，这才算解决了这个问题。然而到了 1817 年，拿破仑战争后收押人数剧增，迫使格洛斯特郡放弃了严格的单独囚禁制度。在 1798 年至 1801 年间，两到三名囚犯住在原计划关押一人的牢房中，协同劳动也取代了单间中的独自劳动。[80]就算在监狱没有人满为患时，保罗发现根本不可能防止囚犯在院中交流或隔墙交流。

无论跟囚犯们如何论证单独关押制有多么人道，多么有助于改造，依然有些人坚决听不进去。说服别人施于他们的痛苦“最符合他们的利益”必然非常困难。在格洛斯特，日常惯例经常被各种纷扰所破坏。囚犯们拒绝工作，还招呼其他人放下自己的工具。有个叫本杰明•卡特莱（Benjamin Cattle）的囚犯被关押到地牢，因为他“昨晚锁门时说，如果自己在这个监狱里再干几天活就该完蛋了”。[81]1815 年时似乎有一次全面反抗，保罗把反抗镇压了下去。尽管他对体罚有些顾忌，他依然下令抽打每个作乱者 36 下。[82]

让保罗感到沮丧的不单是囚犯的抵抗，还有看守人员的低效。他曾希望用“温和的规则”来取代过去狱卒“无节制的自由裁量权”。[83]然而这种新的管理方式需要新型的人员。他说：

> 我们的事业迫切需要改变狱卒或典狱长的“种类”或类
> 型。这些人的名声和职责与残酷、暴虐和压迫等概念紧密相
> 连，让人们相信这种联系并非必然，对我们的事业会有不少 104
> 帮助。[84]

保罗意识到，新的管教专家必须能够表现出一种冷静自控的监管者风范：

> 狱卒的人道应该是性格冷静的表现，而非情感敏锐的结果……他应该有耐心，在面对最固执的人时都不会失态，有一种条理性，能循规蹈矩，这应该是一种内在机制，而非一种被动反应，除了长久习惯于遵守和服从的人，很少有人能有这种条理性。只有在习惯于让感情服从管教的职业中搜寻，才能找到……这种人。[85]

管教最好由身上已打上管教烙印的人执行，这份洞见促使保罗在士官和半薪军官中寻找监狱干部，因为军人“习惯于让感情服从管教”。[86]

保罗让监管人员在与囚犯交往中采取一种冰冷、不近人情的态度，这有合理甚至人道的目的。他们的冷漠和疏远能防止他们变得残忍或腐败。在他写给感化院总管的指示中，他告诫对方要“严防个人憎恶的冲动”。保罗宣称，永远没有必要殴打罪犯，或用“暴虐或粗野的语调”和他们讲话。总管应该“耐心指挥——坚定行使他公正的权威，惩治反抗时不偏不倚”。[87]保罗告诫他说，如果他在交往中显得随意、亲近或“有人情味”，就会丧失囚犯的尊重：

> 权威必须建立在畏惧惩罚或尊敬掌权上级的基础之上……问题是如何将观点的力量施加在这些人上？是通过亲近的谈话吗？很少有人能用谈话赢得听者的尊重——然而每个人都能用沉默和克制来赢得尊重。[88]

在保罗的设想中，看押者和在押者之间的相遇应该高度仪式化：总管立正站好，身着象征他对下权威和对上服从的制服，发布简短的标准化命令；囚犯身着象征服从的囚服，处在顺从的状态中，紧张地听候命令。在这样的相遇中，犯人无权反对或质疑： 105

> 囚犯必须明白，安静地顺从规则和命令……认真服从狱警……是唯一能让他们免受法官制裁的方法。[89]

同为政府权力的仪式，感化院管教与公开刑罚形成了鲜明的对比。公开处决把一种政府无法控制的角色分配给了公众和罪犯，而在管教仪式中就不会出现这种情况。仪式在非公开场合进行，在关押机构的高墙后面，规则是政府制定的。犯人依然会反抗这些规则，但反抗时无法得到旁观群众的支持。管教是一种新仪式，一种排除了公众参与的仪式。与死囚不同，监狱中的罪犯注定只能沉默。就算囚犯大声疾呼，也没人能听到。

实践中，这种完全不近人情的管教仪式当然无法实现。因无法找到具有计划所需之能力的人员，保罗经常感到沮丧。半薪军官依然将管理监狱视为有损他们绅士尊严的工作。在战争年代，士官和其他下级军官供不应求。保罗被迫将就着用那些在他看来“对规则没有清楚认识”的人或“怀疑自我”的人，这会让他们的命令“不确定”。[90]

保罗最初有关感化院运行的报告中描述了一系列的失败：

> 与囚犯的谈话中依然存在着一种不加思考和不加节制的

> 态度，这使得隔绝和寂静的理念无法实现，还削弱了观念和尊重所塑造的权威，如果能保有这种权威，就完全不必采取更为严厉的措施……
>
> 囚犯总体而言没有对规则表现出应有的尊重……
>
> 监狱……在实践卫生规则上还欠缺很多……[91]

他斥责第一任感化院总管未能赢得囚犯的尊重和下级的服从。第一任总管辞职了，保罗还不得不将好几位感化院的典狱长、狱卒和狱监免职。

在寻找能执行新管教体系的人员上，其他郡的改革者也遭遇了相
106 似的困难。工作职责所要求的态度与能力，对于几乎所有提交申请的士官、小买卖人和税吏来讲都很陌生。实际上，经常有旧监狱的人员直接调任到新监狱的情况。举例来说，斯塔福德郡的法官们被迫重新启用了斯塔福德拘留所的典狱长，一位无能的文盲和酒鬼，让他担任新感化院的总管。他们花了两年时间才找到了一位更合适的替代者。[92]

当旧机构的人员转到新机构中任职后，他们要么不能适应新的管教体系，要么积极在暗中掣肘。当牛津郡的旧狱吏所罗门•威兹德姆（Solomon Wisdom）受命掌管新监狱时，他发现新的卫生规章尤为讨厌。当法院的书记官命令他把监狱中的一堆粪肥挪走时，他拒绝了，并命令狱中的一位债务人给书记官画了一幅讽刺画。威兹德姆将这幅逼真的肖像钉在监狱的正门上。画中的书记官站在那堆引发争议的粪肥上，大声宣告："我他妈是粪堆山的竖鸡官。"[93] 治安法官们觉得这一点都不好玩。他们将威兹德姆解职，告诉他"他的言行……违背了法官们近期在该监狱引入的每项改革措施"。

监狱改革者在监狱人事上受到的挫折，让人想起了早期工厂主因

领班和经理经常性的短缺而受到的阻碍。罗伯特•欧文 20 多岁就在德林克沃特（Drinkwater）的工厂中迅速晋升到经理层，这在很大程度上是因为像他那样有管教才能的人很少。[94] 其他工厂主无法找到像欧文这样的下级，不得不亲自监督劳动者。约西亚•玮致活就常在瓷器车间中走动，砸碎不好的作品，观察工人的一举一动。无论他的指示有多明确，他发现只有他不断关注才能确保产品满足他的标准。[95]

和玮致活一样，保罗发现一旦他放手不管，规则的执行力度就会减退。格洛斯特的工作人员符合要求，完全是因为他时刻警惕。他还发现，他只能指望几个法官同事投入监督和督查的工作中。治安法官和典狱长一样，觉得新制度所需的勤勉令人厌烦。保罗毫不犹豫地批 107
评了同事们漠不关心的态度：

> 我不能说其他法官的寻访达到了我的预期。一个巡回法院的大陪审团和两个定期法院的审判庭寻访时是分散着去的，没有一起去，这种疏忽一定会对公众的预期造成最严重的伤害。[96]

从 1792 年感化院启用到他 1818 年退休，保罗独自承担了郡立监狱系统的行政重担：审查典狱长的账目，巡视监狱的过道，窥视排水沟，称量面包，不断批评和教育监狱工作人员。当他年纪太大干不下去时，没有人愿意完全接受维持他那套管教体系的重担。保罗退休后没多久，严格的单独囚禁就因为严重超员而被迫放弃。与此同时，格洛斯特毛纺业的机械化程度不断提高，这使得制衣商不再需要监狱劳动力来处理原毛了。苦役制度就此废置。到 19 世纪 20 年代，保罗的管教计划彻底失败了。[97] 但计划的影响力尚在。在他们 1838 年呼吁修建本顿维尔感化院的报告中，监狱督察克劳福德（Crawford）和罗素（Russell）谈及昭示他们提议的“单独囚禁”之重要先例时，就援引了格洛斯特的实验。[98] 本顿维尔的制度中的确没有什么是保罗 50 年前没有预见到的。

新监狱的建设对格洛斯特郡治安法官的量刑也产生了持久的影响。监狱容量增长了四倍，这让法官能更多地使用监禁。1805 年格洛斯特和米德尔塞克斯重罪犯的量刑对比表明，对于格洛斯特的法官判处监禁的犯罪，他们在米德尔塞克斯的同事经常会判处流放。这反映出他们对新监狱的信心，也表明他们知道监狱容量扩充了。

但这些新监狱改变最多的是对速决犯罪的惩罚。保罗打算用新监狱来执行一种更为系统的轻罪犯处罚措施。他 1784 年时说 :“将重案
108 罪犯看成唯一需要关注的对象是一种错误的慈悲。”如果刑罚的正常目的是改变囚犯，那么就有必要在“犯罪早期”就开始改造。他说:“因犯重罪而被吊死的人中，几乎所有人都可以通过在之前犯下轻罪时进行改造而获救。”[99]

为取代向轻罪犯和轻微罪犯使用随意而专断的鞭刑，保罗提议改用严苛的短期单独囚禁。保罗研究过 1792 年至 1809 年郡立监狱的收监情况，发现这种新的严酷刑罚主要被使用在轻微罪犯身上。[100] 所有收监的人中，超过 70% 属于轻罪或速决犯罪。其中最常见的犯罪是“农牧合同违约”，这是一个口袋罪，包含了雇农一切违抗雇主的行为，比如逃走、撕毁或违反合同、侵占农具、言语粗俗和拒绝执行命令。新监狱也用来惩罚本郡支柱产业——“毛纺制造业中的犯罪”。这些犯罪包括外包工人侵占工具和原材料。工人现在不会被鞭打、罚款或私

下训斥，而会被送进监狱。

雇主一定对施于侵占犯的新型酷刑感到满意，因为用研究该行业的著名历史学家的话说，18 世纪 80 年代“工人和制衣商之间的矛盾不断激化”。[101]1750 年后，许多雇主降价并雇用了很多没有当过学徒的人，让他们在织布工棚中工作。纺织工人向议会和治安法官们请愿，要求执行《工匠法》中的工资管制和学徒条款，但请愿徒劳无果。与此同时，雇主建立了一些互助会，为追诉侵占罪、找寻被侵占的物品筹集经费。在这种劳资关系恶化的情况下，新监狱的出现赋予了雇主一个新工具，能在他们消灭外包工人独立性的斗争中派上用场。

保罗注意到，新监狱成立之后，雇主倾向于将抗命的雇员告上法庭，而不再私下训斥。[102] 这是一个苗头，预示着社会管控的中心从雇主转向了政府，让政府成为劳资之间“中立的”仲裁者。最初似乎只有保罗察觉到了这种变化，但到 19 世纪 20 年代时其他郡的治安
法官也注意到，当地的雇主越来越依靠他们和他们的判决来支撑工厂 109
的管教体系。

在格洛斯特，新的监狱设施能让治安法官用监禁替代鞭刑，来惩治流浪、轻微盗猎和一些轻微盗窃罪，比如从地里偷萝卜，从树林里捡柴火。保罗承认，这些每次面包涨价时就会出现的窃贼是迫于“赤贫的压力”而犯罪的。18 世纪 90 年代“对格洛斯特郡的劳工而言是最凄惨的时代”，每夸脱小麦的价格从 1795 年的 75 先令暴涨到 1801 年的 119 先令。在困难时代出现一种新的威慑工具，治安法官们一定非常高兴。[103]

新监狱在执行家庭管教方面也发挥了一定作用。在新监狱启用后，因遗弃家庭和私生子女而被判监禁的人数显著上升，这主要是因为堂

区官员们认定这是一种比监禁在当地济贫院更为严厉的刑罚。保罗认为堂区官员热情过度了，他以赞同的口吻转述了一名义愤的妇女的话，她当时因私生子女而在押。她问道，为什么“那个勾引他的男人没有像她一样被关起来”。保罗只能回答说：“因为立法者不是女性，而堂区官员都是男性。”[104]

私生子女的妇女、偷萝卜的雇农、侵占雇主纱线的纺织工人、逃跑的学徒——这些人是速决诉讼新政策的首要对象，而新政策是由格洛斯特的新监狱促成的。无论在保罗的设想中这些新监狱应该服务于什么样的改造目标，它们实际承担了法律原有的功能，但带有全新的严厉程度：用刑罚来惩罚劳动者，维护地主、雇主和堂区官员的权威。

IV

在格洛斯特的感化院之外，当年管教热潮最令人难忘的代表作就是杰里米·边沁名为《全景监狱》或《督查所》(*Inspection House*)的
110 感化院规划。方案于1791年出版之后，边沁开始了一场为期12年，集宣传、诱骗、奉承和骚扰于一体的活动，旨在说服政府各部大臣来支持感化院的建设，并让他处在工作的中心——用埃德蒙·伯克的话说，就像蜘蛛网中间的蜘蛛那样。[105]

阅读霍华德有关“苦役院”的法案初稿点燃了边沁对全面机构的热情。全景监狱计划其实是他在尝试重拾国立感化院这个弃置已久的理想。他的监狱设计所参考的范本，是他的弟弟塞缪尔为凯瑟琳大帝在俄罗斯修建的一座工厂。它有一个圆形分层的蜂窝式结构，蜂窝中的开放式牢房都围绕着监狱中央的监控塔。所有囚犯都看不到这座塔，但从那里看守对每间牢房一目了然，权力那不知疲倦、令人顺服

的目光会一直注视着。这种不间断的监控将有效避免囚犯间的秘密沟通，让锁链和其他限制身体的器具变得毫无用处。罪犯每天在自己的牢房里要工作16个小时，而全部的利润都归私人承包商——边沁本人——所有。他会监管这里。边沁欣喜地预想，比起依靠自由劳动力的工厂，他将会有很大的比较优势：

> 其他工厂能怎样限制工人，怎么能跟我的工厂相提并论呢？如果其他工厂主看到工人无所事事，他们能罚他们挨饿而又不把他们逼走吗？有哪个工厂主能保证，未经他同意，他的工人不会醉酒？谁不但不用给工人加薪，反而有义务只给工人开出于他自身最为有利的微薄工资？[106]

与此同时，边沁坚持要求不受政府干涉。边沁认为，政府无须监管全景监狱，因为维持一支健康而富有生产力的劳动队伍本身是符合承包商利益的，就像纵容会削弱刑罚的威慑力，也对承包商不利一样。因此，应该允许市场利益的自我监管机制自由调节全景监狱中的恐怖和人道程度。它应该像资本主义企业一样来运营。

这种监狱管理理念从表面看采用了政治经济学的新术语，但它绝不新鲜。这是17世纪晚期开始许多济贫院和改造所所用的承包制的变种。
这种体制中，制造商，通常是纺织业的制造商，会与治安法官签订承包 111
合同，获取剥削济贫院和布莱德维尔式监狱中劳动者的权利。郡里通常会支付犯人的伙食费。对于承包商而言，这种交易几乎都无利可图，因为他们缺乏管理大规模分工劳动的技能，而在押人员交上来的产品质量很低。无良承包商会盗用一部分郡里发的伙食费。这种欺诈的结果当然都得由犯人来承受。到 1782 年，反对将穷人“外包”的呼声最终导致法律取缔了这种做法。[107] 然而，直到边沁的计划遭到拒绝，不能像运营资本主义企业一样管理监狱的原则才得到最终的确立。

边沁想通过引入两种对承包商自由裁量权的制衡，来回应承包制的反对者。首先，他同意让公众随意进出中央监控塔，这样公众监视的目光会一直盯着承包商和他的下属。第二种制衡是财务上的。为确保承包商不会把囚犯累死，每当全景监狱中的死亡率高于伦敦地区监狱年平均死亡率时，边沁同意每瘐死一人，他就向国家交纳五英镑的罚金。然而承认这种制衡的必要性，就是承认道德顾虑还需要用经济利益来强化。

和其他改革者不同，边沁不相信光靠规则和督查就能约束看守人员的自由裁量权。他坚持认为，只有符合监管人员的经济利益时，他们才会遵守规则。[108] 他还对任命外部督察员来监视看守的行为持怀疑态度。他预计督察员会被本应接受他们监视的人员所收买。此外，还有必要建立一套经济上的奖惩制度，让看守人员自身的利益与他们的职业责任保持一致。

边沁对全景监狱感到异常乐观。他坚持认为，不但监狱，连学校、精神病院、工厂、济贫院和医院都可以依照“督查原则”来运作。建筑物的设计能确保无论谁来领导，犯人都会受到恒常不变的监
112 视，就像通过奖惩制度，承包管理制能确保不花政府的钱管教穷人。边沁夸口道：

> 道德改造好——卫生保持好——勤劳鼓动好——教导传播好——公共负担少——经济坚如磐石——《济贫法》中的

> 戈尔迪之结①没被砍断，而被连在了一起——一切都靠一个简单的建筑理念实现！[109]

内政部对他的简洁理念一直没有兴趣，在经过20年的曲折谈判后，边沁怀着满心的厌恶放弃了这个计划。

明确的回绝出现在1810年。下议院委员会开会商讨他的提议，他们的讨论深受G.O.保罗反对意见的影响。保罗认为边沁太过强调剥削犯人劳力了。保罗坚持认为，感化院不是工厂，而是宗教革新的场所。"囚犯的劳动……至关重要，但它只从属于通过隔绝进行改造这一远大目标。"[110]在他的设想中，劳动是罪的改悔，而非可用来剥削、营利的商品。他认为，更重要的是教会罪犯工作中的道德良善，而不是从他们的劳动中获利。保罗警告说，在任何"权力和影响力……都落入想要取得囚犯劳动力的承包商之手"的监狱中，"囚犯的改造"必然会变成"次要的关切"。保罗认为边沁忽视了囚犯的宗教教育，甚至在大规模的劳动分工有需求时愿意牺牲单独囚禁制度。此外，承包制管理为腐败和非法的自由裁量权留出了空子，这都会让旧制度中最恶劣的陋习死灰复燃。下议院委员会接受了保罗的意见，这让边沁悲愤填膺。

全景监狱遭拒是监狱史上的重大事件。占统治地位的观点不但不支持像工厂一样运营监狱的理念，同时还拒绝按照雇主和工人之间的关系来构建政府和囚犯之间的权力关系。这意味着拒绝使用市场奖惩机制来管理公务员和在押人员之间的交往。

① 小亚细亚戈尔迪王在牛车上打了一个极为复杂的结子，预言说解开结子者将统治小亚细亚。亚历山大东征到此，一剑将其砍断。"砍断戈尔迪之结"即解决极为复杂的问题。

113 为取代靠市场激励机制进行规制的边沁式权威观，保罗等改革者成功维持了一套官僚形式主义，依靠督查和规则保证犯人不受虐待，确保刑罚得到严格执行。对承包制的反对者而言，刑罚这种极为微妙的社会功能不能留给私人企业家来运作。国家权力要想保持合法性，绝对不能让自身沾上商业的污点。

虽说全景监狱的管理原则遭拒，它的设计对米尔班克（Millbank）感化院的圆形建筑、比万（Bevan）1817 年的少年感化院计划、伯里 1805 年的新监狱，以及许多拿破仑战争之后兴建的郡立监狱都产生了深远的影响。边沁的主要贡献在于找到了一种建筑样式，这种样式最能体现改革者将人置于管教的监视之下的愿望。

虽说边沁的特质很容易让人把全景监狱理解为他个人妄想的产物，它实际上是当时管教思想中显著特征的象征性体现。不过边沁确实怀疑单独囚禁的改造作用，而且他的承包制管理与保罗的机构监管原则相悖。此外，他不赞同改革者们将囚禁当成宗教改悔的想法。然而，较之感化院和全景监狱之间的相近之处，差异显然是次要的。

二者都用故意而施的痛苦取代了疏忽而致的痛苦，用规则的权威取代了习惯的权威，用苦役制度取代了闲散无序。在这两种机构中，一种新的社会距离观把罪犯与外部世界隔离开来，统一囚服、高墙和铁窗都体现了这种观念。占统治地位的形象都是政府的眼睛——公正、人道、警觉——用它无处不在的目光将“违法乱纪者”禁锢在了那里。

第五章
辉格党、雅各宾派和巴士底狱：受到攻击的感化院

I

到 18 世纪 90 年代中期，催生出感化院的改革动力已经耗尽。改 114
革的支持者分裂了，而且感觉到幻想破灭之后，他们对之前的改革激情有了不同的想法。曼彻斯特的卫生改革家托马斯·帕茨瓦尔对工厂的态度转变最能体现这种新情绪。在 18 世纪 80 年代，和其他曼彻斯特文学和哲学学会的会员一样，他欢迎新工厂，认为它们是改良穷人道德的有益手段。到 1798 年，他对新兴的工业化有了足够的认识，得出了不同的结论。在他有关曼彻斯特人口的道德和卫生状况的报告中，他敏锐地注意到工厂主让堂区派给他们的学徒过度操劳，而且忽略了他们的教育。[1]

他的批判得到了改善贫者境遇协会的回应，托马斯·伯纳德领导的这个组织是 18 世纪 90 年代最有影响力的慈善机构。在其 1800 年的报告中，协会严厉谴责了工厂，谴责的力度不亚于受工厂竞争威胁的
村社纺纱工和织布工。协会警告说，工厂雇佣童工，使得工业劳动力 115
中的“家庭关系”走向解体。像曼彻斯特等工业城市中的儿童不再在

父亲或师傅的“道德”权威下工作。工厂的监工不关心儿童下班后会不会说脏话或狂饮作乐，他们只要完成工作就好。换言之，由于新的管教制度本质上是一种经济制度，它是有缺陷的。改善协会赞扬像苏格兰新拉纳克的戴尔先生（Mr. Dale）① 这样的实业家，这些人依然对工人进行家长式的监督，但改善协会也注意到，在多数英格兰棉纺城镇中，由于纷繁的竞争压力，这样的雇主只是例外。协会认为，如果没有公共监管，工厂“必定会毁灭人民群众心中的道德和宗教原则”。[2] 有权有势的帕茨瓦尔和协会所施加的这种压力，促使了 1802 年第一部工厂法案的通过。[3]

改善协会对囚禁承诺的改造前景深感失望，这种情绪也影响了协会对济贫院的看法。协会认为济贫院未能阻止穷人申请救济。此外，他们认为院外救济是穷人不能被剥夺的权利。18 世纪八九十年代济贫方面的两大权威莫顿 • 伊登（Morton Eden）和托马斯 • 吉尔伯特（Thomas Gilbert）也持相同的观点。[4] 真正让吉尔伯特和伊登失望的，是萨福克实业院令人沮丧的收效。18 世纪 60 年代在东萨福克修建这 11 座大型济贫院的目的是降低济贫的成本。院外救济基本已被废除，申请人必须忍受院中的各种磨难。这包括夫妻分离、苦役、受限的探视、制服和微薄的伙食。

最初，院长们都在鼓吹实业院的优点，但到 18 世纪 90 年代时他们就不得不承认自己失败了。这些机构中依然关满了身强力壮的劳工，东萨福克的济贫成本并未下降，而一些堂区依然在支付建设费用。而且很多实业院和它们所取代的堂区穷人院一样肮脏。监管人员无视卫

① 大卫•戴尔（David Dale,1739—1806），新拉纳克棉纺工厂的创始人，罗伯特•欧文的岳父。

生状况，没有强制实施苦役，还在在押人员的伙食经费上做手脚。伊 116
登总结道，用济贫院来实现震慑的目的在理论上看似美妙，但在实践中行不通，因为缺少有能力执行严格管教的人。[5]

在改革派阵营内部，也有人质疑逼迫穷人接受关押是否道德。约翰·霍华德认可东萨福克各院的内部规制，但同时直率地表明取消院外救济“会让英格兰人心生厌恶”。同吉尔伯特和伊登一样，他认为济贫院只能用来收容那些病得太重或年纪太大、家人无法照顾的人。[6]

霍华德与边沁的立场形成了对比，在后者的管教乌托邦中，政府会管理一个关押和改造各类社会依赖分子——包括疯子、穷人、罪犯和儿童——的全景监狱网络。然而到18世纪90年代中期官方的思想与边沁的方案呈对立状态。在刑事司法政策中，政府放弃了修建国立感化院的计划，拒绝了边沁的全景监狱计划。在济贫领域，堂区有效应对了1795年之后贫困率的激增，不过不是通过修建更多的济贫院，而是靠扩充院外救济，特别是通过斯皮纳姆兰法案（Speenhamland）的工资补贴措施。

1795年至1825年之间，各种济贫法“改革”中最受欢迎的方案设想的是直接取消征收济贫税，并代之以私人慈善。人们认为，私人慈善能重塑穷人和富人之间面对面的依赖和义务关系，而公立体系将这种关系贱卖了。救济应该成为富人的赠予，而非穷人可以主张的权利。宣传家们特别热衷于对比穷人在堂区领款处的无礼喧闹和丰裕女神造访时他们“发亮的眼睛、涌出的泪水和高举的双手”。[7]这些写给私人慈善的颂歌充满幻想和怀旧情结，也暗含着一种对边沁式社会观——社会由国家管控机关来维系的观念——的敌对态度。

在改革派阵营内部，有些自由意志主义的立宪派人士并不认同边沁那种为安全而牺牲自由的管教式国家理念。因此，约瑟夫•普里斯特利虽然支持穷人教育，但反对建立公立义务教育体系，认为这会赋予
117 政府控制世俗观念的暴虐权力，就像国教教会施加于宗教观念的权力一样。与此同时，他支持霍华德的观点，即政府有权对罪犯进行强制性的道德教育。这两个观点之间存在一定张力，但并不矛盾，因为普里斯特利可以说罪犯丧失了守法公民所享有的良知自由。[8] 毕竟，洛克不是还认为罪犯享有的权利应该和奴隶一样吗？[9]

虽说普里斯特利解决了自己的思想在义务教育上的自由意志主义立场和在刑罚上直率的强制立场之间的张力，与普里斯特利属于同一背景的很多人做不到这一点。威廉•葛德文（William Godwin）是哈克尼非国教学院的教师，也是伦敦一个激进派团体的领袖，这个团体还包括他著名的伴侣玛丽•沃斯通克拉夫特①。在他 1793 年出版的《政治正义论》（*Enquiry Concerning Political Justice*）中，葛德文运用哈特莱心理学和辉格立宪主义得出了与普里斯特利截然不同的结论。葛德文接受了哈特莱的设想，认为人有理性而且可预测，因此是可以改善的，人的恶与道德缺点是可以克服的。“人是可完善的，换句话说，能够不断进步的。”每个人都“能够理解什么是合适且正确的，能够在心中不可磨灭地确定某些信念，能够不屈不挠地坚守自己所做的决定。”[10] 葛德文相信多数人有能力通过教育和反思提升自己，无须强制性的教导。所有的“威权式”的“提升”措施只能扑灭人的想象力，断绝“心灵的灵活与进步”。葛德文还说，人也不能因为受罚而养成美德：

① 玛丽•沃斯通克拉夫特（Mary Wollstonecraft，1759—1797），英国作家，女权主义者，著有《女权辩护》（*A Vindication of the Rights of Woman*）。

> 我们不妨考虑一下，强制手段在遭到强制的人的思想上产生的影响。强制不是说理，绝对谈不到说服。它所产生的是痛苦的感觉和厌恶的情绪。它造成的是粗暴地使人们的思想脱离我们希望他们深刻认识的真理。它本身就包括一种对于自己的软弱无力的默认。对我使用强制手段的人，如果能用说理使我就范，毫无疑问，他是一定会采用说理的。他伪称他处罚我是因为他很有道理；其实，他处罚我正是因为他毫无道理可说。[11]

葛德文因此反对霍华德的“单独囚禁方案”。他认为孤寂和体罚一样使人变得残酷无情。和所有刑罚一样，它也会让人感到痛苦，只不过是心理上的痛苦而已。然而，它永远也不会取得囚犯的赞同或尊重，只会激起他们的抵制和厌恶。 118

葛德文本质上是在否认霍华德最基本的论点：较之针对身体的刑罚，针对心灵的刑罚更公正，更利于罪犯接受。葛德文进一步说，孤寂中的人永远无法得到改造。改造是一个社会化的过程，是一个靠说理而非强力解决的问题。让人们单独面对自己的良知就能改变，这是一种完全行不通的想法。他们充其量会落得个“阴沉抑郁的性情”，而在最糟糕的情况下他们会被逼疯。他认为所有刑罚都应该致力于让罪犯尽快回到社会有益的道德教化中去。[12]

葛德文对霍华德的攻击非常重要，因为它针对的是唯物乐观主义的根本信念，而这正是感化院体系支持者所持的信念。哈特莱的作品似乎能经受相互矛盾的注释。如果边沁的全景监狱表明从唯物主义的人性观能得出威权主义结论，葛德文的《政治正义论》则说明怀疑政府权力的自由意志主义人性观与哈特莱也是一致的。

在辉格党领袖查尔斯·詹姆斯·福克斯（Charles James Fox）反对在伦敦设置带薪治安法官和警察的运动中，同样可以发现反对政府强化权力的观点。从菲尔丁兄弟的时代开始，接连有警政改革者向议会请愿，要求用受全职治安法官监督的带薪警察来取代腐败、无薪而组织混乱的堂区警、堂区吏和守夜人。1770 年，伦敦成立了第一支警察队伍：弓街捕快队（Bow Street Runners）。1792 年，政府任命了八名警务法官，并为他们配备了少量带薪警察，以提高伦敦市区的司法管理。与此同时议会还修正了流浪法，新法授权警察逮捕“可疑人员”和“有名的窃贼”。[13] 在议会中，福克斯和其他辉格党人反对新的警务职位和流浪法，他们认为这些措施侵犯了臣民的权利。他们宣称给治安法官发薪水会损害他们的独立性，有违英格兰志愿司法服务的传统。[14]

人们可能会期盼塞缪尔·罗米利等支持改革的辉格党人赞成带薪
119 警察制，毕竟他们曾支持为监狱工作人员发放薪水。然而在 1786 年，我们却发现他谴责带薪警察制，说这是一种“法国式”的创新：

> 一种流露出对人民的极端不信任的体制绝不可能指望获得大众的支持，它只能盼到公众勉为其难的服从。这就是法国发生的情况，他们的警长（*commissaries*）、副警长（*lieutenants*）和警务主管（*intendants de police*），在他们手下僚属的支持下，在他们明暗各种武器的保护下……在所有军队和谍报力量的援助下，证明了那个不幸的政府迫于可悲而可耻的压力，不得不一直向人民发动一场既公开又隐伏的战争。[15]

由于18世纪90年代改革派意识形态中威权主义和自由意志主义倾向之间存在着张力，我们就看到了这样一幅令人困惑的图景：一些像罗米利这样的改革者全力支持感化院，却拒绝带薪警察，而他们的同事边沁和帕特里克•科洪两者都赞成。

法国大革命的到来加重了改革派中的这种张力。多数改革者最初都欢迎巴士底狱陷落的消息，虽说也有些人对此感到恐惧。举例来说，塞缪尔•罗米利曾在1790年最热闹的时候造访巴黎，在走廊中亲眼看到国民公会（Convention）打倒了封建制度的法律上层建筑。他回国后为英国读者写了两篇热情洋溢的革命报道。然而，当1792年的九月屠杀（September Massacres）开启了恐怖统治之后，罗米利匆匆将第三篇报道烧掉了。[16] 恐怖统治的过激使得很多18世纪80年代摆弄过伏尔泰和卢梭思想的非国教自由思想者相信，他们是在“错误的荆棘丛中漫步”。[17]

直到1792年之后，雅各宾派的激进主义在英格兰普通民众中兴起，英国非国教徒才彻底放弃了原来的政治改革激情。伦敦的工匠和临时工在鞋匠托马斯•哈代（Thomas Hardy）的领导下，于1792年1月聚集在一起创立了伦敦通讯协会（London Correspondence Society，LCS），以鼓动大众支持议会改革，他们后来曾说，“时代的艰难和生存必需品的昂贵”让他们认识到了改革的必要性。伦敦通讯协会建立几个月之内，分别在谢菲尔德、德比、伯明翰和曼彻斯特成立了分部。这些“买卖人、商店主和技师”的团体实际 120
上是第一个超越行业和城市界限，并有全国性基础的劳动者政治组织。他们的意识形态部分源自17世纪的激进教派，部分源自“自由英格兰人之权利”的传统，部分源自汤姆•潘恩（Tom Paine）《人权》（*Rights*

of Man）中所论述的法国雅各宾派传统。潘恩作品的廉价本在大众间传阅，在酒馆和通讯协会的集会中，有人向文盲大声宣读这些作品。各分会如雨后春笋般兴起，其中一些有 2000 多名会员，这些以及人们对潘恩的热情反应，使得首相威廉•皮特的政府意识到，他们在国外与法国革命军作战，反对平等、无神等原则，然而国内的普通民众已经被这些原则感染了。

国内工匠雅各宾派的兴起使许多 18 世纪 80 年代的老改革者意识到，他们当年鼓吹议会改革时，犯下了年轻冒进的错误。G.O. 保罗 1809 年时告诉一名通讯员，他在 18 世纪 90 年代“人们用革命的话语来呼吁改革，用革命的伪装来推动改革之时”放弃了政治。他抱怨说，潘恩这样的野心家背叛了他青年时的事业。他说，他发誓摒弃政治转向“非政治的慈善事业”。[18]

1793 年之后，感化院开始被用来监禁雅各宾派政治犯，这再次确认了慈善事业和政治改革之间的关联已经解体。由于新式关押机构很快就被当成政治迫害的象征，保罗等 18 世纪 80 年代的改革者迫于压力或发自信念而牵涉其中，为政治迫害辩护。很快，感化院和监狱改革问题就深深地嵌入了那个年代的政治和社会冲突当中。

II

当格洛斯特感化院在一个题为《格洛斯特的巴士底狱》（*Gloucester Bastile*）的雅各宾派宣传册中遭到抨击时，它刚刚启用了不到六个月。
121 宣传册讲述了“一个穷孩子在格洛斯特监牢忍受七年单独监禁的痛苦细节”。宣传册着重强调了单独囚禁对孩子心灵的影响：

> 他的心灵经受了难以名状的恐怖……他心灵的感受因压抑而不再健全，他的目光呆滞，里面只有无限的恐惧在打转，他的身体惨白，他的舌头已经无法发声，他的所有官能都因发愣而麻木无感。[19]

格洛斯特郡法院以诽谤为名成功追诉了宣传册印刷者威廉•霍兰（William Holland）的责任。《格洛斯特的巴士底狱》是最早抨击新型感化院制度的作品之一，一旦感化院被用来关押雅各宾派人士，其他G.O. 保罗所谓的“下作出版物”就纷纷出现了。[20] 在激进派心里，单独囚禁和其他镇压他们的手段联系在了一起：中止人身保护令（*habeas corpus*）① 的使用，限制言论自由的《哽喉法案》（Gagging Bills），有奖告密和政治案件审判中舞弊的陪审团。

镇压雅各宾派的运动真正开始于1794年6月第一次围捕伦通会（LCS），以及中止人身保护令的使用。激进分子的逮捕令都是由内政大臣签署的，他们未经定罪或审判，任由“国王陛下任意”审讯和拘押——这有可能是几周，也可能是几年。政治案件审判通常会让政府颇为尴尬，就像托马斯•哈代（伦通会秘书）和约翰•霍恩•托克（John Horne Tooke）1794年受审时那样。陪审团成员，哪怕是中产阶级公民，都对政治诉讼心怀疑虑，而像塞缪尔•罗米利这样的辩护律师很擅长驳斥政府证人的证词。[21] 结果皮特和大臣们发现，在中止使用

① 人身保护令是英国法院签发的一种令状（writ）。若在押人员对羁押之合法性有质疑，可向法院申请此令。签发法院会要求羁押机构（例如拘留所）将在押人员带至法院，由法院裁定羁押是否合法。布莱克斯通认为人身保护令是在制约“各种非法羁押时最强大、最有效的令状”。

人身保护令之后将政治犯关起来，比送他们上法庭容易得多。

然而中止使用人身保护令并非政府唯一的手段。政府在1794年至1796年之间反复利用诽谤诉讼，迫使知名的激进派印刷商丹尼尔•伊萨克•伊顿（Daniel Isaac Eaton）暂时逃到美洲去避难。类似的诉讼还成功地使理查德•菲利普斯（Richard Phillips）沉默了下去，他是莱斯特的激进书商。此外，皮特还推动通过了1792年的《里通外国法案》(Treasonable Correspondence Bill)，该法禁止与法国的通信，而且
122 推动通过了1795年的《哽喉法案》，该法禁止50人以上的集会并且收紧了有关颠覆言论的法律。这些新法律与中止使用人身保护令一道构成了18世纪英国对自由最严厉的限制，因此引发了强烈的反对，反对者不但有激进的工匠，还有中产阶级和士绅中的“立宪”分子。

18世纪90年代中有数百名政治犯被关押。一些人——比如伦通会的成员——是坚定的斗士，但其他人则是边缘角色，告密者或想要报复的邻居偷听到了他们的言论。激进派辉格党议员理查德•布林斯利•谢里登（Richard Brinsley Sheridan）在下议院说起过一个名叫派特森（Patterson）的曼彻斯特店主，他反对皮特的所得税法案。他将皮特和派特森这两个姓氏刻在了商店的货车上，以示抗议。当别人问他为什么要把皮特的姓刻上去时，他回答道：“哦，就算他不占有企业的股份，他肯定也能分到很多的利润。”[22]因为这一时的不小心，他被送到冷浴原监狱关了起来。皮特的镇压不但野蛮，有时还很琐碎。

正如爱德华•汤普森（Edward Thompson）所见，皮特的镇压还带有奇怪的个人色彩。在白厅镀金的枢密院办公室里，大臣们会亲自审讯重要的政治犯。有时在大臣面对他们的工匠对手时，甚至会出现一种同志之间的争论。当伦通会的约翰•宾斯（John Binns）被关在格洛斯特感

化院时，把他关进来的大臣亨利·邓达斯（Henry Dundas）在前往自己庄园的路上曾造访监狱，与他相互问候，相互说些政治俏皮话。[23]

尽管各种监狱都关有政治犯，新建的感化院还是发挥了特别的作用。大多数在王座法院定罪的犯人和人身保护令中止后收押的囚徒都被送到了多切斯特、格洛斯特或伦敦冷浴原的感化院。从政府的角度来看，感化院较之普通监狱有一些优点。它们的牢房、警戒仪式和高墙能有效震慑越狱或营救行动。人民解救遭受不公正关押的囚犯，这种“劫狱暴动”是一种固有的群众传统，最近的例子是1780年的戈登暴动，当时人群冲破了伦敦的拘留所，释放了被逮捕的暴动者。[24]如 123
果激进分子被关在感化院的高墙后面，此类“暴行”就不容易重演了。

感化院还拥有将政治犯和普通罪犯隔离开来的设施。激进分子和政府都坚持这样做，前者认为这是政治监禁的特权，后者认为这是防止普通罪犯受到政治影响的措施。政治犯的特权被视为是合理的，因为政治犯罪的界定本身就比刑事犯罪更模糊、更主观。一个时代的政治异端经常会变成下个时代的正统观点。此外，政府给予在押的反对者何种礼遇，也是在考验政府是否尊重公民自由。最后这一点虽说很少有人提及，但18世纪多数政治犯都是士绅。公民自由的顾虑和阶级情感完全吻合，都支持将政治犯与监狱中剩下的那些“低等恶棍”分离开的做法。因此，18世纪最著名的政治犯约翰·威尔克斯（John Wilkes）——他是激进派下议院议员，18世纪60年代伦敦群众的偶像——和1780年戈登暴动的鼓动者乔治·戈登爵士，都被关在特别“房间”中，能带进书籍、家具和自己的衣橱，以及一张要多奢侈有多奢侈的桌子，可以有仆人为他们服务，探视权也不受限制。[25]

然而，较之过去的士绅反对者，18世纪90年代争取这些特权的激进派工匠所构成的威胁要大得多。大臣们觉得有必要给予雅各宾派与刑事罪犯隔离关押的特权，但他们觉得没有理由让鞋匠托马斯·哈代拥有给予乔治·戈登爵士的那些“奢侈享受”。他们的确免除了多数雅各宾派的苦役，允许他们有额外的伙食、书籍，扩大了他们的探视权，但大臣们坚持把他们单独囚禁，并限制他们相互交流。这使得雅各宾派抗议与普通罪犯隔离的“特权”已经沦为一种刑罚。他们反对单独囚禁，还因为这侵犯了受刑事指控的普通待审罪犯的权利。后来他们更进一步，主张对于受刑的人来说，单独囚禁残忍而违反宪法。基于
124 这些理由，他们不断地抨击单独囚禁制度。

III

政治犯采取了多种形式来反抗感化院。在格洛斯特，不间断的囚禁和严厉的管教使得集体示威变得不可能。然而，个体的反抗行为依然会发生。基德·韦克（Kyd Wake）的事迹就非常典型。韦克是戈斯波特的印刷商，他在1796年被判苦役五年，因为国王驱车从圣詹姆斯宫去参加议会开幕式时，他向国王发嘘声，喝倒彩。韦克的妻子搬到了格洛斯特，以支持入狱的丈夫。为了筹钱为丈夫买额外的食物，她卖了一幅版画，画中气馁的韦克站在自己的牢房里，穿着不合身的黄蓝色囚服。在版画底部是基德·韦克向格洛斯特市民发出的反对单独囚禁的痛苦申诉：

> 就算是关在一般的监牢里，五年的囚禁必定也是十分严厉的刑罚；所以法官或陪审员应该想想感化院管教下的单独囚禁，那该有多么恐怖啊！他们应该稍微想一想：年复一年，

> 每天16个小时都要被锁在一个小砖屋里——没有同伴——没有火——没有光——没有工作——除了罪犯和狱卒外看不见人脸。在身体不适时，没有朋友与他们倾心交流，为他们出谋划策，供他们倾诉苦恼！最重要的是——还要忍受无数的侮辱和烦恼，难以名状，因此也难以补救。这会给人带来多么持久的痛苦啊。如果他们能想想，生命中这么长一段时间就这么无聊地浪费掉，他们肯定会在决定让别人长期忍受这种磨难时显得更为仁义。这是一场难以描述的灾难，容易想象，却很难解释。[26]

韦克与伦通会的约翰•宾斯、约翰•博恩（John Bone）和罗伯特•基尔（Robert Kier）同时在押，但是严苛的管教让他们只能暗中交往。三名伦通会的人被分别关在单间里，但他们可以在娱乐室和放风场上交流。他们的单独监禁并不严格。当宾斯应邀与监狱总管一家共进晚餐后，这三人之间的关系变得不融洽了。另外两个人——博恩
和基尔——嫉妒宾斯的特权，向治安法官投诉。宾斯发现自己的同志 125
在背后投诉自己，便利用在监狱院子中相见的机会打了他们一顿。狱卒把他们拽开，押回各自的牢房。他们失去了交流的特权，出狱之前没再相见。然而这三人依然在向内政大臣请愿，要求对他们进行审判，并抗议将自己单独囚禁。政府对他们的请求不闻不问，而且直到1801年才释放他们。[27]

在格洛斯特感化院，政治犯与刑事犯之间没有交流。在多切斯特感化院，吉尔伯特•韦克菲尔德（Gilbert Wakefield）却与刑事犯有过交流。韦克菲尔德是一名古典学学者，哈克尼非国教学院的教师。[28]直

到1796年，学院都是非国教激进主义的中心，那年学院举行了一次向汤姆•潘恩致敬的宴会，宴会为学院招来了雅各宾派温床的盛名，因而不得不停办。和他的朋友约瑟夫•普赖斯特里一样，韦克菲尔德也是在18世纪90年代的困难岁月中坚守信仰的老派非国教激进分子。尽管韦克菲尔德不是伦通会的成员，但他曾去新门监狱探访过他们。他有时还会搁置自己的古典学研究，撰写猛烈抨击反法战争和国内压迫的宣传册。政府花了一年多的时间考虑要不要起诉他。最终决定起诉他，是因为他在一本宣传册中说英国人民太过贫苦，就算法国入侵，他们也不会丢失什么。他于1799年被判犯有颠覆言论罪，被判处在多切斯特感化院服刑两年。

设计多切斯特感化院的是霍华德最钟爱的建筑师威廉•布莱克本。这里的管教制度仿效格洛斯特，负责人是威廉•莫顿•皮特，他是首相皮特的亲戚，也是一个在慈善事业上颇有声望的治安法官。皮特像经营工厂一样经营监狱。囚犯会有一份面包和饮水补助，肉菜则需要用在监狱制帽厂做工挣的钱来买。

利用从辉格激进反对派那里筹集的钱，韦克菲尔德得以免受感化院囚禁中最为恶劣的一些遭遇。他每年花100英镑，住在狱吏的房间里，并在他的桌上吃饭。这笔款项也让他的家人能搬进多切斯特感化院，以便能照顾监禁中的他。

126 在他的房间中，韦克菲尔德继续进行古典学研究，并与反对派领袖查尔斯•詹姆斯•福克斯保持通信。与此同时，韦克菲尔德对普通囚犯的疾苦产生了兴趣。他为不识字的囚犯代写减刑申请，为赤贫的债务人向债权人付款，清偿他们的债务。他为轻罪犯支付罚金，为饥肠辘辘的人购买并分发土豆、鲭鱼和面包。作为回报，一些囚犯在获释后送给他鱼或“其他微不足道的物件”，来表达自己的感激。

在他写给辉格党反对派朋友的信中，韦克菲尔德严厉谴责了监狱的制度。他写道：“我在想，人到底能不能忍受单独囚禁而不感到发狂、忧伤或绝望。”他指出，冬季时囚犯一天要在牢房里待16个小时。“这种对积极生活的消灭肯定极其残忍。”[29]

和格洛斯特一样，多切斯特感化院的兴建使得针对轻微罪犯的法律能得到更严格的执行。监禁“迫于不幸和饥饿而满足自己的愿望、满足妻儿难以拒绝的要求之人”，韦克菲尔德质疑这样做的公正性。他问道，让那些“享有生活中一切安逸和富庶的人”把穷人赶到“寒冷阴郁、与世隔绝的监狱中”，这公平吗？他认为，当面包价格暴涨，只有富人才买得起时，镇压轻微犯罪无疑是对法律仁慈美名的一种讽刺。[30]

在1801年5月获释后，韦克菲尔德没有立即返回伦敦，而是留在了多切斯特，向多塞特郡法院提出了有关感化院管教的问题。他针对总管提出了多项玩忽职守和虐待指控，但他无法加以证明，因为仍然在押的囚犯因担心报复而不愿意证实他的指控。韦克菲尔德回到了伦敦，六个月后因斑疹伤寒去世，享年46岁。

IV

第一批成功发起反对单独囚禁运动的政治犯是1798年关押在伦敦冷浴原改造所中的伦通会成员，以及那些曾参与诺尔（Nore）兵变的水兵。停靠在泰晤士河口诺尔的舰队中发生了抗议待遇和生活条件的兵变，22名水兵因参与其中在1797年下半年被判有罪，关进了监狱中 127
一个与刑事犯隔绝的区域中。1798年4月，在一次针对伦通会的决定性围捕中，16 人被捕，与水兵们关在了一起。不久之后，6 名曼彻斯特通讯协会的成员也被送到了冷浴原，与伦敦的同伴们关在一起。和伦通会成员一起被捕的还有德斯帕德上校（Colonel Despard），一位盎格鲁爱尔兰裔陆军军官。他在军中受到了不公正的对待，这让他开始与伦通会的军事组织和爱尔兰人联合会（United Irishmen）一起密谋煽动爱尔兰人和英格兰人起义，为法军入侵做好铺垫。[31]

关押他们的冷浴原监狱于 1794 年启用，它是按照布莱克本的设计修建的，遵循的是格洛斯特的管教模式。从一开始，人们就怀疑这是一个酷刑场。在第一次向囚犯布道时，塞缪尔 • 格拉斯（Samuel Glasse）牧师就影射了激进派媒体对管教制度发起的攻击。[32] 为对抗这些“卑鄙之徒”的“偏见”，格拉斯竭尽全力去说服囚犯们相信冷浴原有仁慈的传统。他指出，确立这所监狱指导原则的，是“善良和人道的最佳范例：霍华德和汉韦”。他在布道结束时劝告囚犯要听话，要改悔：

> 我劝你们要举止谦逊、平和、安静，这与你们的处境相符，这样也能让你们配得上监督者的善心。反抗管辖你们的权威是不明智的，就像那些将你们带入目前可悲境遇的举动一样。最重要的是，我请求你们经常举心向上。你们已经习惯于违抗上帝。恳请他开恩，将耐心和温顺赋予你们，这正是你们现在特别需要的。[33]

没有人记录囚犯对这些布道的反馈。但我们知道，直到 1798 年，他们如果算不上温顺和忏悔，至少还算安静。

为执行新的管教制度，米德尔塞克斯的治安法官尝试聘用一名退役陆军军官，但当他们发现战时军官不好找之后，便任命了一位名叫托马斯•阿里斯（Thomas Aris）的人。他曾当过面包师。据大家所说，他是一个腐败、暴虐、懒惰的管理者，然而治安法官依然给了他完全的自由。根据监狱委员会的记录来判断，他们的督查稀少而敷衍。 128

不受制约的阿里斯重新引入了改革者们努力废除的各类勒索。他收取铺位费，还向来访者收费。他还缩减了监狱伙食，让囚犯们只靠面包和水生存。有朋友的人可以从外面获取食物，但无亲无故或赤贫的人只能挨饿。监狱很快人满为患，除了政治犯和重要的重罪犯，到 1797 年单独囚禁已被放弃了。轻罪犯和待审者两人睡一张床，关在一间 8 英尺长 6 英尺宽的牢房里。由于阿里斯忽视了卫生，拥挤导致了疾病的爆发。在写给法官的请愿书中，囚犯们抱怨寒冷、潮湿、“成群的老鼠在牢房里吱吱作响”、发的粮食不够吃。[34]

由于阿里斯贪赃枉法，感化院管教制度在冷浴原崩溃得尤其迅速。不过这绝非偶然现象。例如，到 1806 年，诺福克郡的怀门德姆新改建的布莱德维尔式监狱就放弃了苦役制度，任由囚犯处于“一种无所事事的迟钝状态”中。[35] 多切斯特感化院中的制帽厂也被放弃了。在康沃尔（Cornwall）新建的布莱德维尔式监狱中，詹姆斯•尼尔德发现典狱长养的猪和鸡在院中闲逛。正如我们所见，就连在格洛斯特，过度拥挤也迫使管理者放弃了感化院的常规。

这些地方的管教制度的退化表明 18 世纪 90 年代的监狱革命无法维系。在非常实际的意义上，霍华德和保罗超越了他们的时代，因为他们无法找到可靠的管教人员来践行他们的监狱理念。因此，传统的腐败注定会重新出现在这些看似“现代”而理性的机构中。

这一点在冷浴原尤其突出。然而，在 1798 年变兵和伦通会的成员被关进来之前，这所监狱的状况并没有成为公众争议的焦点。伦通会的成员被关押之前就已经开始反对单独囚禁了。1797 年 1 月，一篇反对单独囚禁的文章出现在了伦通会的出版物《道德和政治杂志》(*Moral and*
129 *Political Magazine*）上。[36] 文章借用了葛德文《政治正义论》中对“霍华德计划”的抨击。文章将单独囚禁描述成“一种精巧的思想酷刑”“一种通过摧残神智而毁灭肉体的模式”。文章认为单独囚禁永远不能改造罪犯。“顽固的罪犯”会“沉浸在复仇的幻想中”，而真心悔改的囚犯则会被负罪感折磨得发疯。“悔恨之于心智，就好像拷问台之于身体。”

伦通会的文章认为改造是一个社会化过程。外部世界的“慰藉和同情”对于罪犯保有羞耻心和重新融入社会的能力是必要的。单独囚禁切断了罪犯的社会关系，这只能增强他的异化。后来又有一期杂志讨论了这个话题，文章抨击了对流浪汉等“轻罪和微罪犯”使用单独囚禁的做法。“法律词典”是杂志长期开设的特写栏目，它将感化院定义为“传播不愉快的真理之人的收容所”，这为日后关押政治犯的问题定了基调。因此，在 1798 年 4 月，当冷浴原的大门在伦通会的成员身后关上之时，他们知道应该怎样看待这个地方。

在他们被带到这里之前，诺尔的变兵已经开始鼓动人们反对阿里斯的管理了。他们向主管、米德尔塞克斯的治安法官、海军部和内政大臣波特兰公爵（Duke of Portland）源源不断地发去请愿书，抗议将他们单独囚禁的做法和这里的伙食——当时这里主要是吃猫肉。当 1798 年 4 月监狱教堂中爆发骚乱之后，有些人成功爬过了院墙并躲开了追捕。剩下的人被锁在了牢房里。这样一时将反抗压制了下去。[37]

德斯帕德上校和伦通会成员的到来触发了新一轮的骚动。德斯帕德上校的妻子反复请求波特兰公爵把她的丈夫从单间中放出来，当这些请愿失败后，她将请愿书透露给了反对派媒体。伦通会的成员在写给波特兰公爵的请愿书中抱怨说，阿里斯将他们锁在牢房里，贪污他们的伙食费，剥夺他们享用床垫的“特权”，稍有借口就惩罚他们。他命令把一名伦通会成员关到地牢里五周，因为他在牢房墙上画了一幅卡通画，画上描述了一个掉了脑袋的皮特首相瘫倒在断头台边。卡通的文字说明写道：“这是国王灾祸的解药。”这种反抗的涂鸦证明伦通会的人没有被单独囚禁压垮。[38]

当他们发现写给波特兰和米德尔塞克斯治安法官的请愿书没起到 130
作用后，伦通会的成员们决定联系弗朗西斯 • 伯德特爵士（Sir Francis Burdett）爵士和议会中支持福克斯的辉格党人，这个选择很自然，因为这些人曾反对皮特通过的镇压措施。在 1794 年讨论人身保护令中止法案时，查尔斯 • 詹姆斯 • 福克斯和理查德 • 布林斯利 • 谢里登指责道，这项措施赋予了皮特“绝对的权力来限制王国中每个人的自由”。[39]当内政大臣们凭自己的令状把不同政见者关进感化院时，福克斯和谢里登指责说，路易十六凭王印文书（*lettres de cachet*）将他看不惯的人关进了巴士底狱，他们的做法和他一样专制。将巴士底狱和感化院相提并论是一种尤为有力的嘲讽，因为内政部喜欢将英国立宪主义的自由意志传统与君主专制和雅各宾统治下法国的暴政进行对比。18 世纪 90 年代的辉格党人将感化院列入了内政部的暴政中，这颇具反讽意味，毕竟如我们所见，正是 18 世纪 80 年代的辉格党人推动了这种机构的建立。现在针对政治犯的抗议将霍华德慈善事业的阴暗面完全暴露出来了。

辉格党重新评估霍华德规划的基调，这是一种悔恨的觉醒。例如在下议院 1800 年一场有关单独囚禁的辩论中，福克斯派的一员承认：“已故的霍华德先生肯定是最值得尊敬的人之一。”但是他接着说道：“然而如果他不是最坏的人之一，他就不可能想出如此残忍而有害的刑罚来。”单独囚禁向人们施加了一定程度的精神酷刑，这使得它“有违我国的宪政体制”。[40] 塞缪尔•罗米利没有这么偏激。他同福克斯派的辉格党人一道反对单独囚禁待审人员，但支持在审慎监管的条件下继续将其使用于被判犯有重罪的囚犯。像保罗这样的“老派的辉格党人”依然无怨无悔地支持单独囚禁，但他们与议会中的福克斯派有矛盾。因此，18 世纪 90 年代的镇压让改革派中产阶级中的温和派和激进派之间产生了裂痕。

尽管福克斯和辉格党人答应为解决他们的冤情出力，伦通会的成员却以怀疑的目光看待这些人。在被捕前，他们已经警告过其他伦通
131 会成员不要因为在公民自由问题上与辉格党合作而忘记他们之间的本质性差异。举例来说，伦敦的协会向前去会晤伯明翰分会的代表团发出了如下的指示：

> 鉴于辉格俱乐部呼吁人民集会，呼吁废除新出台的《叛国与颠覆法案》(Treason and Sedition Bills)，而没有明确声明他们的立场，我们建议你们警告将要造访的分会，小心任何试图通过这种临时而次要的事宜，而将他们的思想从我们的终极目标上转移开的做法。[41]

辉格党人则竭尽全力与工匠雅各宾派的意识形态划清界限，但他们感觉有义务支持他们反对皮特的镇压。基于这种“临时而次要的事宜”的联合注定非常脆弱，但它持续了一定时间，足够维系一场反对

冷浴原的猛烈斗争。

1798年12月，在监狱的伦通会成员发起了一场斗争，他们致信弗朗西斯•伯德特爵士，呼吁他调查狱中一名流浪汉最近瘐死的事情。与这封信一道发出的还有一封写给米德尔塞克斯验尸官的信，信中抗议死亡是“自然事件”的说法——这是验尸评议团在本案中得出的结论。他们指责说，结论应该是过失杀人：

> 大人，评议团是否知悉这人衣不蔽体？他们是否调查了这人能得到多少食物，他们是否知道他在苦寒中被关到了一个阴暗潮湿的牢房中，没有火，没有任何能防止他死去的措施？他们可曾听说，他在死前36个小时抱怨过，如果他还待在这里，他的腿就会长脱疽？他们可曾调查在他抱怨之后，他接受过何种医疗救助？是否调查过他周围的囚犯，询问过他死时的情况，评议团是否知道他不是罪犯？[42]

请愿者说，他们承认监狱不应该“是一个让重罪犯感到安逸舒适的地方”，但他们坚持认为，对于像这人一样的流浪汉，这里只应该是一个让他们安全等待被遣送回堂区的地方：

> 当我们仁慈的法律规定将穷人遣返回他们的堂区时，穷人们肯定不会想到，他们的生命会被如此捉弄，好像毫无价值的重罪犯一样，像那些人们设想和计算能忍受多少饥饿、抗拒多少寒冷的重罪犯一样！！ 132

在收到请愿书后，伯德特去监狱进行了多次探访，直到波特兰公爵借口他在犯人中间煽动抵抗情绪，禁止他再去。[43] 伯德特证实了伦通会成员有关流浪汉的指控，以及他们有关食物、寒冷的牢房和不间断的单独囚禁的控诉。掌握了一手情报后，伯德特要求组成一个独立的调查委员会。下议院讨论了他的动议，支持狱方的人员构成则表明，尽管有罗米利这样的改革者依然在支持感化院的理念，这种理念已日渐变成了反雅各宾反动派的专属特征。

为狱方辩护的领导者是福音派基督徒威廉•威尔伯福斯（William Wilberforce）。援引在米德尔塞克斯法院任职的好友塞缪尔•格拉斯牧师提供的备忘录，他否认了囚犯们挨饿的指控。他甚至说一些囚犯晚餐时能吃上烤牛肉和葡萄干布丁。[44] 他坚持认为，这座监狱实际上是约翰•霍华德慈爱精神的纪念碑。

威尔伯福斯的言论激怒了狱中的伦通会成员和变兵。在一封写给伯德特的信中，一名变兵评论道："让一个对此地一无所知的人相信这里属于国内第一批改良场所，这是多么轻而易举的事啊。"另一名变兵将这里称为"一所吹嘘着慈善，实际上施行系统性酷刑的监狱"。[45]

对于伦通会成员而言，威尔伯福斯为监狱所做的辩护必然极具反讽意味，因为他们曾经试图寻求福音派基督徒的支持。托马斯•哈代 1792 年成为伦通会书记后首先做的一件事就是给雅各布•布莱恩特（Jacob Bryant）写信，布莱恩特是废除奴隶贸易运动中的福音派领袖：

> 获悉您热忱支持废除那可憎的生意——奴隶贸易，我据此推测您也会基于更广泛的人权原则而热忱支持自由。我坚信，在原则上支持黑人自由的人，一定会支持白人争取权利，

反之亦然。[46]

哈代大错特错。哈代满怀希望写信给雅各布•布莱恩特，但布莱恩特1794年却写了一系列抨击潘恩《人权》的“忠贞派”宣传册。[47]1799年2月，下议院接受了伯德特组成委员会调查冷浴原状 133
况的要求，但是坚持让威尔伯福斯也参与其中。1799年4月，委员会发布了一个报告，称赞米德尔塞克斯法院的“值得称道的警觉和专注”。[48]委员会虽然承认阿里斯殴打了一些囚犯并向他们勒索钱财，但认为没有理由将他解职。伯德特斥责报告文过饰非，但他未能取得足够的支持来成立一个独立的调查委员会。当年剩下的时间里，监狱问题一直处于休眠状态。

V

当冷浴原于1800年5月再度引发争端时，起因已不再是政治犯的待遇问题，而是玛丽•里奇（Mary Rich）的遭遇所激起的公愤。14岁的里奇是一名劳工的女儿，她声称一名律师强奸了她。听上去可能不可思议，但当时经常会将贫困的指控者作为关键证人关到监狱里，而让被告人保释出狱。这事就发生在了玛丽•里奇身上。她在冷浴原被关了一个月，而侵犯她的人却能获得保释。

当大陪审团听审本案时，玛丽•里奇显露出饥饿的迹象，还在证人台上晕倒了。陪审团立刻视察了监狱，发现像玛丽•里奇一样的关键证人被单独关押，每天只能靠面包和水维持生命，苦等自己的案件开庭。弗朗西斯•伯德特爵士获得了一份大陪审团的报告，要求另组调查委员会。

针对伯德特有关虐待的指控，米德尔塞克斯首席法官兼该郡下议院议员威廉·梅因沃林答复说，玛丽·里奇是个贱婊子。有人看到她“和几个男孩子在楼梯上做不宜描述之事，她从他们那里得到了半个便士”。针对她挨饿的指控，梅因沃林答复说她在监狱比在家里吃得好：

> 她在家时处于赤贫之中；她家有六个孩子，她母亲做军装的扣子，每打一便士；她父亲每周挣十二先令；他们通常买四磅到五磅肉来糊口。这些以及其他构成法官报告
> 134 的情况表明，玛丽·里奇在监牢中比在家里待遇更好，生活更舒服。[49]

对此，理查德·布林斯利·谢里登尖刻地回应说：“因为她父母穷，所以监牢里低劣而微薄的伙食就变成了好吃的。这种论证模式可真奇怪。”

通过一本名为《冷浴原监狱中所发生之非人虐待的公正描述》(*An Impartial Statement of the Inhuman Cruelties Discovered in the Coldbath Fields Prison*）的匿名宣传册，公众于1800年6月获悉玛丽·里奇的遭遇。8月初，有一名变兵获释，他身体极其虚弱，出狱一个月就去世了。此时公众变得更为愤怒了。[50]

8月13日，在晚间锁门时，冷浴原的犯人们成群结队地乱转，“相互轻声细语地说着话”，只能用强力将他们赶到牢房里。第二天早晨，他们成群结队地站在放风场院中，像是在密谋骚乱。在14日晚间锁门时，他们拒绝回牢房，狱卒只能举着枪将他们赶回去。一旦进入牢房，他们开始透过牢房的窗子大喊：“谋杀！饥饿！瘟疫！我们在挨饿！”

他们开始唱歌，敲击牢房的门和床架。牢房里的噪声引来了 5000 名住在克勒肯韦尔工人区的群众。他们聚在监狱高墙周围，他们喊话鼓励囚犯，而囚犯则开始号召他们拆毁监狱的高墙。很快在人群中就响起了“拆毁巴士底狱”的歌声。阿里斯从一个侧门冲出监狱，跑向哈顿公园派出所（Hatton Garden Police Office）求助。一队弓街捕快赶到了现场。支援他们的，还有一群仓促动员起来的克勒肯韦尔志愿军，这是一支由当地财主组成的队伍。借助一门安放在监狱门口的加农炮，他们开始驱散人群。四小时之后，群众被赶跑了，囚犯也被制伏了。

在 20 名被戴枷送到惩罚地牢的领头者中，没有 1 名政治犯。这可能是暴动中最重要的一方面。多数变兵已经获释。正如《纪事晨报》（*The Morning Chronicle*）所说，当他们在重获自由的第一天，正从塔丘（Tower Hill）往下走时，一群抓兵队的人靠着“精良的组织”把他们抓了起来，重新送回船上服役。因此，他们不会出现在监狱外的人群中。[51] 当局对骚动的记录中也未提及伦通会的成员，他们在整个暴动过程中一直待在牢房里，这似乎象征着普通罪犯也试图加入由雅各宾 135
派煽动起来的反监狱运动中。

暴动立刻就产生了影响。一个月之内，伯德特两年里一直要求的独立委员会成立了。两名领导成员是多切斯特的威廉 • 莫顿 • 皮特和格洛斯特的 G.O. 保罗。不出人们所料，他们为感化院的监禁制度辩护，还肯定了米德尔塞克斯法官对冷浴原的管理。他们谴责将待审人员或像玛丽 • 里奇这样的待作证人员监禁在感化院里。他们还证实，监狱里人员拥挤、肮脏不堪和通风不畅都到达了危险的程度。委员会虽然承认阿里斯任由单独囚禁的管教垮掉，但并没有建议将他免职。[52]

在委员会的报告公布后，伯德特耐心等待时机，直到 1801 年才再次提起冷浴原的问题。然而在1802年7月，他决定重新开始反对监狱制度的活动，这次他要参选米德尔塞克斯的议席，该席位为现行制度的首席卫道士威廉 • 梅因沃林所占据，他也是米德尔塞克斯的首席法官。

《泰晤士报》(*Times*）以其惯有的嘲讽口吻正确描述了这次选举中不同社会力量间的同盟关系：在这场竞选中，一方是由梅因沃林所代表的“正人君子”，另一方是伯德特所代表的“圣伊莱斯和沃平区（St. Giles and Wapping）的渣滓们”。[53] 竞选伊始，伯德特就声明，投票支持梅因沃林就是“投票支持可恶的新型囚禁制度”，也是投票支持1792年立法通过的治安法官“年金制”。伯德特认为感化院制度和警务改革都威胁到了“英格兰悠久而优秀的宪政制度”。[54] 他还成功将冷浴原塑造成了18世纪90年代压迫的象征。伦敦群众对他的口号“要伯德特，不要巴士底”反响热烈，给了他从约翰 • 威尔克斯那时以来最盛情的支持。

选举让伦敦的正人君子好几个星期都紧张不安。《泰晤士报》承认，“肯特街（Kent Street）的蠢材车夫”和“德鲁里道（Drury Lane）的店小二”都佩戴着伯德特的选举标识。[55] 伯德特的竞选经理利用一切1832年之前选举中可用的象征技巧，鼓动大众对监狱制度的反对情绪。除了游行和旗帜，他们还在竞选集会中布置了一幕生动的场景，其中有一个身穿水兵服的人——这显然是在影射那些变兵——被一个
136 看上去像阿里斯的人一边奸笑一边拿九尾鞭抽打。每天都有大批群众聚集到竞选集会中，用哼声和嘘声向梅因沃林的支持者表达不满，后者中的一些人被迫戴伯德特的选举标识来伪装自己，以防去投票时受到攻击。由于群众的声音完全盖过了他的讲话，梅因沃林竞选开始后一天就放弃了在选举活动中发言。当天他从布伦特福德（Brentford）返

回伦敦时，站在基尤桥（Kew Bridge）上的“恶棍”居然向他的马车扔土块。

梅因沃林无法获得与此相媲美的公众支持，但他接受了伯德特的挑战，同意将这次选举看成一场针对皮特执政时期压迫的公民表决。梅因沃林的政治立场源自支持镇压最力的组织——保卫自由与财产暨反对共和派和平等派协会（Society for Preserving Liberty and Property Against Republicans and Levellers）。该协会的主要作用是分发驳斥雅各宾派宣传的廉价小册子。其中一本册子是梅因沃林的一篇演说，在演说中他抨击了雅各宾派设想中的社会平等原则。演说谴责了“有作恶倾向之人”想“蛊惑民心，让大家不再尊重法律和我们成功的宪法”。演讲称赞了宪政制度下的法律面前人人平等原则，嘲弄了雅各宾派财产平等的妄想：

> 我国的法律从不趋附于人。在我国法院中人人平等，无论高贵低贱、富裕贫穷，所有人在我国法律中的待遇都一样。这就是我国人人都拥有、人人都享有的成功的平等——这是唯一一种与所有政府制度都协调的平等。奸诈狡猾之辈现在想要灌输给人民的那种平等本质上来讲是不可能的。[56]

梅因沃林只是众多阐释英国宪政制度优点的托利党政客和宣传家之一。较之梅因沃林，汉娜•莫尔（Hannah More）语言技巧更高明，更能体会大众的心理，协会让她来给群众打雅各宾病菌的免疫针。她最知名的小册子《乡村政治》（*Village Politics*）是两个乡下人之间有关英格兰法律传统之优点的漫长对话：

> 汤姆：为什么主管们会违背我们的意志，将我们穷人送到监狱里去？拘留所是干吗的？我要打倒拘留所。所有的人
> 137 都应该自由。
>
> 杰克：听着，汤姆。监狱里关几个流氓，剩下的人就会守规矩，这样老实人就能安心做自己的事情，不用担惊受怕，这是自由之道。我告诉你，汤姆，咱们和老爷们一样都是由背景相似的人来审判。如果我没犯法，国王肯定不会送我进监狱，如果我犯法了，送我进去就很有道理了。我可以起诉那边大城堡里的约翰爵士，他不敢向我竖小拇指，就好像我们地位平等一样。爵爷犯死罪会被吊死，就像咱们一样。如果你听了会好受一些的话，我记得咱们王国里曾有一位贵族因杀死他的仆人而被吊死，就像仆人杀死他会被吊死一样。[57]

莫尔指的是1760年费勒斯伯爵（Earl Ferrers）因杀死自己的管家而被处决。作为英格兰司法公正的明证，不断有人在18世纪90年代向穷人提起这件事。

考虑到18世纪90年代公众不满程度之深，有人下这么大力气说服穷人相信法律之公正不足为奇。面对侵犯自由英国人之权利的控诉时，政府显得尤其脆弱。这种“立宪主义”的抨击对中产阶级尤其有吸引力，米德尔塞克斯陪审团在政治案件中对政府表现出来的高度不信任也证实了这一点。换言之，镇压引发了阶级统治在社会危机中特有的难题。内政部为了打压雅各宾派而限制了正常的公民自由，其风险就是侵蚀公众对法律的尊重。在法律体系完全可以被视为阶级压迫

的工具之时，完全可以认为梅因沃林的演说和莫尔的宣传册为法律体系披上了一件公正的外衣。

米德尔塞克斯的选举是一场有关法律的意识形态斗争达到高潮的表现。梅因沃林的首席宣传家约翰•鲍尔斯（John Bowles）叫嚣说伯德特反对监狱制度的运动是雅各宾派的举动，目的是贬损整个法律体系在穷人眼中的公信力：

> 一旦人民学会用蔑视或仇恨的眼光看待法官，把每座监牢都看成巴士底狱，将（巴士底）这个名称与某种飘忽的残酷暴政理念结合在一起，他们的愤恨恐怕接下来就会转向国法，而与尊重法律和执法机构密不可分的繁荣与稳定就变得岌岌可危。[58] 138

他警告米德尔塞克斯的选举人，伯德特的真实目的是挑唆暴民去“捣毁那所监狱，好让那所监狱的毁灭变成推翻英国王室的前奏”。梅因沃林的支持者抓住了投票期间监狱中的一次小型骚乱不放，将其作为伯德特挑唆暴民和囚犯的证据。7 月 17 日晚锁门时，八名囚犯开始高喊：“谋杀！血腥的谋杀！活活饿死了！”其他囚犯随即跟进，噪声吸引了一大群人来到监狱周围。一名警务法官赶到了现场，请求囚犯安静下来，但是没有作用。监狱中的女犯尤为无法无天，有几个人被堵上嘴，戴上枷锁，关到了黑牢里。[59] 骚动没有两年前那次严重。但梅因沃林利用这次暴动再次强调了他的论点：伯德特获胜将意味着雅各宾派和革命的胜利。

意识到体面的业主们有可能受到梅因沃林指责的影响，伯德特用一篇机敏的竞选说辞作为回应，他的目的是让有产者放心，而同时又不会疏远激进派：

> 有一天，有人谈到了邻国几年前发生的一次光荣的事件：摧毁巴士底狱。每当他反思这件大事时，他和所有独立思考的人一样都会感到喜悦，每当他想到我国不会发生类似的事件，他就会感到更加满意；他坚信，英国人能通过坚定、合法、合宪的手段和平获得不幸的法国人民不靠暴力得不到的东西。[60]

虽然将自己标榜为平民的骑士，伯德特仍旧小心翼翼地与雅各宾派的激进思想拉开了距离。他为自己反对巴士底狱的观点披上了一层严谨的宪政主义外衣。支持使得平民不再尊重法律的镇压措施并陷英国君主制于危难之中的是梅因沃林，而不是他。

这些论据让选民们放心，而知道伯德特是伦敦著名银行家托马斯·库茨（Thomas Coutts）的女婿一样能让他们安心。[61] 在选举中，他
139 们的选票让伯德特险胜梅因沃林。结果宣布后，一大群人——据一些报纸估计有 50 万人——在一场凯旋游行中簇拥着伯德特的马车从布伦特福德的选举集会回到他位于皮卡迪利的家，一路上还停下来，在圣詹姆斯宫前面合唱法国革命歌曲《会好的》(“Ça ira”)。《纪事晨报》把伯德特的胜利描述为“反对单独囚禁制的自发而真诚的表达”。[62] 它还表明，即使是有选举权的人也对皮特执政时镇压公民自由的举措感到厌恶。①

① 在 1832 年英国第一次选举改革之前，由于财产和性别限制，只有 50 万人有选举权。19、20 世纪英国通过了一系列的改革法案，才将选举权扩展到全体成年人民。

VI

事后想来，伯德特只是把冷浴原看成了一个便宜的临时性工具，因为选举后他再也没有提及过此事。阿里斯、格拉斯和梅因沃林继续保有他们的职位，而之后五年辉格党反对派在下议院的辩论中从未提及监狱。将新监狱政治问题化的动力也随着人身保护令的恢复使用以及最后一批政治犯获释而一扫而空。

然而冷浴原的问题并未消失。亚历山大•斯蒂芬斯（Alexander Stephens）在 1807 年时重提此事。他是辉格激进派团体的一员，这个团体也包括伯德特，他们经常在约翰•霍恩•托克家中午聚餐时醉醺醺地论政。[63] 斯蒂芬斯是在任米德尔塞克斯大陪审团主席时开始关注冷浴原的。1807 年 7 月，当陪审团结束刑事案件的指控工作后，陪审团成员例行巡视了米德尔塞克斯的拘留所。斯蒂芬斯自然对冷浴原尤其关注，他发现 1798 年时人们谴责的弊病现在依然存在。监狱的面包缺斤短两。很多穷人依然在单独囚禁中等待重罪指控的进一步审查，这违反了 1800 年委员会的建议。债务人与流浪汉和重罪犯不加区分，关在一起。斯蒂芬斯还听说，阿里斯的儿子和一些女囚犯上床睡觉。[64]

在他的巡视中，斯蒂芬斯听到一间牢房中传出了哭喊声和哀求声。他下令打开牢门，发现里面关着一个精神不正常的法国可怜鬼杜•布林骑士（Chevalier du Blin）。他原来是杜慕里埃将军（General Dumourier）的副官，1807 年 5 月因间谍罪被捕之后一直单独囚禁。在三个月的彻底孤寂之后，他开始精神失常。他将自己的衣服撕碎，在上面写了一些语焉不详的话，并试着将这些布条偷偷送出监狱。他尖叫说，他能听见自己的妻儿在他楼下的牢房里忍受严刑拷打。杜•布林的情况再次 140

引发了有关单独囚禁的争议。

斯蒂芬斯根据他的发现写了一封请愿书，抄送给了辉格党反对派、内政大臣和米德尔塞克斯的治安法官。他还要求好友理查德·菲利普斯帮助自己，菲利普斯是一名有影响的出版商，时任伦敦的治安官。18世纪90年代菲利普斯因出售潘恩的《人权》而在莱斯特蹲过18个月的监狱，因此他对监狱有亲身的感受。他写信给米德尔塞克斯的法官，支持斯蒂芬斯的指控，信中证实他在市政厅称量的面包确实分量不足。米德尔塞克斯的治安法官们的答复丝毫不出人所料，他们说菲利普斯“上当了”。[65] 他们说尽管个别面包有时分量可能不足，但从没有人在囚犯的口粮上做手脚。

然而，这次官方对狱方和法官们的支持明显不如1800年那时积极。当谢里登向下议院提交斯蒂芬斯的请愿书时，政府承认“有些地方确有疏忽”，甚至连威尔伯福斯也坦承，单独囚禁制“尽管取得了很多积极效果”，但“它也很容易被人滥用”。[66] 下议院各方都同意组建第二个调查委员会。

和之前那个委员会一样，这个委员会对针对法官或总管的指控敷衍了事，也回避了对他们提出的批评。然而他们证实了斯蒂芬斯的指控。委员会承认杜·布林在关押期间心智失常，但他们对此给出的解释是高卢人的性情易于让他们受过度激情的摆布，而不是单独囚禁出了问题。他们建议将他转移到圣路加疯人医院。和之前一样，这个委员会也证实债务人、流浪汉和轻罪犯没有分开羁押，而待审人员依然被单独关押。囚犯晚上被关在牢房里，白天却可以在院子和过道里随
141 意闲逛。委员会发现他们肮脏不堪、无所事事、放荡不羁、满嘴脏话。委员会还证实阿里斯的儿子确实强行向女囚犯求欢，却得出了老阿里

斯不应为儿子在监狱里的举动负责的奇怪结论。[67]显然，1775年前的监狱亚文化，包括看管人员和在押人员之间的腐败交易，在看似“现代”的机构中重现了。

没有证据表明1808年的报告比1800年的那份更受重视。像第一次面对贪污和无能的指控时一样，阿里斯这次也设法脱身了。治安法官们依然留用他，因为没有人能替代他。

就算监狱管理没有变化，多年的抨击还是对监狱产生了永久性的影响。感化院和巴士底狱在人民心中已是密不可分的了。到1811年，收集伦敦街头俚语的《粗俗话词典》(*Dictionary of the Vulgar Tongue*)将“Steel”(钢铁)定义为穷人口中的改造场所，特指冷浴原感化院。“Steel”和“Stile”(阶梯)是巴士底(Bastille)的简称，[68]就像俚语中用石罐(Stone Jug)指代新门监狱一样。[69]这些名字与那些监狱紧密联系在一起。记者们1850年注意到，刚从冷浴原放出来的穷孩子依然管那地方叫“Stile”。[70]这些词经久不衰，证明伯德特的运动在穷人中非常深入人心。在19世纪的公众反对建立全面机构的运动中，“巴士底”一词已经变成了人们的集结号。在19世纪30年代，穷人用这词指代遭人痛恨的联合堂区济贫院(Union workhouses)。当本顿维尔于1842年启用时，一个激进派小报也将其称为“巴士底狱”。[71]

反对新巴士底的运动让推动监狱改革的人产生了一种幻灭感。1808年，时任伦敦治安官的理查德•菲利普斯致信年迈的G.O.保罗，邀请他视察伦敦的监狱并提出改善意见。保罗回绝了菲利普斯，他的回信证明他过去的激情现在已经消退了。他说自己相信伦敦的市议员们会继续忽略他的意见，正如他们原来忽略霍华德的一样。谈及冷浴原的骚动，他继续说道：

> 至于说伦敦群众的呼声——如果霍华德像我一样健在，
> 就像在 18 世纪末一样，他会屈辱地发现他的观点和设计与我
> 142 的一样，都遭到了下作的诽谤，他一定会像我一样驳斥那些
> 控诉他的作为麻木残忍的人。他在宗教情感的指引下做了这
> 些事情，他在完成一个基督徒的义务，以及一名启蒙慈善家
> 的谋划。[72]

保罗的结语简单扼要：“我对无用功感到厌倦了。”

第二代改革者在拿破仑战争之后出现，他们支持伊丽莎白•弗赖（Elizabeth Fry）为新门监狱女囚提供服务，也支持在米尔班克建立国立感化院。人们对单独囚禁制的反应对他们产生了深远的影响。他们反对彻底的隔离，而且全力向怀疑者保证，他们支持囚犯之间的交流和集体劳动。为缓解公众对他们提议的担忧，他们发明了一种委婉的说法——“分别囚禁”——来描述自己的方案。[73] 这种做法给霍华德式理念披上了更容易使人接受的外衣，但并不是特别成功。对单独囚禁的抵制依然广泛存在，而且是 18 世纪 80 年代那个创新年代之后感化院理念在英格兰传播速度缓慢的重要原因。

第六章 彼得卢时期的监狱改革政治

I

1816年12月，伊丽莎白·弗赖带领着一个紧张的妇女委员会进 143
入了新门的女狱区，这些妇女都是贵格派商人和银行家的妻子。事后
其中一人回忆说，她们感觉自己进了“野兽窝”。当门闩在她们身后
锁上时，围绕在她们身边的，是“一群淫乱的囚犯，半裸着聚在一
起”，讨钱、骂人；为了靠近她们而相互撕打着。当这些贵格派主妇
们设法让这些人安静下来时，伊丽莎白·弗赖宣布，治安官允许她改
造女狱区并实施新的管教规则。弗赖让囚犯们放心：“除非所有囚犯
一致同意，不会制定任何新规则。我们会向大家宣读每一条规则，然
后大家投票。”经女囚们同意之后，贵格派的妇女们开始了整治秩序
的工作。首先，犯人依照新旧、老幼、初犯和“顽固、酗酒的妓女”
分开，分别关押。[1]女囚的孩子们被送到了监狱内的一所学校，这里
由一位囚犯负责运营。将囚犯分类并打破了犯罪“团伙”之后，弗赖
开始整治她们的外表。耳环、卷发和“一切装饰和浮华的穿着”都被 144
禁止了。为了增强“改善和改造不可或缺的一步——精神上的羞辱”，
她们的头发被剪得很短，每人还要穿白色的囚服。这些是仿效贵格派

妇女平淡而朴实的装束设计的。[2] 在这场慈善活动中相遇的双方，接受了同一种禁欲主义。

很快，弗赖就开始让女囚们缝纫。她采纳的管教监督模式，借鉴自她的密友和贵格派会友约瑟夫 • 兰开斯特（Joseph Lancaster）在南伦敦开办的贫儿学校。[3] 女囚们被分成 13 组，每组由一名她们选举的组长来监视。在整个女狱区，弗赖任命了一名工人阶级妇女来当全职监督。

弗赖的工作收效巨大。路过的人注意到，女囚们不再伸手向牢房窗外讨钱了。看守们发现，当第一批“弗赖夫人”的囚犯被送上开往澳大利亚的流放船之前，她们没有把牢房砸烂。弗赖说服她们放弃了这种“纵情狂欢”。[4] 她用安静的勤奋工作和祈祷生活取代了她们原先的闲散、斗殴和脏话。用她妹夫托马斯 • 福韦尔 • 巴克斯顿的话说，她将一个“人间地狱”变成了一座“井然有序的工厂”。[5]

不到一年，弗赖就变成了摄政时期伦敦的名人。在一次公共集会中，当夏洛特王后走过去与她说话时，一阵“低声的称赞”划过了看到皇室与慈善家会面的人群。[6] 弗赖每周日在新门监狱教堂的礼拜成为城中重要的慈善场合，格洛斯特公爵和内政大臣西德默斯勋爵（Lord Sidmouth）这样的名人都会参加。礼拜在城中的精英里变得极受欢迎，以至于走廊里旁观的来访者有时和条凳上坐着的囚犯一样多。1820 年，詹姆斯 • 威廉姆斯爵士（Sir James Williams）带全家来观看礼拜，并记下了自己的印象。[7] 在穿过“漆黑、挂满枷锁的石拱门厅”以及“铁箅封挡的大门”后，他们被带到教堂中。弗赖坐在教堂中央，下令打铃“通知囚犯准备”。第二次打铃后，她们逐渐进来，穿着一样的囚
145 服，戴着一样的帽子，密密麻麻将长凳占满。在大约 40 名参观者的注视下，弗赖开始读《罗马书》的第 13 章：

> 在上有权柄的，人人当顺服他。因为没有权柄不是出于神的。凡掌权的都是神所命的。所以抗拒掌权的，就是抗拒神的命。抗拒的必自取刑罚。作官的原不是叫行善的惧怕，乃是叫作恶的惧怕。你愿意不惧怕掌权的吗？你只要行善，就可得他的称赞。①

向囚犯们布道时，弗赖讲述了服从的必要性，她特别阐释了刚才读的那段使徒书信："祝福那些迫害你们的人，要祝福，不要诅咒。对于任何人，不要以恶制恶。"女囚们悲伤地接受了这些教诲。看到布道之后的片刻静默夹杂着囚犯的叹息声和哭声，来访者感到很满意。在礼拜结束时，詹姆斯•威廉姆斯爵士带着对罪之普适性的思考离开了。弗赖证明了穷人能像富人一样受到良知的感召。"在上帝的法律面前，难道我们不都是罪犯吗？"他问道。

很多见过弗赖礼拜的人是带着同样的反思离开的。她表明，那些被她毫不犹豫地称为"最低等的人……伦敦和英国的渣滓"能被转化成负责任、守纪律、爱上帝的改悔者。[8]1817 年时她的盛名说明，西德默斯子爵这样的名人已经参与到她的工作中，他们把这件事看成了阶级关系有望改善的缩影。

弗赖的事业受到欢迎，人们喜欢将其与罗伯特•欧文的经历相比较，后者也是一位那年风行伦敦的慈善家。由于他的模范工厂社区新拉纳克似乎能证明心怀不满的穷人能被转化成服从的工人，欧文和弗

① 译文沿用《圣经》和合本，《罗马书》13：1—3。——编者注

赖一样也变成了名人。当他1816年到伦敦时，欧文鼓吹这种社区是新的社会管理工具，能够压制青年中的犯罪倾向，让不服管的人养成勤劳的习惯。[9]

虽说弗赖和欧文都相信管教能用来改良人，他们的背景却截然不同。对弗赖而言，罪犯的改造代表着上帝恩典的胜利。她采用的管教
146 制度会让囚犯抱有一种乐于接受这恩典的心态，这是她所属教派的禁欲主义在世俗中的翻版。相较之下，欧文的管教理念能追溯到曼彻斯特文学和哲学学会的思想，18世纪90年代欧文还是一个年轻的工厂主时参加过学会的活动。他的指导原则是，人的性格是他们在教育与交流中被动塑造的，而不是主动塑造的。这是哈特莱式唯物主义的产物。

但是到18世纪90年代末期，就已不再时兴将工厂管教当成一种公正的改良了。贸易中的竞争压力逐渐增大，维持工厂社区中的“慈善”支出的净利润也在减少。欧文是少数几个坚守18世纪80年代那种乐观精神的工厂主之一。他相信他在新拉纳克的管教有效协调了利润和道德改革。他1817年去伦敦，试图宣传他的发现：他的“活机械”和他的机器一样容易改良。[10]

尽管他们的背景和观点有明显的不同，欧文和弗赖在同一批人里吸引支持者，这些人是福音派基督徒和贵格会会友，他们是这个时期中伦敦慈善事业的主力军。这群人中的核心人物是贵格富商威廉•艾伦（William Allen），他在伦敦东区（East End）经营着一家大型化工厂。[11]当他在18世纪80年代还是个年轻人时，他曾参与过福音派反对奴隶贸易的运动。这次运动最终换来了1807年《废除奴隶贸易法案》(Slave Trade Abolition Bill)，而运动本身也成了19世纪早期慈善组织的模范。

在18世纪90年代末期，艾伦曾作为另一家福音派慈善组织（改善贫者境遇协会）的一员向斯皮塔佛德挨饿的纺织工施粥。到1810年，他自己作为一名慈善企业家已经非常有名了，而且还当上了知名慈善杂志《慈善家》(*The Philanthropist*)的编辑。他还是伦敦东区志愿济贫活动的首要组织者，他还经常探访监狱。正是他向伊丽莎白•弗赖介绍了新门监狱。1817年他成立了监狱管教协会（Prison Discipline Society）来支持她的工作，协会后来成为这时期支持监狱和刑法改革的重要游说群体。协会的报告对地方法院的弊病提出了和缓的责备，呼吁通过一项新的拘留所法，并建立监狱管教的全国性标准。除了艾伦，协会的关键人物还包括知名福音派政治家托马斯•福韦尔•巴克斯顿，以及贵格派银行家塞缪尔•霍尔（Samuel Hoare）。[12] 147

协会的会员代表了宗教热忱和功利理性主义的结合，就像18世纪80年代支持霍华德的那些人一样。协会将福音派贵格会会友霍尔和艾伦与边沁主义者巴兹尔•蒙塔古（Basil Montague）和詹姆斯•密尔（James Mill）聚在了一起。像18世纪80年代一样，监狱改革中的宗教派和理性派在管教理念上找到了共识。密尔激进的不可知论可能冒犯到了艾伦，但艾伦很乐意接受密尔为《慈善家》所写的有关监狱改革的投稿，而且在安慰自己“书里不含与我的宗教情感相悖的东西”之后，他也很愿意称颂边沁的《惩罚原理》(*Rationale of Punishment*)。[13]

福音派贵格会会友艾伦和功利主义不可知论者边沁都曾任新拉纳克的董事。边沁的支持很容易解释。新拉纳克和全景监狱有着明显的相似之处。它们都是管教的乌托邦，都受到了人性可塑信念的启发。艾伦的支持就不那么容易解释了。他很快就察觉到了欧文愈发激进的无神思想，但他依然同意担任董事，因为他认为新拉纳克可以取代北方城市中那种贪婪的工业化；他还觉得虽说是以一种科学的新形式，这里总还试图重新引入为瓜分利润而被牺牲掉的家长制。

在对新拉纳克工人的一次演讲中，艾伦称赞欧文努力调和雇主逐利的需要和他对工人福利所负担的义务：

> 其他地方的不幸经历已经表明，不惜以牺牲工人的健康和舒适为代价，从企业攫取尽可能多的利润，这种做法近看短视而残忍，远看会危害社会。[14]

艾伦相信罗伯特•欧文想进行的穷人改造计划与约瑟夫•兰开斯特在沃尔沃思（Walworth）监督辅导学校，以及伊丽莎白•弗赖在新门监狱所做的事情一样，因此他没有将自己怀疑欧文的无神论的想法表现出来，并同意就任董事。非国教银行家和实业家对欧文计划的支持非常脆弱。

随着欧文的宗教立场越发明确，而他的科学管理实验慢慢转变成
148 一个围绕着社群理念而形成的社会主义乌托邦，伦敦和各地热心慈善的精英对他的支持逐渐减少了。威廉•艾伦虽然直到 19 世纪 30 年代还在担任董事，但他早就因为新拉纳克的宗教教育问题与欧文决裂了。[15]

然而在 1817 年，弗赖的支持者依然还是有可能赞同欧文的计划的。我们已经充分描述了虔敬的贵格派与启蒙唯物主义之间背后的密切联系，它足以解释弗赖和欧文如何找到了共同点。这是一个时机问题。我们如何解释监狱改革活动的复苏这个具体的问题，以及改造穷人的尝试的复苏这个整体的问题呢？

II

拿破仑战争结束后，贵格派中慈善事业的复兴可以追溯到18世纪90年代福音运动对非国教派的影响。福音派的复兴肇始于抗议国教会的腐败，国教会的教义缺乏热情而且迁就自然神论，以及国教会中上层人士道德严肃感的衰退。[16]就教义而言，福音派对国教会最激烈的批判是国教会将罪辩解成“错误”，因此助长了教徒中的决疑论（casuistry）和道德上的模棱两可。用福音派领袖威廉•威尔伯福斯的话说，只有意识到“人是叛教的造物，背离了他崇高的本原，本性上退化了，官能上堕落了，不再向善而一心向恶”之后，信徒才会充分认识到生活的道德维度。[17]

在对本阶级唯物享乐主义和宗教漠然态度的批判里，福音派强烈的负罪感贯穿始终。与汉韦18世纪70年代焦虑地讨论“奢侈”的后果类似，福音派认为由于“商业投机的成功”和帝国不断发展的财富与繁荣，富人的社会良知和宗教信念被削弱了。威尔伯福斯警告说，“大城市的增加”以及“频繁造访一个雄伟、奢华的大都会”将会“严重 149
加剧纯洁宗教习俗的消失，并使其为放纵的道德所取代”。[18]

因城市发展和经济繁荣而产生的焦虑，由于法国大革命的爆发和国内雅各宾激进派的兴起而变得更为迫切了。福音派基督徒将革命视为上帝降下天罚，惩处那些任由自己为感官享乐和自由思想所腐化的贵族们。[19]穷人乐于接受雅各宾派的宣传，这似乎证实了福音派的警告：“高等级”中的无神思想最终会“下传”到低等人之中。[20]

尽管福音运动最初可能只是个体对能克服道德茫然感的信仰的探索，作为一场运动它必然会被卷入1790年的危机中。福音派将时代理解为关于需要进行个体内心改革的强烈警告。因此，他们的自我批评和社会批判之间有着紧密的联系。他们的活动特别激烈，因为这些活动同时满足了个人与社会的需要，而且自我改革和社会改革是同一件事。

他们慈善事业的特殊形态很大程度上要归功于他们强调善行的功效。他们设法将加尔文派所强调的原罪引入了国教会，然而同时并没有接受其宿命论式的救赎预定论。[21] 与之相反，他们相信通过慈善这种适合富人的方式“来为召命劳动”，便能取得救赎。据此，威尔伯福斯和他的支持者——一群统称为克拉珀姆派（Clapham Sect）的伦敦金融家和商人——投身到一系列慈善事业中：废除奴隶贸易的运动，致力于检举妓院老板和激进宣传品印刷者的抑恶协会（Society for the Suppression of Vice），以及改善贫者境遇协会——该组织 18 世纪 90 年代最重要的工作是运营伦敦东区的施粥站。

福音派呼吁开展社会活动，这对贵格派产生了重大影响，部分是因为它对他们悠久的慈善传统而言很有吸引力，还因为它对唯物主义的抨击把他们从俗世的成功带回到了自己过去英勇的苦行中。在 17 世
150 纪，公谊会（Society of Friends）是最强硬、最激进的清教教派，他们遭受了无尽的骚扰和监禁。迫害只会一如既往地增强信徒的决心。贵格派最坚韧的时候就是这段磨难的岁月。当 1685 年的《宽容法》(Act of Toleration）取消了迫害措施后，该教派与周边世界小心谨慎的隔离慢慢开始消失了。[22]

贵格会 18 世纪巨大的经济成就加速了其严格教义的衰落。韦伯使我们意识到这当中的讽刺：恰恰是让逐利欲望让位给更高级精神追求的人取得了最多的财富。贵格会会友所受的严格管教在有序经营方面带给了他们明显的优势。通过将任何做出无良商业行为的会友革出教门，他们赢得了诚实廉洁的美名，这对于他们的银行业十分有利。[因

为一家企业倒闭而导致其他会友破产，伊丽莎白·弗赖的丈夫约瑟夫（Joseph Fry）于1828年被革出教门，这使她一直感到哀伤和尴尬。][23]他们沉着、勤勉，在信誉上无懈可击，这些都帮助他们从17世纪困苦的临时工和工匠变成了18世纪中期各郡的银行业与工业显贵。

伊丽莎白·弗赖的娘家——诺维奇的格尼家族（Gurneys）是贵格派地位上升的范例。她的祖先是小服装商，曾因信仰在迫害时期入狱。《审查法》禁止格尼家的人从政或进入诺福克郡的统治阶层，他们因此专注于自己的毛织品生意，将其发展成全国第一，雇用了数千名外包工人。1770年，他们用经商赚来的钱进入了地方银行业。1780年，当他们把总部设立在英国银行业的中心——伦敦的伦巴德街（Lombard Street）时，他们的地位升至了顶峰。[24]

但是，成功对他们的贵格信仰有一种腐化效应。伊丽莎白·弗赖在家族庄园厄勒姆府（Earlham Hall）长大，她成长中的“奢侈”程度会让先人感到震惊。他们抛弃了严格的说话和穿衣形式，因为这会让他们在商界受窘，而且会成为当地士绅社会接受他们的障碍。家族用自由的功利主义思想取代了贵格思想。厄勒姆府成为非国教激进派的中心。卡特赖特特有关议会改革的宣传册、普里斯特利的《政府演讲录》 151
（*Lectures on Government*）和卢梭的《爱弥儿》(*Emile*）都是人们热切讨论的对象。在沉静的18世纪90年代，伊丽莎白的一个姐妹回忆起这段时光时说道：“我们真是在谬误的荒原上漫步。”[25]法国大革命展示了自由思想的致命后果，抑制了厄勒姆府上的激进思想，并为家族接受福音运动奠定了基础。很快，伊丽莎白自己的宗教危机爆发了。在接近成年时，她疏远了上帝，焦虑猛烈地折磨着她的内心，使得她无法参加贵格派集会。在她的日记中，她因缺乏信仰而抨击自己，她渴望用贵格思想视为恩典标志的“内心之光”来点亮自己。[26]

点亮她的光出现在1798年，当时热忱而富于情感的费城会友威廉•萨弗里（William Savery）造访了诺维奇的贵格集会。萨弗里说，他为诺维奇贵格会的“欢乐景象”感到惭愧，他尖锐地补充道：“财富和地位的标志在一些贵格家庭中太过明显了。”[27]他的来访紧跟在她姐姐的宗教转变之后，推动了伊丽莎白转变成一个严格的贵格会会友。让她的姐妹失望的是，为了独自在屋里祈祷，她退出了厄勒姆府的舞会和歌会。有关这个决定的激烈内心斗争遍布她的日记。当她坐在自己的屋中祈祷和冥想时，她能听到楼下餐厅里的音乐声。如果她的兄弟上楼来邀请她参加舞会，她内心中会有痛苦的斗争，一旦回绝之后，她的日记中便会流露出失望之情。但她坚守旧式贵格的严格穿衣和说话形式，当她和伦敦商人约瑟夫•弗赖结婚后，她变成了伦敦严格贵格集会的领袖之一。她兄弟J. J.格尼转向严格的贵格思想，很大程度上要归功于她的影响。

这些宗教体验增强了家族成员对自身财富的自觉意识。我们发现J. J.格尼1807年在家族会计室中写道：“我们银行家和中介商不应完全沉浸在世俗财富（Mammon）之中……这极其重要。”[28]虽说格尼一直在为家族企业工作，用他的传记作者的话说，他终其一生都是“一名不自在的银行家，一个对财富感到不自在的人”。[29]

格尼的妹夫托马斯•福韦尔•巴克斯顿也在与福音派的交往中
152 受到了相同的影响。1810年之后，他在杜鲁门（Truman）、汉伯里（Hanbury）和巴克斯顿（Buxton）酿酒公司的合伙人职务带给了他越来越强的道德空虚感，这种表述在日记和信件中越来越多：

起床和睡觉时满脑子都是缸和桶，这可真讨厌；与其说我恨这样，不如说我反对这样。投入心力到如此琐碎和难耐之事上，谁对个中愚蠢和徒劳的认识，能像我一般抽象和空虚。我常真诚希望，将这种用在现世之物上的热忱能量用到更合适的地方——我希望对于无限重要的事物，我也能像对待灰尘一样热心！[30]

在他投身监狱改革不久前的一封信中，巴克斯顿郁郁不乐地坦承：

我厌烦了琐事，以及为生意感到快乐和焦急：此类事情霸占了我所有的时间；它们甚至在我去贵格集会和教堂时也要追着我，好像还不满意我花些许时间思考更高尚的事情，想着把买卖人和兑钱商带回主的圣殿中。我的理智告诉我，这些事情绝对无关紧要，但我的实践却说，这是唯一值得思考和注意的事情。我的实践对我说，你财货丰盈、衣食无忧，但我的理性则教导我说，你可怜、悲惨、贫困、盲目而且缺乏保护。[31]

这些信件让我们得以瞥见福音派复兴在贵格商人的内心中掀起的波澜。在他们满怀激情的自我谴责中，这些信流露出一种寻求逃脱商业之纷繁平庸的巨大精神能量。巴克斯顿从未退出酿酒业，但慈善事业为他提供了一个宣泄能量的渠道，让他的内心得以安宁。他投入了1811年斯皮塔佛德的济贫活动中，1817年作为辉格党成员成功当选下议院议员。在下议院，他成为监狱和刑法改革的首要代言人。在下议院之外，他经常参加弗赖在新门的主日礼拜，也是监狱管教协会的重要成员。

对于情感与宗教理想紧密相连的人而言，慈善活动为他们提供了重要的情感释放渠道。弗赖对自己情感的控制甚至超出了她的母性本能。“有节制的母性情感是真实而伟大的喜悦之源，”她曾说，“但这些
153 情感常会占据太多的心力。”[32] 她也坦承，唱歌给她带来了过多的享乐。“它把我带到了远离中心的地方，催生出各种狂野的激情，而且影响到我的热心。”[33] 慈善是她从严格的自我管教中释放情感的重要渠道，这一点我们从她对慈善情感的热情描述中就可看出：

> 让情感主宰自己是一件很有福的事情！我喜欢为他人之悲伤而悲伤，为受苦之人的伤口涂上酒与油。无论喜乐悲伤，让心闪耀都是有福的。[34]

弗赖选择囚犯作为她慈善活动的对象，并非她宗教转变的题中之义。这是一个在威廉•艾伦影响下缓慢发展的过程，直到1817年她感觉自己的孩子足够大，能让她安心干其他事情的时候才确定下来。在许多方面，她关注囚犯的原因与霍华德类似。一方面，她试图为女囚们建立一套监控制度，就像她监控自己的欲望一样。另一方面吸引她的是，她们同她一样都是罪人。她对罪犯的同情不能被轻视或忽略。她知道“大家对罪恶的偏见太强大了，如果不对其加以制衡或反制，其影响很快就会控制所有人”。[35] 与此同时，她少年时期所经历的转变给了她一种平静的自信，让她相信所有人——包括罪犯——都是上帝怜悯的对象。

所以，对于伊丽莎白•弗赖和其他人而言，监狱改革作为一种精神使命，有助于缓解18世纪90年代福音派复兴所引发的宗教张力和内心波澜。然而，1815年之后重生的改革不能只靠这个来解释。慈善不仅是一项使命，一种道德选择，还是一种在穷人与富人之间建立依附和义务关系的权力行为。所以这必然是一种政治行为，从事它不仅为了满足个人需要，还要解决统治者和被统治者的需要。

III

以当时的社会危机作为背景，就能更好地理解此轮用管教改造穷人的举措背后的政治活动。对于监狱改革者和一般的中产阶级而言， 154
拿破仑战争后犯罪率和接受救济人口数的激增是这场危机最明显的标志。军队复员和1815年之后的贸易萧条导致这时期出现了大规模的失业，济贫的费用增长了一倍。[36] 收押待审的人数之增长也同样迅速。[37]

1810年至1819年之间，收押待审的成年男性从每10万人中66人激增至210人。[38] 这种迅猛的增长让监狱变得一片混乱。1813年至1820年之间，设计关押500名囚犯的新门监狱，在押人数从未跌至800人以下。这种负担落到了一个与霍华德1770年造访时基本一样的机构上。重罪犯依然戴着枷锁，被索以各种费用。尽管改革者不断警告有“结伙”的危险，已决犯、少年犯和待审人员依然被关押在一起。在新门监狱超员最严重的时候，每百名囚犯平均只有不到两名监

表2：英格兰和威尔士各巡回法院收押待审的人数

年份	人数
1805—1809	23462
1810—1814	30613
1815—1819	58662
1820—1824	65227

管人员看守。[39] 因此，犯人的亚文化繁荣发展就不足为奇了。在被押上流放船的前夜将牢房砸烂的传统一直存在。拳击比赛、模拟法庭、赌博，甚至连卖淫嫖娼都在改革者的声讨中存续着。

伦敦市立监所（City of London’s Borough Compter）的囚犯 1813 年写给市长的一封请愿书证实，犯人们依然没有常规的伙食、火源和毛毯：

> 向您请愿的人处在极大的疾苦中；我们谦卑地请求大人原谅他们斗胆陈述自己的悲苦状况，除了每天那不足以充饥的一便士面包外，他们每天没有食物供应；这里也不发煤炭或蜡烛；
> 155 我们还恳请大人注意这里空间局促，院子不到 20 平方英尺，房子中的杂物占据了大部分空间；因此需要经常清洗、打扫，然而我们缺少像扫帚和水桶这样的必需品来打扫。至于床，我们认为那根本就算不上床；这里只有几块旧地毯和少量的毛毯，根本不够这里的囚犯用，而之前的人数要比现在还多。[40]

当 T. F. 巴克斯顿 1818 年造访市立监所时，他对囚犯的境遇感到震惊，特别是他发现有一名流浪汉

> 躺在我觉得是草床的东西上，濒死，没穿上衣，脏得难以置信，身体极其虚弱，几乎无法说话，气味令人作呕，在他身边待一分钟都让人难以忍受，有四个未受过审判的囚犯昨晚就睡在他身边，呼吸着他腐败的躯体发出的恶臭，他从烂掉的肺里呻吟着呼出臭气，他的破衣衫上爬满了虱子。[41]

巴克斯顿用直率的语言谴责了伦敦的市议员：

> 这座监狱距离伦敦桥（London Bridge）步行不到五分钟——会让所有有人性的人感到愤慨……在超过六个月的时间里，能稍微缓解一下这里残暴罪恶的官员，没有一个造访过这里。[42]

要不是因为采纳了霍华德的卫生措施，1815 年拥挤的监狱里很可能会暴发传染病。由于广泛引入了例行粉刷、病人隔离，至少让最脏的入狱者洗澡、穿囚服，1815 年至 1819 年人满为患的监狱中没有爆发斑疹伤寒。这种病在伦敦的监狱里最后一次爆发是在 1802 年至 1803 年，当时有 79 人在新门监狱病亡。[43]

危机可能在伦敦表现得最明显，但其后果是全国性的。监狱改造协会 1818 年估计，在设计总共关押 8545 人的 100 所关押机构中，实际在押的人数多达 13057 人。[44] 人满为患迫使 18 世纪 90 年代修建的感化院放弃了单独监禁。在曼彻斯特的新贝利，752 名囚犯被塞到了 150 间牢房里，而在普雷斯顿，从 1817 年至 1819 年，每个单间牢 156
房里住着两个人。[45] 正如我们所见，过度拥挤使得格洛斯特感化院在 1818 年终止了单独囚禁实验。

在那些 18 世纪 70 年代最初作为“权宜之计”设立，而后成为地上监狱廉价替代物的废船上，情况也在恶化。早在 1810 年，废船就变成了一桩弊案。负责的狱警报告说，除非组成武装小组，他们从不会在熄灯后到甲板下的囚犯居住区去。他们会封上舱盖，派一名卫兵看守着，然后就任由下面的囚犯打架、醉酒和做出各种兽行。[46]

在参与监狱改革的贵格派和福音派看来，犯罪数据并不只是劳动力市场过剩或暂时性萧条的症状，而是更为严重的社会管教缺失的征兆。这些改革者用怀旧的回顾视角来看待现代工业区的犯罪，哀叹小作坊和家庭生产单位里的管教消失了。当伊丽莎白·弗赖和她的兄弟 J. J. 格尼 1819 年造访英格兰中部和北部地区时，他们认为小作坊的消亡和新工厂的兴起是该地区犯罪的重要诱因。[47] 他们说，工厂主与小雇主不同，他们不会在下班后花时间监视年轻的工人，他们任由男孩和女孩在织机房里燃起对方心中的犯罪欲望。

让慈善家感到不安的，是近年来工业化所造成的危险——贫富之间的疏远以及面对面管控的崩溃——也波及了伦敦的都会区。他们抓住青少年犯罪不放，将其作为总体问题的特别表现。1816 年，当有报纸透露乞讨的男孩在科文特花园的柱廊里过夜后，巴克斯顿、霍尔和一位名叫威廉·克劳福德（William Crawford）的年轻商人组成了一个委员会来调查这个问题。他们的报告不光将青少年犯罪归咎于失业和萧条，还归咎于经济压力之下家庭管教的崩溃：

> 近期，都会区的劳动力远远供大于求，本委员会认为，
> 萧条使得穷人受到了不利影响是诱发道德放纵的主因，而这
> 157 又让不少家长忽视了孩子的福祉。缺少工作、缺乏预见性的
> 婚姻、《济贫法》侮辱人格的倾向、烈酒消费场所增多无疑都
> 极大助长了道德情操的恶化，进而弱化了社会下层人士的人
> 伦之爱。[48]

更早一些，在 1810 年，另一个由改革者组成的委员会进行了

一次颇具启示性的尝试，力求理解青年“侵犯者”的心理及成长背景。死刑信息传播会（Society for the Diffusion of Information about the Punishment of Death）以信件的形式出版了一份面向青少年的宣传品，信中虚构的杰克•怀尔德（Jack Wild）是一名在废船上服刑的罪犯，他告诫自己在圣伊莱斯区的“同伴”不要走上犯罪的道路。改革者借着杰克说出了自己对犯罪社会背景的分析：

> 我生在戴奥特街（Dyot Street）。我对我的母亲没有印象，但我父亲的同伴有时会说，她因为使用假币而遭流放……有人说她在监牢中因伤心而死，但我从不知道真相到底是什么样的。在我们那条街上，最能偷的人最受赞美，唯一能让人们感到屈辱的是被人发现。我有时看到有人乘漂亮的马车经过，我猜这些人是更成功的强盗……我听说过上帝、地狱和魔鬼，他们曾跟我说，当圣伊莱斯教堂的钟声响起时，人们去那里祈祷，好让自己死后上天堂，但我看好像没人信这个，我想这些话只有在发誓的时候才用得上。我唯一知道要怕的是抓贼的人，虽说我曾一度避开了他们的警戒，但我最后还是被抓到了……[49]

这里描述的是改革者心中典型的罪犯：背离了富人的价值观，于宗教一无所知，生下来就由堕落的父母抚养，开始了犯罪的一生。

在之前科洪和汉韦的著作中也可以找到很多相似的描述。但在1815年后出现的向有产者解释犯罪的宣传作品中，出现了一种特有的新顾虑。作者们特别关注犯罪与工人阶级在政治上的不满之间的联系。1819 年，诗人兼宣传册作家 W. L. 鲍尔斯将犯罪率上升归咎于法国大革命的影响：

> 人们的理智、情感和心思都改变了，在动荡的平民区尤其如此，这都是法国大革命的后果！这是一场可怕的、曾一度取胜的无政府暴乱，它的信徒名号各异、立场不一，但
> 158 他们绝没有休眠！一切使得服从法律“自由化”的措施都被贬低为富人用来奴役穷人的幻觉，这种系统的贬低从未停止过！在这种有毒思想的影响下，所有善良的美德都消沉、萎缩了。它已经遍及全国，传染全国……它夜以继日，扰乱并贬低宗教。[50]

监狱改革在议会中重要的代言人乔治 • 霍尔福德（George Holford）将犯罪高发归咎于“从公共传媒不断传来的渎神和颠覆狂潮，破坏了人民的信念，削弱了他们的道德情操”。[51] 刑法改革者巴兹尔 • 蒙塔古对“颠覆狂潮”相当担忧，以至于在 1819 年写了一个宣传册，警告“下等人”不要关注辉格党下议院议员亨利 • 亨特（Henry Hunt）和记者威廉 • 科贝特（William Cobbett）等激进派鼓动者“满怀愤恨的幻想”。[52]

这种在犯罪高发与激进派的颠覆性思想之间焦急地建立联系的做法，不能被简单贬低为反动派的耸人听闻。毕竟彼得卢（Peterloo）时代是 18 世纪 90 年代以来激进的群众骚动发展最迅猛的时期。在大规模失业和萧条的时代，工匠争取议会改革的运动复苏了，斗争的形式包括罢工、游行、秘密集会，以及在伦敦和其他制造业中心开展暴动。

内政大臣西德默斯子爵的公文递送箱里放满了政府在工人区的间谍送来的报告，里面的消息都是关于工人在月色下操练枪支和长矛，失业的工匠在大小酒馆的里屋中密谋武装起义的。

1817 年 6 月，德比郡彭特里奇（Pentridge）附近各村中的织袜工、采石工、炼铁工和一般劳工在杰里迈亚 • 布兰德雷思（Jeremiah Brandreth）的领导下聚集在一起，准备向诺丁汉进发，试图得到足够的支持来进攻伦敦、推翻政府。他们被轻骑兵部队拦截、驱散，领头者被送上了绞刑架。在伦敦，不满主要集中在东区的斯皮塔佛德丝织工人区。1816 年 12 月，十万纺织工人、劳工和工匠聚集在斯皮塔佛德，呼喊着他们对议会改革的支持，并要求结束税收和政府的铺张浪费。在集会之后，一些水兵闯进了一家枪店，然后试图抢占伦敦塔并将其作为武装起义的前奏，但他们被轻松击退了。

骚动在 1819 年 9 月到达了顶峰，当时曼彻斯特圣彼得广场正在举 159
行支持议会改革的盛大集会。当由该市工厂主、商人和店主的子弟组成的骑兵队——曼彻斯特支援骑兵团（Manchester Yeomanry）——发起攻击时，15000 名群众正在听亨利 • 亨特的演说。他们手持马刀冲进广场，造成 11 人死亡，161 人被马刀砍伤。彼得卢屠杀成了整个时代的代名词。[53]

身边发生的这些事件自然会让中产阶级有产者认为，犯罪和颠覆活动都是萧条引发的后果，他们甚至还推测颠覆性思想助长了犯罪心理。有产者知道，激进派媒体正在将罪与罚的问题政治化。例如，威廉 • 科贝特就曾在 1816 年写道：

> 贫困、悲苦是犯罪的父母，让反思变得更为痛苦的是，

这样更有可能导致勇士而不是懦夫去犯罪。当一个人因贫困而沦为强盗时，这是因为他无法容忍自己当一个乞丐，或是因为他决心反抗至死，而不愿饿得骨瘦如柴。[54]

他认为，真正的囚犯是那些靠榨取穷人捐税自肥的“应声虫”和“禄蠹”。真正的罪犯不在新门，而在白厅和圣詹姆斯宫，这种想法在激进派的谩骂中变成了最受欢迎的主题。请看 1820 年 5 月《黑侏儒》（*Black Dwarf*）中对威廉•皮特的描述：

假如他躲过绞刑或从植物湾潜逃回来，像圣伊莱斯区的弃儿一样变成普通的骗子时，应该为逮捕他开出多高的赏金啊！人们会像猎捕疯狗一样抓捕他！弓街、敬拜街，以及市政厅的派出所里会布满报告他行为的人……然而他会像绅士一样诈骗，体面地进行大规模诈骗，还有一群倒霉的帮手，因此虽然他抢了老先生约翰牛几千万英镑，让老先生不得不去要饭……没有人对他采取过任何行动……因此我请求你当一名体面的流氓……[55]

就像在 18 世纪 90 年代一样，政府重新中止了人身保护令的使用，
160 重新启用间谍和告密者来对激进派运动进行渗透，进行政治性逮捕和审判，这让法律和监狱再次变成了争议的焦点。法律体系成为激进派论战中被反复攻击的目标也就不足为奇了。改革者们说，如果穷人读到了《黑侏儒》中这段话，他们丧失对法律的尊重就不会让人感到惊讶了：

法律只是用来保护富人的。穷人当然也得和法律打交道；但他们只是执法的对象——富人的安全才是法律永远的目标；这不足为奇，因为法律是富人制定的，他们自然希望法律会保护他们自己。他们不得不做出一些平等的样子来，这样他们就能说："我们所有法院的大门都是敞开的，法律不因人而异。"这是实话。法律确实不做区分，但法律的费用做出了非常现实的区分。付不起20英镑来买公正的人，会因为没有20英镑而失去公正……[56]

正如政治审判使得法院容易受到激进派的批判，用监狱来关押政治犯再次将监狱置于激进派的审视之下。1816年12月，伦敦的温泉原（Spa Fields）在一次激进派集会之后爆发的骚乱，以及1817年年初一群伦敦人对摄政王的攻击，都为内政大臣西德默斯子爵提供了中止使用人身保护令所需的借口。随后有大约50名重要的激进派人士未经审判就被关进了监狱。[57]他们在请愿书中愤怒地抗议自己的待遇，这些在激进派出版的文章里、在议会辩论里都受到了广泛的关注。他们控诉自己被关在"狭小、阴暗、难闻的重罪犯牢房里……为吵闹、残暴的囚犯所环绕"。[58]其中一人回忆了他被囚禁在曼彻斯特新贝利时的遭遇：

在一间可憎的牢房里，没有烛光，躺在一袋烂草上，没有任何被褥，不能与妻子或朋友交流，用来装自然之废料的一口锅每三天才倒一次，把人熏得半死。在我的故乡，我的品性一直完美无瑕，我被当成了一个歹徒，被剥夺了一切被当成人看待的权利。[59]

一些激进派被迫穿“重罪犯的衣服”，这种耻辱侵犯了他们作为政治犯所享受的权利。[60]

161 对监狱最猛烈的抨击来自亨利·亨特，他因彼得卢事件而被判在伊尔切斯特拘留所服刑。在监禁中，亨特设法出版了两篇针对“伊尔切斯特的巴士底狱”的猛烈而有效的攻击性文章。[61]亨特宣称主管经常因囚犯违反监狱管教而给女囚戴脚枷，给男囚穿拘束衣。他还指控总管对狱卒性剥削女囚不闻不问。

有意思的是，亨特将一些最激烈的话留给了托马斯·福韦尔·巴克斯顿，后者在一本有关监狱状况的宣传册里称赞该拘留所内设的毛纺厂，这本册子流传甚广。亨特指责说，巴克斯顿对这个机构的赞许“诱使治安法官们”相信他们的监狱是“操行正直的典范”，“让看守们在玩忽职守中定型了”。亨特指责说，如此轻易被人欺骗的慈善家是囚犯“最险恶的敌人”。[62]

负责核查亨特指控的调查委员会的确证实了一些针对总管的指控。委员会不但谴责他惩罚过于严厉，而且还谴责他让一支选举乐队进入监狱场院，为有选举权的他演奏小夜曲。与两代人之前霍华德指控典狱长的语言类似，委员会批评他习惯于忽视规则而采用“古老的做法”和“监牢的习俗”来为自己武断的行为辩护。[63]

除了政治犯的指控外，政府也有理由担心一般罪犯的不满情绪。在1817年负责调查激进派威胁的议会保密委员会的报告中，曾提到伦敦债务人监狱中正在策划一场起义，而且起义时间要与参加温泉原集会的东区穷人的大起义时间一致。[64]内政大臣的探子们截获了一张流入白十字街债务人监狱（Whitecross Street debtors prison）的劣质传单。一个自称“三色旗私密委员会”（Tricoloured Private Committee）的神秘组织签署了一张大字报，告诉囚犯们等待某一天，那时“一个由同胞们组成的强力团体，为此目的揭竿而起”，他们会打开监狱的门，将“你们高耸的巴士底狱”荡为灰烬。为了给那天做好准备，囚犯们要在他们的帽子上戴一个“三色帽章”。[65] 稍晚一些，在 1817 年 3 月，内政部获悉曼彻斯特有一场“分队攻击兵营、警察局、监狱、法官和警 162
察住宅以及银行”的进攻。[66] 政府在 1817 年用这些谣传的阴谋为中止使用人身保护令辩护。

由于 1815 年之后的监狱危机正好与大规模的群众不满以及激进派针对法律制度的攻击在时间上吻合，监狱改革家和本阶级中其他人一样，不禁认为犯罪的增长意味着穷人在政治和社会上更深层的离心离德。与之类似，他们不能只把监狱中的弊病当成行政问题，还需将其看成政治问题。因此，虽说改革者喜欢将监狱改革描述成“不受政治干扰”的中立慈善事业，但他们在冲突期采用阶级统治的战术和战略。

改革者自已并不支持在彼得卢事件中动用军队，雇用政治间谍，中止使用人身保护令，以及通过“六项法案”（Six Acts）来限制言论和集会自由。下议院中刑法和监狱改革的首要支持者——亨利·格雷·贝内特（Henry Grey Bennet）、塞缪尔·罗米利、托马斯·福韦尔·巴克斯顿和乔治·霍尔福德——在他们所谓的“托利反动派”和“激进派野心家”之间走出了一条曲折的中间路线。巴克斯顿对彼得卢屠杀的反应代表了这种中间路线。在一封写给他叔叔的信中，他说：

> 我非常赞同你对激进派的批判。我相信他们的目标是破

> 坏宗教和宪政，我会投票支持任何能镇压其领导活动的举措，但我担心我们对这些举措之性质的认识有所不同。我强烈谴责曼彻斯特治安法官的行为……这件卑劣的事情应该受到严格的审查。[67]

对于辉格党反对派来说，彼得卢屠杀既让人感觉遗憾，也让人感觉危险。他们认为政府任由自己为激进派恐吓，采取了违宪的镇压方法，使得穷人对法律体制离心离德。巴克斯顿、罗米利和贝内特相信，一套严格遵守宪法的整顿战略应该与一个监狱改革方案相结合，以清
163 除不满的根源。他们呼吁必须进行温和的议会改革，做出一种稳定社会的姿态来安抚没有投票权的中产阶级下层。用贝内特在彼得卢屠杀后在下议院演讲时表达的意思来说：

> 他认为自己有义务向下议院谏言，如果下议院想要避免内部纷争，想避免最严重的恶行——让英国人残杀英国人——就应该公平而自由地检讨代表权问题，向人民表明，尽管下议院反对一切可能颠覆宪法制度的创新，下议院对这个至关重要的问题非常关注。[68]

就连威尔伯福斯也觉得一些温和的改革者应该站出来“将群氓从亨特和西斯尔伍德（Thistlewood）等人手中拯救出来”。[69]

这种对社会战略的认识也为慈善家的监狱改革事业注入了生气。威廉·艾伦在一篇刊登在《慈善家》上的文章中，明确说明了如何将慈善作为反革命的举措来用：

> 谨慎实施的改革在大多数情况下能预防并对抗革命，任何体制如果能顾及人民的境遇、风俗和品性，也就是顾及所服务之人民的利益，它就相应会变得更加安全。然而，对谨小慎微，持反对意见，认为所有改革都很危险、都是革命先兆的政治家来说，这些都是徒劳的。[70]

这种对改革的战略性认识背后隐藏着对司法机构公正性的忧虑。改革者知道严峻的经济萧条已经迫使很多“体面的”穷人走向了犯罪。虽说他们坚定相信这样的人必须被关起来，但他们的确意识到了穷人们在质疑“惩罚贫困”是否公正。T. F. 巴克斯顿忧郁地认识到：

> 人们可能会为眼前的糊口问题而盗窃。我不是说他们不是罪犯。真正的道德应该教导他们饿死也比抢劫要好，但是为原则而牺牲生命需要英雄般的美德，即便是你们这些不受任何诱惑，高呼要严厉而强硬地执法的人，如果在相同的处境下，也很难做出别的选择。诚实很难拒绝饥饿提出的诉求。[71]

威廉•艾伦的杂志《慈善家》走得更远，杂志里的文章说：“我国
刑法的大多数受害者”都是由于“社会的冷落”才被迫犯罪的。惩罚 164
这些因冷落而受害的人是一种严重不公正的行为。

《慈善家》将其对富人冷漠的指控保持在一种适度模糊的程度上。它的谴责极为猛烈，却非常模糊：“代表着英式冷漠的圆滑、浮夸之

士，亲眼看着自己的兄弟境况凄惨却能安睡一旁，随他听天由命。”但文章并没有指名道姓，没有进行持续的分析。[72]然而我们不能把改革者对刑罚公正性的担忧贬低为虔诚的道德说教，因为这些担忧构成了他们投身怀柔措施背后强大的道德力量。

这些举措包括由塞缪尔•霍尔、威廉•艾伦、彼得•贝德福德（Peter Bedford）和T.F.巴克斯顿在斯皮塔佛德运作的施粥站。由于靠近社会权力中心，斯皮塔佛德是当时穷人困苦生活最生动的写照。由于意大利的生丝供应因战争而中断，以及1815年之后的经济萧条，数万丝织工人失业了。由于艾伦的化工厂、巴克斯顿的酿酒厂和贝德福德的丝绸企业都在东区，这三个人对穷人的困苦有着很直接的认识。他们决定建立一个施粥站，一个卖鱼干和其他食品的折扣店，用善款来补贴货物的折扣。与他们“科学慈善”的理念相一致，改革者首先要确定哪些穷人够格。他们走访了每户提交申请的家庭，只给那些维持家庭管教、还在找工作、戒绝酒精的家庭发放了领取粥和低价食品的福利券。[73]

要是把斯皮塔佛德项目仅仅看成算计好了的政治姿态，那就贬低改革者明显的道德关怀了。然而，无论改革者动机如何，他们的慈善工作注定会融入政府的社会管控战略中。通过间谍，大臣们清楚地知晓斯皮塔佛德是城中激进派不满情绪的中心，而失业的纺织工人是1816年12月温泉原集会最为直言不讳的参与者。因此，当巴克斯顿发表了一篇有关救济委员会工作的演讲后，政府把它当成了有力的宣传工具，用来证明富人对穷人的道德关切。政府下令将数千份演讲
165 稿分发到伦敦的穷人中，用来对抗“那些可憎的野心家，他们用无耻的思想来充实那些他们假装谴责的罪恶”。[74]

激进派人士也清楚地知晓慈善的政治作用。斯皮塔佛德的救济计划在温泉原集会的演讲台上沦为笑柄。当一位演讲者说到好心的士绅们想要用“牛脸肉和牛骨汤”来安抚穷人时，人群高呼：“可耻！”威廉·科贝特被广为传阅的《致伦敦市长的一封信》(*Letter to the Lord Mayor of London*）写于温泉原集会之后，他在信中直言：“施粥会……可能会掩盖[悲苦的真实原因]并因此延长灾祸的时间，直到和平解决变得不再可能。”他指责说，催生施粥计划的不是道德关切，而是对穷人的恐惧。他不无讽刺地指出，温泉原集会将忽略东区穷人悲苦境遇的危险暴露出来，西区的富人才开始捐款。[75]

虽说科贝特并没有攻击弗赖的新门监狱改革，但同样也可以用审视斯皮塔佛德施粥站的视角来审视她的改革。有产者定然会激动地支持将她的改革视为他们阶级的善意的象征性表现。弗赖在新门管理的狱区显示出，顺从训练和禁欲管教制度在穷人中可以取得成功。教堂中女囚们满含泪水和悔恨的反应似乎给他们带来了希望：宗教和责任的话语依然能对穷人产生影响。

与此同时，新门计划包含着某种对当权者的劝诫。弗赖和监狱管教协会坚持认为，将强硬的镇压措施当成震慑手段是徒劳的：

> 光靠恐惧永远也不能预防犯罪……在任何基督教国家或文明国家，光靠严刑峻法无法实现目标。受过这种处理的罪犯……会感觉受到了伤害，这样会激起他心中的憎恶之情。[76]

正如霍华德两代之前所做的那样，他们警告说，因其震慑价值而纵容虐待，有可能会降低刑罚本身的公正性。当我们考虑到这个论点的时代背景时，才能认清其重要性。犯罪率看似不可阻挡地上升，使得很多治安法官相信，要想能应对发生在身边的社会解体，必须靠震
166 慑，而不是改造。1815 年，一名伦敦市议员大声抱怨，直到每个囚犯的监狱里都有一块“土耳其地毯”之前，改革者是不会罢手的。

1818 年，当巴克斯顿和克劳福德致信《泰晤士报》，控诉市立监所中的状况时，伦敦的市议员们立刻禁止他们今后进行探访，并在监牢委员会（Gaol Committee）通过了一项决议，批评改革派狂热分子“以提高管教水平为借口”挑出“令人痛苦的案件，不加适当调查就进行片面陈述，其目的……只是让他们自己感觉良好”。[77] 显然，改革者碰到了一些人的痛点。

随着对其软弱的人道主义的批判变得日益严酷，改革者们继续为囚犯提供必要的用品，坚持认为维护司法机构的道德声望至关重要。[78] 在许多持怀疑态度的治安法官看来，这种冥顽不化的想法非常危险。他们认为，像伊丽莎白 • 弗赖这样的人是在主张政府应该为囚犯承担它都不曾为自由工人承担过的义务。

改革者们也意识到了这个显眼而又让人感觉别扭的矛盾。当政府已经放弃监督劳资关系，工资管制和《工匠法》中的学徒条款已被弃置，济贫法的重要权威公开质疑政府是否有义务济贫，主流观点否认政府有权干预市场经济以保护纱厂中堂区学徒的健康和道德时，他们如何才能为国家对囚犯负有义务的观点辩护呢？[79] 总之，自由放任学说占据了主导地位，时局于改革者的观点不利。

人们批判监狱管教协会的震慑理念有违自由放任的教条，协会因此尝试向中产阶级民众保证，自己和其他人一样相信应该维护法律公正的威慑力：

> 他们[协会]确实认为监狱干净整洁，囚犯有简单、健康和充足的食物是可取的，但他们同样对近乎感官享乐或无谓舒适的东西感到担忧，认为应将其完全禁止。[80] 167

他们依然认为威慑要想保持其效力，就必须被置于严格的道德考量之下：

> 他们认为只应施加法律设想中的刑罚，而不再添加任何附带的灾祸，例如恐怖的疾病和道德的腐败。

这种有关公正性的担忧当中包含一个极为重要的前提设定：囚犯的待遇不仅是对政府，更是对社会“统治力量”的象征性道德考验。威廉·艾伦在《慈善家》上的文章印证了这一点，这是改革者立场的核心：

> 在监狱中，很多人是被……统治者送进来的，他们被生生推进一种注定无法保护自己的状态中，暴露在各种灾祸之下，还要受到漠视和残酷的虐待。如果一部分人在掌权者眼皮底下还遭到了这种待遇……没有得到应有的照顾，那么其他人不就必然会遭受相同甚至更恶劣的漠视？……因此政府在这方面的举动是它其他方面举动的缩影。[81]

换言之，作为政府向公民行使的权力中最极端的一种，刑罚能够检验政府在其他不那么极端的权力场合会如何对待公民。负责监督监狱的治安法官还肩负着维护政府作为道德主体的声誉的责任。政府作为道德主体的公正性是确保“社会统治力量”公正性的基础，也确保了他们在社会秩序中的霸权地位。这就是彼得卢时期将监狱改革计划和阶级统治政治联系在一起的社会学假设。

IV

改革者在危机中提升法律公正性的努力并不仅限于展示一下弗赖在新门监狱的工作。监狱管教协会领导着一场推动新拘留所法的运动，
168 并为囚犯待遇制定标准，为管教订立了统一的要求。在他们的报告中，他们指出英格兰行政的分权和地方化倾向使得全国各地监狱中管教的严格程度不一致，这种差别不公正也不平等。一些地方对囚犯实行严格的单独囚禁，囚犯每天要工作八小时，而在其他地方，犯相同罪行的囚犯能随意交往，不用工作。他们认为，只有通过由受薪督察员来执行的全国性立法，才能解决这种不正常现象。在狱政管理上，协会继续为本地志愿管理的理念辩护，协会每次年会都会通过决议，表扬法院勤恳尽责，哪怕协会的报告曾表明这些法院出现了明显的玩忽职守。然而他们推动建立督查处，推动用全国性立法来规定强制性标准的做法，证明他们形式化的决议是不中肯的。到 19 世纪 20 年代早期，协会断定只有靠集中控制权和专业化的行政队伍，才能保证政府机关的公正性。[82]

当《监牢法》(Gaols Act) 于 1823 年通过时，协会的活动达到了顶峰。[83] 由于治安法官抵制任何看似政府指令的东西，这项措施远远没有达到协会的预期。很多市立监狱豁免使用这部法律。督查处也没有成立，法律授权地方法官酌情解释并执行法条中规定的伙食、劳作时

间、放风和探视权标准。这部法律也不支持单独囚禁。该法虽然承认这项制度可取，但允许治安法官于监狱人满为患时放弃之。单独囚禁的理念会在一代人之后再次复兴，但在1823年它正处于衰落期，因热心支持者的过分举动而声名狼藉。

1823年的法律包含一个重要的条款，部分实现了管教标准化的目标。治安法官每年必须向内政大臣报告所属监狱的情况，还要完成一份有关监狱人口、工作人员管教制度的问卷。每年这些所谓的“附件乙”（Schedule Bs）会公布在议会官报中。它们增强了内政大臣和议会对地方治安法院的监督。通过就行政和管教问题向治安法官咨询意见，并通过就他所注意到的个别弊案与法官进行通信，行动派内政大臣罗伯 169
特•皮尔（Robert Peel）进一步增强了白厅参与地方监狱治理的程度。

除了推动监狱管教标准化，彼得卢时代的改革者还争取降低刑法典的严酷程度。活动的发起者塞缪尔•罗米利于1808年推动立法废除了几种轻微盗窃罪的死刑，他的论点与监狱改革者的相同，即武断和残忍的刑罚威胁到了公众对法律的尊重：

> 刑法典中总出现预料不到的死刑罪名，这可能会抹杀它所有的威慑力，让政府及其法律的权威衰落下去。英格兰法律中这种威胁的暴增使得法律和国家都沾染了残酷的名声，宽和的执法并不能将其影响完全清除。[84]

他支持改革的论点中包含着一种信念，即公众对法律的配合是社会秩序的基础，特别是在一个基于宪法理念而反对公诉人和带薪警察的社会中。正如巴克斯顿在讨论罗米利的草案时所言：

> 我们的整个刑法体系的出发点是公众会支持法律。我们不可能在每间房子里安插一名间谍，我们也没有大量警察来巡逻所有的街巷，也没有公诉制度时刻准备着担负追诉的工作和开销，我们的基本设想是这些不足都会由积极守法的人民来补足。[85]

当他们说到“公众”对法律的尊重时，改革者主要关心的是中产阶级公众。罗米利声称：“伦敦和威斯敏斯特市的买卖人”需要更高效的法律来惩治店铺盗窃、侵入店铺盗窃和其他轻微犯罪活动。他们向罗米利抱怨说，由于对轻微盗窃犯上绞架有道德上的顾忌，他们放弃了追诉。[86]

改革者也关心穷人的态度。罗米利指出，公众对处决温泉原暴动者的愤怒反应，表明了穷人因无缘无故的严刑峻法而离心离德。1817 年，伊丽莎白·弗赖告诉他，新门监狱的囚犯反对将两名因造假罪而被捕的妇女处决。当她们被处决后，女囚们向治安官高呼
170 “无耻”的场面似乎证实了弗赖和罗米利的感觉：穷人一般而言反对用绞刑来惩治轻微的财产性犯罪。[87]

罗米利当然不希望削弱法律正当的威慑力。他总结自己的立场说：“法律在名义上太过严厉，实际上却不够严厉。”[88] 绞刑使得追诉者不愿追诉，陪审团不愿定罪。它还催生了很高的赦免率。他指出，在 1803 年至 1810 年因盗窃罪而入狱受审的 1872 人中，实际上只有一人被处决。[89] 与此同时，他认为一旦刑罚得到执行，穷人就会感到愤恨和抵制。

他认为，要想解决威慑的这种两难境地，就得用温和但严格执行的感化院监禁来取代血腥法典中残暴但很少执行的财产犯罪刑罚。除了提议减轻财产犯罪中的死刑外，罗米利还推动了国立感化院理念的复苏，依据的方案要么是 1779 年的法案，要么是边沁的全景监狱计划。[90] 在稍微考虑了一下建立感化院网络之后，政府最终决定在米尔班克修建一座感化院，地址就是现在泰特美术馆（Tate Gallery）所在的地方。工程于 1812 年开始，1816 年结束，负责监工的管委会由下议院议员和监狱改革家构成，主席是乔治•霍尔福德。[91]

有几个原因能解释，为什么兴建国立感化院的时机在此时成熟。废船已经变成众人皆知的弊案，司法机关逐渐开始质疑它的震慑作用。[92] 随着英格兰流传着人们可以在澳大利亚重新来过的说法，就连流放也失去了震慑力。一些法官在量刑时，居然遇到了胆敢要求流放的囚犯。[93] 死刑执行率逐渐下跌，也使人们开始怀疑公开绞刑的功效。18 世纪 80 年代晚期伦敦和米德尔塞克斯约有 50% 的死囚会被吊死，到 1808 年这个数字降到了 10% 多一点。[94] 剩下的罪犯都被流放或关起来了。罗米利在传统方式的震慑力愈发不确定一事上大做文章，宣称国立感化院提供了一个实验另一种选择——长期监禁——的机会。

然而，实验一开始的时候让人感到颇为难堪。建设成本高达 45 万 171
英镑。米尔班克管委会坚持认为，在泰晤士河畔湿软的土地上施工导致地基沉降，这个未曾预见到的困难使得成本升高了。但是，在付施工款之后很长一段时间内，弊案的指控一直笼罩在监狱上空。[95] 当感化院于 1817 年落成时，我们见到的是一个带尖塔的巨型怪物，它是当时欧洲最大的监狱，包含七个五角形建筑，能容纳 1200 名囚犯。这些设有牢房的五角形建筑环绕着监狱象征性的心脏：监狱教堂。监狱外围是一堵围墙，外面有一圈壕沟。理论上讲，监狱是根据边沁的督查制设计的，但实际上监狱是一个由无数过道组成的迷宫。有一个老狱吏觉得建筑的结构太复杂，他用粉笔在自己巡视路线上每个关键的拐角都做了记号，确保自己能找到回警卫室的路。[96]

感化院启用的最初几年里充斥着冲突与混乱。困扰 18 世纪 90 年代改革者的人员问题并未好转。头两任总管都因无能而被解职。有几位看守、狱吏和班头因私带货物或执行管教不力而被免职。米尔班克的规则规定：

> [狱卒]应该坚定地执行命令，但应该对他管辖的囚犯表现出尽可能多的人道精神。另一方面，他不应该与任何囚犯熟识或与其进行不必要的交谈，而应该将他们视为接受他权威和管控的人，而非他的同伴或伙伴。[97]

然而，实践中根本不可能找到如此冰冷的公正无私之士。

当单独囚禁、苦役和贫乏的伙食开始施行时，习惯了废船和郡立拘留所中懒散常规的囚犯们造反了。1818 年初因面包发生了骚动。在教堂中，囚犯把面包扔得到处都是，高喊：“给我们日用的食粮！更好的食粮！更好的食粮！”第二天，当他们得知面包配额不会增加时，他们砸烂了牢房，抽出了砌在窗户边沿的砖头，在放风的院子里把砖头扔向了狱吏。两个人殴打了总管。弓街捕快闻讯赶来，端着枪恢复了秩序。倒霉的主管因为这次骚动而被解雇了。

172 1826 年 9 月和 1827 年冬天，一群囚犯逼着狱方将他们转移到废船上，那里的管教较为稀松。意识到让自己显得不可救药就能实现目标，他们开始砸自己的牢房，和看守打架，在教堂里闹事。1827年3月，他们把一名招人恨的狱吏最喜欢的猫吊死了，让它在病院里的一根房梁上摇晃着，身上还贴着这样一张字条：

> 你看你的猫挂了
> 就是你害的
> 因为你对别人不好
> 你个该死的混蛋
> 死了也要遭报应[98]

1828年，一个囚犯代表团出现在总管面前，提交了一封列举看守残忍行为的信：

> 谁授权布尔默先生打那个叫小快的伙计？谁授权他打得那么厉害，差点把小快胳膊打断，让他抬起手来碰不到头？又是谁授权皮尔令先生拿尺子把名叫卡斯韦尔的家伙打倒在地？还有屠夫布洛克，他一点都没有反抗！

囚犯们一挥手，在署名处写下了“被压迫者之友”。在他们的一个水杯上，刻着一首代表着19世纪20年代犯人的精神的打油诗，简短而富于表现力：

> 你们要我去教堂，但我要先下地狱。[99]

反抗的囚犯团结在一起，尽管他们可能只有25人，监狱工作人员依然感到震惊。当他们受罚被关进黑屋时，他们依然相互喊话鼓励，打破感化院中的沉寂。这些囚犯体现出来的团结精神让监狱牧师惠特沃思 • 罗素（Whitworth Russell）坦承，他之前从未见过“甘愿让自己身体受苦”的囚犯。[100]

囚犯们的坚持最终有了回报。一些人成功转移到了废船上。当米尔班克管委会意识到这是这些人一直以来的目的时，他们推动了授权
173 使用鞭刑的特别立法。在规划监狱的乐观时光里，管委会曾相信体罚是完全可以彻底废除的。到1828年，改革者的人道思想耗尽了。骚动中的领头者吃到了九尾鞭，鞭刑的顶峰出现于1829年4月，大卫 • 谢泼德（David Sheppard）因“袭击且反复殴打机器保管员”而挨了100鞭子。[101] 这样一来，当局重新确立了对监狱的控制。

19世纪80年代，曾在维多利亚时代的监狱系统中任感化院总管的亚瑟 • 格里菲斯（Arthur Griffiths）写下了米尔班克的历史。回顾这段早期岁月，他说这个地方就是一个“吵闹的养熊场”。他毫不客气地说，那里的管理“自由散漫”而且“过于温柔”。[102] 这些评论中透露出来的既有他对米尔班克的评价，也有他所持的观点。显然，现在还没有达到维多利亚统治中期的监狱镇压最高潮。严厉的新一代尚未降临。

第七章
监狱、政府、劳动力市场：1820年至1842年

I

彼得卢时代让英国社会的统治者陷入了一种蛮横好斗的情绪中。这种精神的一个标志是对激进派持续不断的攻击。当反对派辉格党和热心慈善的中产阶级呼吁采取怀柔措施时，内政大臣西德默斯勋爵坚持推行报复性政治。到 1822 年，激进派或进监狱，或逃走，或转入地下。[1] 统治阶级情绪的另一个标志是，人们对刑罚问题的看法明显变得愈发强硬了。 174

举例来说，嘲弄伊丽莎白 • 弗赖和监狱管教协会“虚假的善心”在 19 世纪 20 年代变得颇为时髦。弗赖逐渐被视为一个好心但天真的人，受困于“通过道德劝诫的方式进行改造”这种“谬误思想”。尽管弗赖和协会竭力强调他们“不支持过分的宽容”，认为他们的慈善事业削弱了监禁惩处力度的观点变得颇为流行。

用斯塔福德郡一名治安法官的话说，各郡治安法官陆续得出结论，认为“只有人们受罪时所经历的恐怖才能预防犯罪”。[2] 富有影响力的托利党下议院议员 C. C. 韦斯顿（C. C. Western）说：“事实上， 175

各个阶层的罪犯通常都把我们的监牢和改造所当成安全而舒适的避难所，当好运抛弃他们时就可以进来。”[3]这话说出了很多郡中士绅的心声。1828年，下议院一个负责调查犯罪起因的委员会在其报告中公然质疑，改革者成功让监狱摆脱了恐怖的污秽和疾病，这是否削弱了监狱的震慑价值。报告还质疑监狱管教协会坚持将改造视为惩罚之核心功能的观点：“仅仅作为改造场所的监牢并未取得成功，它们不应该只被视为改造场所。”[4]1831年，威尔特郡（Wiltshire）的一名治安法官向下议院另一个委员会就惩罚问题进行陈述，他说：“很遗憾，囚犯的境况现在要比南部和西南地区大部分农民的要好得多。”[5]

因此，治安法官们着手设计各种方法，让囚禁“在人心所能忍受的范围之内，尽可能更加孤单、困难、可憎”。[6]米尔班克在1818年之后的收紧代表了这种大趋势。米尔班克管委会的主席乔治•霍尔福德在下议院和媒体中备受嘲弄，人们指责他在运营一个“催肥所”。[7]米尔班克囚犯1818年的面包暴动助长了监狱管理软弱、放任的传说。由于霍尔福德极其依赖议会批准的监狱预算，他很快就向压力屈服了。所有的阅读材料——甚至包括汉娜•莫尔的宗教宣传册——都被收走了，理由是阅读是一种“娱乐”，会让囚犯在悲伤的反思中分心。[8]与之类似，探视也被缩减到了每次十分钟。一名手持沙漏的狱吏会站在囚犯和来访者之间，他受命掐时间，监听是否有批评监狱的言论。1820年，霍尔福德发现囚犯在放风时玩蛙跳游戏，他出台了新规则来要求犯人围绕着一条环路两人一排散步，不许说话。[9]

伙食也在逐渐减少。1817年，囚犯至少一周会吃到一次肉和菜。到了1822年，米尔班克管委会宣布，鉴于“几所监牢和改造所中伙食供应显著减少”，米尔班克也要削减“宽大”的食物定额。[10]

到 1823 年，囚犯靠千篇一律的面包、稀粥和用“牛肉残渣”做成的清 176
汤维持生存。这种削减引发了灾难性的后果。“这些杀人的流氓正在把我们一点一点饿死。”一名囚犯向他母亲耳语此言时被监听到，立刻被拖回了牢房。1823 年冬天，斑疹伤寒、痢疾和坏血病夺去了很多犯人的生命。31 人死亡，另有 400 人失能，监狱被临时关闭，剩下的囚犯被赦免或送到了废船上。[11]

当局最初试图掩盖悲剧的起因。当验尸官调查囚犯死因时，一个由米德尔塞克斯公民组成的验尸评议团得出结论：“因饮食不足导致痢疾而死。”然而验尸官“不遗余力地提醒评议团成员，这种结论会引发外界何种不满”。[12] 监狱显然树敌不少：认为监狱压低房价的业主、单独囚禁制的反对者、担心监狱成为社区卫生隐患的穷人。[13] 为了保护狱方不受这些群体的攻击，评议团听从了验尸官的劝说，将结论改成了意外死亡。

然而，霍尔福德和米尔班克管委会不得不在下议院一个调查委员会面前澄清此事。该委员会的报告记录了削减伙食与囚犯死亡之间的联系。报告还注意到，由单独囚禁所导致的“精神压抑”是传染病暴发的“精神起因”，它让囚犯更容易染病。[14] 当米尔班克 1824 年重新启用时，单独囚禁制稍稍松动了一些，刑期也缩短了，伙食除了原先的面包、白水和稀粥，现在还添上了配有牛肉高汤和蔬菜的肉汤。

米尔班克管委会试探震慑极限的实验尽管极端，但绝不反常。正如他们在为自己辩解时所说，他们削减伙食与乡间拘留所伙食普遍减少遥相呼应。1816 年后，为阻止收押率上升，很多郡和市的治安法官推行了只有面包和白水的伙食制度，并禁止外界提供食物。到 19 世
纪 40 年代早期，监狱伙食已经减少得相当严重，以至于内政大臣感觉 177

有必要告诫治安法官不要把伙食当成“惩罚的手段”。[15]

除了削减伙食，治安法官们还引入了踏车。踏车的发明必须归功于塞缪尔·丘比特（Samuel Cubitt），他是如今以他命名的英国大型建筑承包公司的创始人。他家乡伊普斯威奇（Ipswich）的治安法官为找不到能震慑住囚犯的苦役制度而发愁。丘比特设计了一个巨大的旋转圆筒，上面装有类似桨轮板条的踏板。[16]囚犯们踩上轮子上的踏板，用脚将其蹬起来，双手紧握一根杆子以保证自己不会摔倒。踏车一般的设置是每分钟转48步到50步。虽说一些踏车被用来磨玉米或提水，多数踏车只是在“磨空气”。在颇具影响力的宣传家悉尼·史密斯（Sydney Smith）看来，踏车纯粹的无用功就是一种有益的震慑：

> 我们会抛弃普雷斯顿拘留所中所有的织布机，取代它们的将是踏车和绞盘，或其他劳动者看不到自己成果的劳动，一定要尽可能地单调、烦人、枯燥……[17]

治安法官们对踏车有着无尽的热情。正如一位心满意足的法官所言，这是“人所发明的惩罚中，最为沉闷、压抑和值得效仿的一种”。[18]踏车最初公布在监狱管教协会1818年的报告中，到1824年时已经为26个郡所采用。[19]在许多机构，踏车每天运转10小时，囚犯上去踏20分钟，再下来休息20分钟。热情的法官开始的时候谁都没有放过。他们强迫孕妇、腿脚不好的流浪汉和有疝气的劳工上去踏。在几名妇女流产、几名老人虚脱之后，上踏车的人就需要接受更为细致的体检和选择了。

在莱斯特和斯沃弗姆（Swaffham），这种机器夺去了三条人命，他们都是被齿轮压倒、碾碎的。[20] 但这种事故未能阻止各郡法院对它的热切支持。多数人认为它为抑制“流浪汉、叛逆的牧场工人和其他轻罪犯”的犯罪行为做出了贡献。[21] 在整个 19 世纪 70 年代，踏车变成了英国穷人共享的一种耻辱。19 世纪 50 年代，有流浪汉能计算出在他们的一生中有多少时间是在这种“胫骨刮刀”（shinscraper）上度过的。 178

除了踏车以及只有面包和白水的伙食，这个时期还见证了静默规则的扩张。18 世纪 80 年代的改革者对静默的态度比较暧昧。他们将其视为在牢房中悲伤反省的前提条件，但在放风和集体劳动时并无要求。1824 年《监牢法》中的管教条款里不包括静默。[22] 然而，在美国奥本（Auburn）和星星（Sing Sing）感化院的集体车间中，静默变成了管教的核心部分。1830 年后，这些范例在英格兰产生了深远的影响。

第一个改用严格静默规则的英国监狱是伦敦的冷浴原改造所。1834 年，囚犯间所有的交谈和手势都被禁止了。到 1835 年，19 个郡照此办理，引入了类似的规则。[23] 冷浴原的总管 G. L. 切斯特顿（G. L. Chesterton）骄傲地报告说：

> 囚犯全天都得接受不间断的秘密督查，寝室中的灯彻夜亮着，夜班人员高度警惕，控制囚犯的一举一动，防止他们与他人面对面交流，决不允许他们聚集或簇拥在一起，他们走动时排成一列纵队。[24]

监狱雇用了很多新看守来监管这些新规定——看守和犯人的比例达到了 1 比 20，而规则变动之前的比例是 1 比 40。[25] 随着静默制的引入，监狱总管及其下属开始了一场镇压残存监狱亚文化的残暴行动。

因违反监狱规则而受罚的案例激增，从1825年的平均每191名犯人受一次处罚上升到1835年平均每3.4人受一次处罚。[26]每当有人试图说话或抗议，铁链、面包和白水、黑屋和鞭刑就会随之而来。然而，犯人很顽固，而且很富于想象力。出现了一个由眨眼、手语和敲击管道组成的暗语体系，它的秘密表意形式成为伦敦下层社会的文化遗产之一。[27]在一次决心彻底清除"结伙现象"的尝试失败后，切斯特顿及其下属也就安于维持一种充斥着暗语的寂静了。

静默制、只有面包和白水的伙食、踏车都代表着监狱管教
179 在1820年之后逐步收紧了。整个过程的最终结果就是本顿维尔。虽说监狱管教协会整体上很快就跟上了这轮新式酷刑的节奏，老一代的改革者中有一些人却用不悦的眼光打量着这种新氛围。1835年，伊丽莎白•弗赖警告上议院的监狱委员会不要过度使用踏车、只有面包和白水的伙食，以及不加节制的单独囚禁。她坦承："我认为，现在的监牢里有些方面比我原来见识过的还要残忍。"[28]

II

震慑措施升级是伴随犯罪率上升而来的。因重罪而在巡回法院和定期法院收押待审的男性数量，从1824年的每10万人中170人上升到了1828年的240人，到1830年增至250人。经历过1830年至1835年的停滞后，犯罪率开始继续攀升，于本顿维尔启用的1842年升至顶点，达到了每10万人中326人。[29]

较之要受常规诉讼审判的重罪犯，因速决程序而入狱的轻罪犯人数上升的速度要更快一些。例如，在伦敦和米德尔塞克斯，1814年至1821年间和1822年至1829年间，经速决程序定罪入狱的人数翻

了一倍，而经正式审判而入狱的人数只增长了 28%。[30] 全国来看，因流浪而入狱的人在 1826 年至 1829 年间增长了 34%，在 1829 年至 1832 年增长了 65%——比经正式审判而入狱的人的增长要快将近一倍。[31]

因此，到 19 世纪 40 年代时，速决犯（流浪汉、盗猎者、轻罪盗窃犯、扰乱公共秩序者和公共场所酗酒者）占到了监狱人口的一半以上，而待审人员和经正式审判而服刑的人员只占犯人中的 25%，其余的是逃兵和债务人。[32] 因此，监狱管教收紧特别针对的就是这些轻罪和工作关联犯罪：流浪、从服役处潜逃、毁坏工具、偷盗柴木、偷盗农作物、抛弃家庭、公共场合酗酒、扰乱公共秩序、盗猎和一般伤害罪。为解释这类犯罪，19 世纪 20 年代的法官和政客将分析的重心放在了雇农的道德败坏上。 180

1826 年在刑事犯罪委员会（Committee on Criminal Committals）前作证的农场主承认，农村劳动力市场中劳动关系的临时性越来越强，这成为犯罪的诱因之一。虽说“进步”增加了对非熟练工的需求——需要他们挖沟渠、修排水道、竖篱笆——然而工作愈发向季节性和临时性的方向转变。由于雇主不再在农闲时期为雇工提供住宿和生活费，乡村的监狱一到冬天就挤满了犯人。特别是年轻的单身雇农，他们在秋收结束前都在结伙收割，然后就去偷鸡，好在找不到工作的时间里被送到改造所中。[33]

“常住”雇农的消失显然符合农村雇主的利益，但由于雇农不再生活在他们的监督之下，他们中有些人承认自己很担心如何对这些人维持有效的社会管控：

与原来不同，打工仔现在不住在农场上，也不用接受管理，他们自己说了算，结果他们就随意乱逛，而不是老老实实待着……现在的农场里没有原来提供的那种宿舍了……农场主的妻子不喜欢家里有两三个需要照看的雇农，其中一个原因是这些雇农教养太差，道德品行太坏……现在雇主和雇农之间不存在原先那种依附关系，他们的利益好像完全分离了。[34]

一些圈占公地、合并租佃田产、驱逐佃农的农场主承认了这些举措的社会成本。一名亨廷顿郡（Huntingdonshire）的农场主承认，圈占邻村的公地伤害了那些在公地上“只养一两头牛的小农”。其他农场主承认，消灭小农庄、逐渐将小佃户挤垮的做法粉碎了一直鼓励佃农们辛勤劳作的独立梦想。[35]

在19世纪20年代，犯罪经常被当成一个农村问题，它标志着“雇主和雇农之间原先存在的团结纽带”崩溃了。[36]安东尼•科利特（Anthony Collett）是东萨福克的一名堂区牧师，他1824年告诉下议院的一个委员会，在他的记忆中，这两个阶级认为“自己的利益是一致
181 的”。“农夫在同一个农场里工作很多年，有时可能是一辈子，他会被视为这里的一部分，为主人的富庶而欣喜，同情主人的不幸。”然而现在：

雇农……总的来说只是当天或当季的帮手，一旦活干完了就会被丢下，去找另一份工作来勉强糊口——如果他找得到的话，如果不用靠教堂救济来生存的话。这种情况使得下层人民的道德很快就败坏掉了，那点微薄的糊口钱让那些依然珍视自己荣誉的人感到绝望，而让那些缺乏原则的人变成

了盗猎者、小偷和抢劫犯。[37]

十年之后，当1830年南部各郡淹没在雇农暴动中时，埃德温•查德威克（Edwin Chadwick）在《1834年济贫法报告》（Poor Law Report）中引用了科利特的证词，并加上了这段重要的结语：

> 而这话是在1824年说的，目睹过1830年动荡地区所发生的一切之后……人们回顾那段时间，一定会认为当时相对而言比较安逸。[38]

对于查德威克和科利特而言，乡村犯罪和1830年暴动的原因都要到"那些除了（在堂区护路队或酒馆里）聚在一起谈论自己苦难之外没有任何工作或娱乐的团伙"中寻找。[39]

低工资当然是这些苦难中最持久的一种。虽说多数乡间法官和牧师承认农场主的辩解，承认人口过剩和谷物市场的萧条使得他们别无选择，只能降低工资或依赖接受济贫补助的雇农，他们也指出了犯罪、道德崩溃和动荡的社会成本。正如贝尔福德的治安法官菲利普•亨特（Philip Hunt）牧师1824年所说：

> 雇农想结婚时，他身上无钱可用，只要他想得到任何暂时性的满足，他就只能诉诸劳动之外的手段，在禁猎区很多的郡中，盗猎这个选项很容易就摆到了他的面前。如果被发现，他付不起罚金，只能被送进监狱……[40]

除了物价下跌和人口过剩，人们通常还将低工资归咎于济贫法。堂区的确会提供工资补助，使之达到足以糊口的水平，但雇主们降低了工资，还雇用了接受堂区补助的穷人，用他们取代了签长期合同的
182 雇农。济贫体系因此有助于削弱农场主和雇农之间的纽带：

> 当农场主发现自己用工量大于必要限度时，他自然会试图节省开支，解雇那些他最不需要的雇农，依靠堂区提供的劳动力来完成原先他需要自己掏钱来完成的工作……坚毅、勤劳，与雇主订立劳动合同的雇农变成了低效、堕落，靠领取堂区补助过活的人。[41]

与此同时，这些治安法官和牧师认为，有保证的救济侵蚀了低工资经济中仅存的那点激励人们勤劳工作的动机。结果能干活的人“工作时邋里邋遢，休息时放荡不羁”。在堂区护路队中，他们倚靠着自己的工具，或是闯入附近的树林里偷柴火，或是跑到地里去偷萝卜，只有农场主或监工骑马路过时，他们才会起身干活。[42] 雇农们永远不满意，总会就领取救助的权利与监工和农场主吵架，他们不再尊重社会地位较高的人和他们的财产。所有制约犯罪的力量就此全部消失了。

虽说 19 世纪 20 年代负责调查贫困和犯罪的委员会将精力集中在了农村地区，它们发现在工业区也发生了雇主和工人关系崩溃的情况。到 19 世纪 20 年代末，一些焦虑的治安法官开始重新发掘学徒法的优点——为了让劳动力市场自由化，这些法律都失效了。沃里克郡（Warwickshire）四季巡回法院首席法官约翰 • 厄德利 • 威尔莫特（John

Eardley Wilmot）将伯明翰的青少年犯罪归咎于雇主阶级对年轻工人的家长式监督的消失：

> 原来师傅会把学徒带到家里，学徒被视为家庭成员，师傅会保证他的吃住，会教育他，对他的行为负责；现在的雇主有十多个学徒，他可能从来没见过他们。他们工作……然后就可以想去哪去哪，我们知道，让男孩子在晚上自由自在是最糟糕的事情，结果他们都会变成小偷。[43]

当人们抨击工业城镇中蒸汽动力工厂的工厂主时，也会用上这种写给小作坊家长制管教的挽歌。当需求下跌时，他们会把自己的 183
工人扔到大街上，而心里不会有丝毫顾忌。怀旧的人将他们与18世纪80年代乡村用水作动力的工厂的主人进行对比，后者会为自己的工人提供住宿、学校和稳定的工作。而19世纪20年代的雇主在工人结束工作离厂后就与他们脱离关系了。和进步的农场主一样，工厂主将救济失业者和管控年轻人的负担转嫁给了堂区和监狱。[44]

在伦敦这种没有工业基地的城市，各调查委员会用不同的方式来界定犯罪问题。这里的问题是传统上高度破碎、低效的就业结构，这里的小商店、手工业、阁楼里的血汗作坊无法为日益增长的低技能青年提供稳定的工作。[45] 结果就是几个容易入门的行业里——特别是街头的各种行当里——人满为患。

在未就伦敦的劳动力市场进行细致研究之前，不可能描述拿破仑战争之后30年中犯罪与就业情况之间的关系。[46] 然而比较明确的是，到1816年时中产阶级权威已经清醒地意识到伦敦有一大批半流浪的半失业青年，他们每天工作一两个小时，清扫十字路口、为绅士们牵马、拉车或卖报纸。青少年犯罪委员会的调查员1816年时发现，他们当中有很多人蜷缩在手推车下，躺在科文特花园的柱廊里睡觉。如前所述，委员会中的福音派和贵格派成员认为他们的存在代表着家庭管教的消失，以及传统工坊中的劳动关系不再能提供稳定的就业。

正是在这种宏观框架下，19世纪20年代制定刑法和济贫政策的法官和政客对犯罪率上升的含义进行了分析。犯罪被视为劳动力市场管教和阶级关系出现危机的标志，这在南部农业地区最为突出，但在工业区和伦敦都会区的青少年就业市场也如是。就连农场主和工厂
184 主，尽管本能地从残存的家长制逐渐消失、自动机械的引进、工资的下降中获利，也担心这些措施会引发犯罪和贫困，进而产生社会成本。和18世纪70年代的慈善家担心“奢侈”的腐蚀作用一样，他们在19世纪20年代的后继者清楚地知晓存在着一种矛盾：他们一方面希望社会稳定，一方面想要改变联系自己与底层人士的经济和技术基本关系。这种改变中蕴含的暴力威胁到了他们统治霸权的根基。

他们的困境在于寻求用资本主义改变社会秩序，然而又不破坏这种社会秩序的稳定性。这一点在埃里克•霍布斯鲍姆（Eric Hobsbawm）和乔治•吕德（George Rudé）的《史温队长》(*Captain Swing*）中得到了精彩的说明：

> 在工业革命时期的英国农业社会中存在着一种根本性的矛盾。统治者既想要资本主义，也想要稳定，既想要传统，也想要科层制。换言之，他们想要用自由主义经济学家的普遍自由市场来统治社会（这个市场注定既是商品市场，也是

> 土地和人的市场），但只能是在对贵族、士绅和农场主有利的范围内；他们鼓吹的经济中包含着阶级之间的相互敌对，但他们又不想让这种经济扰乱一个阶层固化的社会。[47]

我们需要在这种背景下理解踏车、静默制、只有面包和白水的伙食。这些新措施的严酷性反映了 19 世纪 20 年代的法官和政客的愿望，即在市场经济中恢复那种古老而怀旧的稳定社会。

这些决策者还意识到，在自由的劳动力市场中，政府需要承担之前由“家长制”雇主完成的管教功能。结果，在 19 世纪 20 年代出台了很多措施，来帮助雇主将管教事宜转交给地方上的治安法官。1824 年至 1831 年间通过的四部新法授权地方治安法官裁决故意伤害、盗猎、恶意侵入和毁坏财物，以及几类轻微盗窃罪。[48] 这为追诉人在这些案件中减少了因使用陪审团而产生的开支和延误。19 世纪 20 年代的观察家们一致认为，新法使得追诉人向法官起诉轻犯罪的次数上升了。负责乡村犯罪的委员会在 1828 年时被告知，原来只会鞭打犯错雇农的农场主现在会送他们上法院，让他们尝尝踏车的滋味。
原先因偷苹果而被“当场教育”的儿童现在会被带到治安法官面前， 185
接受训诫或惩罚。[49]

伴随这些打击轻微犯罪的峻法而产生的，是巡警的进步，在伦敦尤其如此。由弓街捕快、业余警察和堂区吏构成的体系摇摇欲坠，它最受诟病的失败就是由于逮捕轻罪犯没有赏钱，这些人就忽略了此类犯罪。正如一位义愤的治安法官 1816 年时所说，弓街捕快好像把“贼窝”和圣伊莱斯区妓院里成群的小贼当成了禁猎区里的猎物，看着他们，养着他们，直到他们变成值得一捕的大盗再去捉拿。[50]

1828 年引入的新警察有抓小贼的任务。19 世纪 30 年代，他们实施的逮捕中有 85% 针对的是流浪汉、妓女、醉鬼、扰乱公共秩序者和一般伤害犯，只有 15% 的人因涉嫌需由陪审团审理的罪名而被捕，而当中最多的是轻微盗窃犯和扒手。[51]

新警察尽管在破获和震慑入室盗窃、抢劫和其他严重犯罪上并不比旧警察更成功，但他们在针对流浪汉和公共酗酒者的执法行动中掀起了一场革命。[52] 实际上，为了防止过多的酗酒案阻碍法院正常办案，治安法官们不得不让警察只逮捕那些他们打算指控并起诉的人。对于流浪汉，从引入新警察的 1829 年到完全部署到位的 1832 年，米德尔塞克斯因流浪而收押的人数增长了 145%。[53]

1828 年后犯罪率实实在在的增长，以及警察大量抓捕轻罪犯，导致伦敦监狱中严重人满为患。威斯敏斯特的布莱德维尔式监狱新添了 400 间牢房，而在巨大的冷浴原感化院，监狱容量从 1825 年的 600 人增至 1832 年的 1150 人。[54] 冷浴原成为英格兰最大的监狱，这架由牢房、工坊、踏车、宿舍和食堂组成的巨型机器被塞进了 1794 年修建的高墙后面。每年这里要收押 10000 多人次的流浪汉、乞丐、扰乱公共秩序者、酒鬼和小偷。很多人只是因为贫困才被
186 关进来。记者亨利 • 梅休（Henry Mayhew）1851 年时发现，冷浴原中 48.1% 的人入狱是因为他们付不起警务法庭的罚金。[55] 伦敦的穷人对这里的吊床、探视时喧闹的隔离栏、踏车和稀粥变得非常熟悉。

冷浴原于 1834 年引入静默制，这在当时可以被视为镇压伦敦穷人轻度动乱的措施之一。梅休在 1851 年用一种略带夸张的笔触来评论这种模式：

> 如今，穷人几乎不可能躲避牢狱之苦。走路时脚下一滑，他就可能打碎一扇玻璃窗，如果他赔不起，这就会让他进监狱。无论是车夫低声抱怨车费太少，还是小贩为了过上体面的生活而挡住了道路，还是扫烟囱的工人在街上大声招揽生意，还是清洁工摇自己的铃铛，还是犯下与此类似的其他轻罪，他们就必须进监狱，穿上囚服，做重罪犯做的工。[56]

就穷人自己也会成为犯罪受害人而言，他们也从更严格的执法模式中获益了。无论如何，新警察不但逮捕溜进格罗夫纳广场（Grosvenor Square）上那些豪宅的人，也逮捕在砖街（Brick Lane）的晾衣绳上偷衣服的人。如果警察只为雇主和富人服务的话，他们就根本没法在伦敦大街上巡逻。警察厅最初的两任厅长罗恩（Rowan）和梅恩（Mayne）清醒地知晓，警察的有效性取决于能在一定程度上取得“体面的”工人阶级勉强的配合。因此，《警察法》(Police Act，风趣的人称之为《呼吸法》，因为在其众多的条款中可以找到因呼吸而将人逮捕的依据）的执行从没像预想的那样彻底。[57] 例如，法官和警察总长都意识到，如果严格追究扰乱公共秩序罪而导致许多穷人习惯于牢狱生活，那就适得其反了。正如他们中一人1836年时所言：“单是进过监狱这一件事就有可能抹杀掉对一个人最重要的道德制约——惧怕在同胞面前背上罪犯的名声。”[58]

让治安法官尤为担心的是，短期监禁会导致少年犯的“罪犯化”。在19世纪30年代，一位伦敦的治安法官曾举例引用了14岁的托马斯•麦克内利（Thomas McNelly）的逮捕记录[59]： 187

1836 年	4 月 15 日	在圣救主教堂故意打碎几块玻璃	7 天
	4 月 30 日	在圣奥拉夫教堂外露宿街头	释放
	5 月 29 日	在一艘驳船上盗窃 14 磅煤	1 个月
	7 月 6 日	盗窃 2 袋刷子	3 个月
	11 月 17 日	盗窃 2 捆木柴	释放
	12 月 23 日	在一艘驳船上盗窃萝卜	14 天
1837 年	1 月 30 日	在圣救主教堂附近一所商店盗窃 1 块奶酪	3 个月
	4 月 29 日	在伯蒙德赛（Bermondsey）盗窃 1 组抽屉	1 个月

人们对将托马斯•麦克内利这样的男孩塑造成罪犯的危险有敏感的认识，这突显出新战略在镇压轻度骚乱时所面临的两难处境。战略的计划是拉大“犯罪的”和“体面的”工人阶级之间的差别，结果却影响了每一个在临时性劳动市场中可能会失业的人。警务法院做出的短期监禁判决把职业罪犯和砸碎教堂玻璃的小男孩混在了一起，把伦敦的黑社会成员和付不起酗酒罚款的街头小贩混在了一起，让他们在冷浴原一起生活，一起填麻絮。治安法官只能寄希望于冷浴原严格执行静默制，以此来减少这种危险的交往。

III

与刑法震慑和警察巡逻收紧一道出现的，是监狱行政管理集权化。到 1831 年，监狱管教协会及其在议会中的盟友一致认为，1823 年《监牢法》中开始推行的集权措施还不够彻底。许多城市获得了不受集权控制的豁免权，而在 130 个应向内政大臣递交年度报告的城市中，只有 80 个

188 愿意这么做。而内政大臣甚至无权下令关闭问题最严重的小镇监所。

每个郡的监狱管教依然不统一。一些郡让流浪汉每天踩四小时踏车，有些地方十小时；一些郡每周给流浪汉吃一次肉，有些郡只给面

包和白水。注意到劳动力市场的全国性，人们为找工作不惜跋山涉水之后，监狱管教协会在报告中公开表达了自己的顾虑：流动劳工会聚集到能保证他们在狱中“轻松过活”的郡里。

监狱管教协会的塞缪尔·霍尔和威廉·克劳福德要求建立一个全国性的监狱督察处。他们坚信，这样的督察处是防止监狱管教沦为松垮而机械的常规的唯一方法。克劳福德和霍尔援引19世纪20年代爱尔兰成立的监狱督察处、1833年成立的工厂督察处、1834年济贫法委员会，将其作为政府干预地方行政的先例。[60]然而，当督察处于1835年成立后，它的权力却十分有限。为了不冒犯地方法官的权力，督察员们只有权公布弊案，而无权关闭监狱或责令更正。结果，督察员早期的报告中充斥着沮丧的情绪。霍华德50年前谴责的很多做法在小型市立拘留所和伦敦的监狱中依然存在。督察员在1841年有关吉斯鹏街监所（Giltspur Street Compter）的描述，一定会让霍华德有似曾相识之感：

> 从监视孔往外探去，我们看到一群囚犯聚在一起玩掷钱游戏，其他囚犯躺在床上旁观取乐。我们提请总管注意，他也看到了囚犯们在赌博。囚犯似乎并不习惯于受监视，因为他们好像对此全然不知……我们在观察他们，直到门闩被挪开，我们走进屋，他们依然在进行自己的娱乐。[61]

但是疾病比霍华德那时要少，苦役刑的执行比原来更一致，然而囚犯晚上依然不用睡单间，白天也能在院子里自由交流，而且有一两个地方依然向囚犯勒索钱财。[62]

尽管督察员尽量避免直接谴责治安法官，他们对弊案的记录有助

189 于削弱议会对地方行政传统的支持。这样督察员就能积攒一些权力。到 19 世纪 40 年代早期，他们能审批建筑方案、伙食和治安法官向他们提交的单间牢房设计图。[63] 督察处的建立将改革运动作为一项制度确立下来了。随着米尔班克的前任牧师惠特沃思 • 罗素，以及伦敦商人和监狱管教协会成员威廉 • 克劳福德就任督察员一职，监狱管教协会就停止运转了。此后，直到 19 世纪 80 年代霍华德协会成立，改革最强劲的呼声来自监狱系统内部——来自督察员、监狱牧师和主管。

伴随改革的职业化而来的，还有监狱和警察工作人员的职业化。和更严格的街头监督一样，更为严格的监狱管教取决于能否招募到有能力严格行使权威之人。但从哪里能找到这样的人呢？之前的改革者在寻找可靠的监狱干部时徒劳无功。然而在拿破仑战争结束后，一大批半薪军官和士官开始进入监狱管教行业。在 19 世纪二三十年代，他们开始在伦敦警察厅、监狱、监狱督察处、济贫法管理局任职，日后还会加入乡间警队，将他们从部队养成的发号施令的习惯带到这些机关中。训练有素的管教专家的加入，为 19 世纪 30 年代公共秩序机器的集权化和合理化提供了必要的人员。

乔治 • 拉瓦尔 • 切斯特顿（George Laval Chesterton）是新型管教专家的代表，他是冷浴原的总管，曾于 1834 年领导了静默制的实施。他原先是半薪军官，曾参加半岛战役。[64] 还有厅长罗恩上校，他将一群混杂在一起的老兵、商人和劳工转化成了伦敦警察厅的警察。他参考约翰 • 摩尔（John Moore）爵士在西班牙战役中使用的团级操练手册，为新的警察力量设计了一套管教计划。[65] 在米尔班克，另一位陆军退伍军人查普曼（Chapman）上校 1824 年受命恢复监狱的秩序。在普雷斯顿，19 世纪 20 年代的狱吏中包括一名原陆军中士、一名郡治安法官

的管家和一名税吏，1827 年时又有一名原海军上校加入其中。[66] 190

士绅军官担任原先留给小商人的职位，这印证了在中产阶级公众心中监狱机构日益重要的地位。那些精于狱政管理的人因此也逐渐被视为重要而体面的公务员。不然我们怎么解释像切斯特顿和普雷斯顿改造所的克雷（Clay）牧师这样的人会变成重要的公众人物？对于不能再将公共秩序视为理所当然的中产阶级，那些有亲身对付穷困罪犯经历的人变成了求之不得、备受尊重的公务员。据说像布鲁厄姆勋爵（Lord Brougham）① 这样的显贵曾告诉克雷，他有关普雷斯顿的报告能吸引他读到后半夜。[67] 当狄更斯在寻求有关“危险阶级”的一手信息时，这位小说家曾与切斯特顿通信。

监狱工作人员的社会构成和职能变化也在语言中有所体现。早在 1807 年，罗伯特•骚塞（Robert Southey）就注意到有粗俗的驯兽含义的 18 世纪老词“典狱长”（keeper）已经被更为中性和权威的“总管”（governor）所取代，而“狱卒”（turnkey）则被“狱警”（warder）取代。[68] 与此同时，18 世纪关押机构中有家庭意味的用词也被弃置了。霍华德曾用“家庭”（family）指代囚犯群体，他说：“我不知道为什么改造所不能像人口众多的家庭一样有序。”[69] 这种在 19 世纪 20 年代消失的用法也常见于 18 世纪有关济贫院管理的宣传册中。人们经常称济贫院的男主人为“院父”（house father），称他的妻子为“院母”（house mother），将穷人称为“家人”（family）。与之类似，当约翰•杰布在谈论监狱中的管教和常规时，他用了“家政”（economy）一词，它指的是

① 亨利 • 布鲁厄姆（Henry Brougham，1778—1868），第一代布鲁厄姆和沃克斯男爵，英国政治家，曾任大法官（Lord Chancellor）。

家庭中分派任务和分配花销的事情。[70]

在拿破仑战争接近尾声时，一种不带家庭和驯兽意味的管教语言开始出现了。“牢房”（cell）取代了“房间”（apartment）一词，后者有居家的意味在里面。管教取代了家政。官方用语改用“监狱人口”（Prison populations），而不再用“家庭”一词。各种命令的含义也逐渐
191 有了军旅背景。军队训练出来的新管教专家使用了练兵场和连队里的语言。在一份1837年的报告中，曾任陆军军官的监狱督察员威廉•J.威廉姆斯认为监狱的治理：

> 应该尽量效法营队管理，官员的责任都应逐级升高，就连琐事也应有不容改变的规定，施行惩罚果断坚决，时间分配认真仔细。将这样的规则与严格划一的改造管教一起坚定不移地执行，监狱最终就会摆脱助长而不压制犯罪的恶名。[71]

监狱管教的军事化是在经历过与守旧人士和犯人的一番斗争后才取得胜利的。当切斯特顿1829年接掌冷浴原时，他发现过度拥挤的牢房和放风场里流行着一种颇具活力的亚文化：

> 一旦走进院子，耳边就会响起一阵混杂的噪声，有时还会有唱歌和吹哨的声音，甚至会有惊声尖叫的声音。制造出这片嘈杂的，是一群不同年龄的混杂在一起的暴民，最小的16岁，他们乱哄哄地挤成一团，挪来挪去，没有监管、命令或任何有帮助的体系。我一出现，这里的喧嚣就凝固住了，而通常最为顽劣的巡场员，这时也变得庄严起来，摘下了他

的帽子，恭敬地鞠躬，注视着单纯简朴的化身。[72]

在他能平息这喧嚣之前，切斯特顿必须重新取得对狱警的控制权。后者靠各种勒索在监狱里赚足了钱，这当中最富想象力的是，他们允许交了钱的男犯人穿过一座隐蔽的活板门，进入女狱区。[73] 利用他在囚犯中的线人，切斯特顿掌握了足够的证据来将腐败的狱警免职，但他花了六年才放心让他的下属在监狱中执行静默规则。

作为静默管教的一部分，切斯特顿试图禁止狱警、囚犯及其家属之间一切的友善交往：

> 严禁……狱卒与囚犯进行亲近的交谈，或与他们进行任
> 何与职责无关的交流。同时他们也不能在监狱外接受亲友的
> 请求，替里面的囚犯求情。此外，他们应该小心避免与各类 192
> 获释囚犯变得亲密或熟识，而要通过避免与这种人相处而维
> 持他们的体面。[74]

切斯特顿与下属之间的斗争，让人回想起罗恩和梅恩在一群“流氓”——罗恩这样称呼这群志愿加入的人——中训练出一支可靠的警察力量时遇到的困难。[75] 他们动用了一系列手段，把警察与他们将要管教的阶级分离开。他们接受军事化操练，穿着制服，脑子被灌进了一堆关于忠于警队的信条。他们按时领取工资，这样就能让他们免受自己社区的控制。他们住在警局的营房或宿舍里。他们决不能光顾阶级弟兄经常爱去的地方，比如小酒馆和廉价剧院。他们甚至不能骂人或说街头俚语。规则要求，与公众交往时，行为要严肃公正，绝对禁

止交友或亲善之举。[76]

可以想象，警察厅厅长要招募有此等自制力的人会遇到不少麻烦。在1830年入职的2800人中，只有562人到1834年时还在任，剩下的人或遭到免职或主动辞职了。[77]这种高流转率不但反映了一些应征者无能，还反映了他们接受的管教有多么严格。这种管教简直就是要求他们与自己的语言、习惯和阶级情感断绝关系。这在任何时代都会很困难，但在公众表现出1830年11月游行时的那种敌意时更是如此。警察奉命保护国王去往议会的行进路线，他们遭到了一群劳工和小店主的攻击，他们殴打警察，还高喊着“打倒皮尔仔”①和“打倒龙虾背”（指的是他们的红色大衣）。1833年，当一队警察冲入冷浴原附近的激进派游行中，用棍棒驱散人群时，公众对新警察的仇恨被再次点燃了。这些对抗对年轻的应征者来说是一个有力的警告，让他们意识到自己在某种程度上会被亲朋好友视为敌人。[78]

因此，尽管公共秩序收紧需要建立一支由工人阶级管教人员组成
193 的可靠队伍，他们经由队伍的纪律而与他们的阶级有所区分，但实践中很难找到足够的能适应监狱和警务改革者理想中的自制形象的人。

IV

本顿维尔于1842年投入使用，这代表着从1820年开始收紧社会管控的措施到达了顶点。与此同时，这也是在米尔班克失败之后证明感化院管教制度的正确性的一次努力。惠特沃思·罗素原来是监狱牧

① 罗伯特·皮尔（Robert Peel，1788—1850），英国政治家，时任内政大臣，推动警政改革，任内建立了伦敦警察厅，人们将警察蔑称为“Peelers”，此词原意为剥皮器。

师，现在变成了监狱督察员，他相信米尔班克的管教不够严格。米尔班克的囚犯在自己的牢房里单独工作，但白天门是敞开的，协管员和监工在过道里随意穿行，收集完成件，发放新材料，教导新手。这些协管员和监工通常都是囚犯，他们为一个抵抗狱警的网络提供了领导。正如罗素在一份写给内政大臣的秘密备忘录中所说：

> 在这些情况下启用囚犯让他们能窥探到狱警的动静，这样就有效阻碍了狱警制约或发现不端行为或异常情况。[79]

过道里总能听见低声的交谈从一间牢房传到另一间牢房：

> 如果狱警听见传到了警卫室的噪声，协管员或裁缝指导就会发出信号，喧嚣就会立刻停止，这就阻挠了狱警发现违纪者。

罗素郁闷地总结说，这样一来就是“囚犯管狱警，而不是狱警管囚犯了”。在罗素看来，取缔协管员制和执行严格的静默制还不够。监狱的整体设计就有问题。环形过道中有太多的盲区，不可能将囚犯置于有效的监控之下。

为了给单独囚禁正名，罗素认为有必要设计一种能将牢房里的囚犯完全暴露在监控之下的监狱建筑。依他看，米尔班克代表了边沁的全景监狱监控制的一次失败的实验。现在罗素和他的同事威廉•克劳福德准备找到一种新的设计，能让严格隔绝和全面监控和谐共存。他们在美国找到了自己想要的模式。 194

到1830年，波士顿监狱管教协会的报告和巴兹尔·霍尔上校（Captain Basil Hall）等英国旅行者的游记让英国当局了解了哈维兰（Haviland）设计的费城感化院。哈维兰的设计不像米尔班克那样让牢房围绕着监控塔的边缘而建，他设计出了条形牢房区，即围绕着一条开阔大过道的三面修建三排牢房，这三排牢房环绕着一个中央监控点，在那里可以看清整栋建筑。本顿维尔的设计大量借鉴了费城的模式。[80]

美国还提供了另外两种不同的管教体制供英国参考：费城的单独囚禁制，以及奥本和星星的集体静默制。在奥本的一条计划中，囚犯晚上被关在单独牢房中，但白天在集体工坊里静默地工作。1829年，巴兹尔·霍尔为他的英国读者描述了奥本的“心理机器”：

> 一条漆黑狭长的走道贯穿所有的工坊的后部，罪犯在那里工作，他们透过半英寸宽的玻璃窄缝能清楚看到狱卒，而囚犯和狱警既看不到总监本人，也听不到他说话。意识到有一只警惕的眼睛可能在随时盯着自己，这是使得各方都保持清醒的最有效方法，我听说没有哪种可见的、永久性的监视能有这种支配力。[81]

费城体制给霍尔留下的印象没有那么好。囚犯必须忍受最长可达五年的彻底隔绝，唯一会使其中断的是工作人员的寻访。囚犯在自己的牢房里工作、睡觉，在与牢房相连的一小块围起来的空地上放风。这就是雷丁18世纪80年代实行的体制，霍华德谴责这是在过度狂热地使用他的理念。巴兹尔·霍尔同样也认为费城做得过分了。他
195 说：“对于一个善心人来说，没有什么酷刑比绝对隔离更严酷了。”因

此他坚定支持奥本的协作体制。

1834 年，内政大臣派威廉•克劳福德去调查这两种体制并汇报它们的优势。克劳福德批判奥本的体制，因为它牺牲了囚犯道德的改造，转而关注如何剥削他们的劳动。他秉承霍华德和保罗的精神，坚持认为监狱绝不应该变成“单纯的制造车间”。奥本不加节制的鞭刑也让他感到震惊。相比之下，费城体制将重点放在了悲伤而孤寂的忏悔上，维持秩序不靠鞭子，而靠孤寂本身的压制力：

> 在判断两套体制的比较优势时，不难看出奥本管教的是身体，费城管教的是道德。鞭子能立刻使人感到疼痛，但是孤寂能激起心中永久的恐惧。前者在羞辱中使人堕落，后者压制但不贬低。在奥本，所有罪犯都遭到了严苛的对待，费城则以礼相待；一种使人情感僵化，一种使人情感软化。奥本能激发复仇之心，费城会诱发习惯性的服从。[82]

费城成功消除了监狱亚文化中的非法交往，这给克劳福德留下了深刻的印象。他喜欢讲一个费城囚犯的故事，这个人问狱警他的同伙是否被捕了，全然不知他们已经在相连的牢房里被关了十个月了。[83]

除了支持费城的单独囚禁制，克劳福德还尽力去证明感化院管教是一种英国传统，他援引了 1779 年的法律和位于格洛斯特和霍舍姆的机构作为先例，以反驳将感化院视为外国创新事物的潜在批评者。他坚持认为，感化院实际上“肇始于英国，曾用于英国，有英国的立法支持”。[84]

克劳福德回国后，与惠特沃思•罗素联手游说修建一所模范监狱。

然而他们都承认，美国的例子在一个关键方面有缺陷。费城犯人的刑期通常是五年，有时会到十年。罗素在米尔班克的经验使他确信，囚犯在孤寂中独处这么长时间一定会对健康有害。因此，在他们为修建
196 本顿维尔而致内政大臣的提议中，他们建议 18 个月应该是单独囚禁的最长期限。[85]

他们还在另一件事上修订了美国的模式。在费城（以及米尔班克），囚犯获释后会重归他们的社区。1831 年，巴兹尔•霍尔谈到了美国人对获释罪犯越来越多感到焦虑，而想到英国依然能把罪犯赶到澳大利亚从而摆脱他们，霍尔颇感宽慰。[86] 虽说克劳福德和罗素都怀疑流放的震慑价值，但他们同样认为很难想象用能使前罪犯重归社区的徒刑将其取代。他们还建议，只让身体强健而且明显有意愿接受改造的初犯来经历严格的本顿维尔体制。[87]

这些让步远远没能让单独囚禁的批评者满意，也没能换来赞成奥本体制的英国人的支持。对立体制的首要推动者包括将其引入冷浴原的 G. L. 切斯特顿，以及主管监狱的治安法官彼得•劳里（Peter Laurie）。

在两本颇具影响的宣传册中，劳里痛斥了监狱督察员在地方监狱中逐具侵扰性的角色，以及他们对单独囚禁制教条式的依恋。对于他们的管教狂热，他打趣道：

> 可以让小偷变得训练有素，能庄重而正规地参加阅兵，从洗脸盆那里走到踏车上，从踏车那里走到餐厅，再走回去工作，晚上再走回去上床睡觉。能教会他们穿着得体的衣服坐下，按固定距离分散成一队打扫房间，近半英寸就是亵渎，

> 远半英寸就是严重抗命；他们会承认自己喜欢填麻絮，会戒绝扒窃，对狱警讲礼貌，对访客很尊重——还能教会女囚织袜子和编帽子，索要宣传册，而不要茶叶，喜欢织布而非饮酒，会因良言落泪，会行礼如仪。这些减少犯罪的模式非常可行，简直就和帕丁顿夫人用拖把把大西洋的海水清洗干净一样可行。[88]

劳里被自己讽刺克劳福德和罗素的俏皮话冲昏了头脑，他轻易忘掉了集体静默制的支持者同样也坚持步调一致的常规，也不会轻易为 197
狡猾的罪犯假装出来的改造所骗。无论如何，集体制获得了一些著名人士的支持。查尔斯·狄更斯在他的《美国纪行》(*American Notes*)中反对费城体制：

> 我认为较之身体上的酷刑，这种每天缓慢操控人脑奥秘的做法不知道要恶劣多少倍；由于其恐怖的标志和象征不像身体上的伤疤那样容易看到或摸到，由于它的创伤不在表面，它不会产生人耳能听到的惨叫。[89]

反对单独制的意见也深入官僚系统当中。与克劳福德和罗素同任督察员的威廉·J. 威廉姆斯和比赛特·霍金斯（Bisset Hawkins）用他们的报告来表达对这种体制的“严正异议”，他们谈及了按单独牢房模式改造现有监狱的成本，他们还怀疑严格的单独囚禁是否道德。[90]对于克劳福德和罗素认为单独囚禁能有利于改造的离谱主张，威廉姆斯也提出了异议。他说，犯罪主要取决于经济、技术变革、工人阶级的家庭状况和其他“无法确定和管控的情况”，因此“任何监狱管教体制都不能对其产生永久而广泛的影响”。[91] 面对着自己的督察员不一致的建议，以及公众当中颇具影响的反对意见，继任的内政大臣罗素、诺曼比（Normanby）和格雷厄姆（Graham）在修建本顿维尔一事上举棋不定也就不足为奇了。

尽管如此，本顿维尔实验了一种未经验证的方法，而且取得了巨大的成功，英格兰各郡监狱和欧洲的监狱系统争相效法。到 1850 年，已经按照本顿维尔模式建成了十座监狱，还有十座监狱被改造成了单独制。[92] 虽然静默集体制的支持者依然在不断抨击，但本顿维尔确保了单独制管教的胜利。它的吸引力很明显。牧师发现单独牢房制赋予了他们非同寻常的权力来控制罪犯的心理。正如克雷牧师所说，孤寂是一种“恐怖的瓦解器”：

> ……在单独牢房中待上几个月会让囚犯易于接受外界影响，容易得不可思议。牧师接下来就能让强壮的杂工哭得像
> 198 个小孩子似的；他几乎能随心所欲地操纵他的感受，也就是说，他能将自己的思想、愿望和观点投射到病人的心上，用自己的话语填满对方的嘴。[93]

在牧师想要“投射”到“病人”心上的思想中，最重要的当属其判决的公正性。牧师劝诫罪犯“戒除他对追诉人的怨气，承认自己判决的公正性，耐心应对自己的惩罚，努力缓解心中的不满，平抑心中其他的躁动”。[94] 作为感化院中制造负罪感的技师，牧师不断为维持监狱运转所需的做法提供合理的解释。正是牧师来把感化院描述成一个

用心良善的道德天地。正是牧师要防止罪犯通过蔑视抓捕自己的人来逃避负罪感。

如果牧师未能让囚犯适应监狱的秩序（这种情况经常出现），监狱当局可以用很多种暴力应急手段使囚犯屈服。事实证明，停止供餐，以及中断书信与探视作为管控方法跟枷锁和鞭子一样有效。亨利•梅休1856年时问本顿维尔的狱警："与'拇指夹''口箝'和'打烙印'的时代相比，你觉得自己现在对囚犯的控制力有那时强吗?"他得到了这段意味深长的回答：

> 我想我们现在对他们的控制力更强，先生。您看，现在我们能中止他们收发信件的权利，也能阻止他们的朋友探访，而人们对这些事情的感受，比他们对任何酷刑的反应都要强烈。[95]

尽管在惩罚严重抗命行为时依然会动用枷锁和鞭刑，新式的"微观惩罚"依然是对管控工具库的必要补充，因为人们认为针对因新规则而产生的轻微违纪行为——眨眼、点头、在水杯上刻姓名的首字母等——进行体罚并不合适。

监狱监督的力度对看守与囚犯人数比也提出了更高的要求。在依本顿维尔模式修建的监狱中，通常每10名到15名囚犯配备1名看守。[96]这会造成各郡开支上升，但是在犯罪率的上升看似势不可挡的19世纪40年代中期，严苛的公众情绪使得治安法官愿意掏这笔钱。 199

因此，感化院规则的吸引力不仅在于其改造潜能，也在于其严厉。本顿维尔制的支持者常说，正是因为严厉，本顿维尔才能改造人。正如受命监督本顿维尔的管委会委员奇切斯特伯爵（Earl of Chichester）1856年时所说：

> 如果一个人长期浸淫于犯罪和感官享乐之中，人性的本质决定了只有严酷的外力才能迫使他反思——必须及时断绝他所有兽性享乐和刺激的源头，正是这些东西使得他原来抑制了自己的良知，把一切有关自己未来的考虑都抛到脑后——必须有些外力让他受苦，压垮他的精神；必须经受一些身体上的折磨或心灵上的痛苦，才能让他听到自己内心深处的低吟，认清自己。[97]

对于本顿维尔来说，比较棘手的问题在于其管教体制在制造“心灵上的痛苦”时是否太出格了。几乎从一开始，本顿维尔管委会的委员们就收到了狱医有关单独囚禁之心理影响的报告。囚犯向其抱怨自己有幻觉。其中一人说“他脑子里有异物，某种物质正在侵蚀他的鼻子”。另一个人有“各种幻觉，他觉得虫子钻进了他的脑袋，他看到了自己的母亲，他说他父亲的灵魂在他体内，把他搞得神魂颠倒”。[98]1364号罪犯告诉狱医，他的身体镀了锡；另一个人执意认为，每天早晨出现在放风院中的一只小鸟是预示他妻儿死亡的不祥之兆。在222号罪犯被发现在自己的牢房里嘟哝，“前言不搭后语地谈论女王”后，他先是被带到病院，然后被送到精神病院。[99]每起新病例都让本顿维尔管委会颇感尴尬，也为反对者提供了弹药。[100]

管委会委员们对外只承认监狱启用后的八年里只有15例发疯的病例，但这个数字不包括那些因受困于幻觉或抑郁而被临时转移到监狱病院里的人。尽管在报告里表现得对实验的问题无动于衷，委员们开始对单独囚禁制产生了怀疑，当最激进的成员威廉·克劳福德于 1847 年去世后，他们把单独囚禁期从 18 个月减少到了 12 个月，最后降至 9 个月。[101] 在 19 世纪 50 年代，他们放弃了单独囚禁制的其他要求，比如教堂中的隔间、单独放风院，以及为防止囚犯们在过道里相互认出而戴的面具。[102] 200

对本顿维尔改造潜能的信念几乎没有撑过 19 世纪 40 年代。在接下来的十年中，无法改造"危险阶级"的观点再度变得十分流行。虽然孤寂在该世纪之后的年代中依然是监狱管教不可或缺的一部分，但保留它主要是为了震慑，而不是为了帮助改造。早在 1854 年，像本顿维尔牧师约瑟夫·金斯米尔（Joseph Kingsmill）这样有影响力的人也承认：

> 单独囚禁不是罪犯堕落的万能解药。人们设想它能够让一个惯偷走上正路，能把罪恶改造成美德。它没有这种能力。人类的惩罚从未实现这一点。[103]

感化院犯人虚假的眼泪变成了公众嘲讽的对象，这表明公众对本顿维尔极度失望。从来都非常理解读者想法的查尔斯·狄更斯知道，当他让《大卫·科波菲尔》中的尤来亚·希普（Uriah Heep）最后变成本顿维尔的模范悔罪者时，读者一定会发笑的：

> "喂，27 号，"克里克尔先生怜惜而赞赏地说道，"你今天觉得怎么样呀？"
>
> "我是很谦卑的，先生！"尤来亚·希普答道。

“你一向都这样呀，27 号。”克里克尔先生说道。

这时，又有一位先生十分关切地问道：“你感到很舒服吗？”

“是的，谢谢你，先生！”尤来亚•希普朝那方向看了看说道，“我在这里一直比在外面过得舒服。我现在知道我的错误了，先生。这就使我舒服了。”[104]

V

当流放刑于 1853 年中止后，针对感化院的质疑增多了。由于澳大利亚各殖民地的抗议，以及国内开始质疑将罪犯送到愈发稳定而繁荣的殖民地能否起到震慑作用，政府于 1848 年开始用全国性的罪犯监狱系统来取代流放。1848 年至 1863 年间，原先适用于速决犯和轻微重
201 罪犯的监禁取代了公开绞刑和流放，成为一种适用于除谋杀外所有严重犯罪的刑罚。这是当局第一次应对管理长期监禁的任务。直到 19 世纪 40 年代晚期，英国监狱中最长的刑期是三年。[105] 多数囚犯的刑期是六个月，或者更短。当约翰•罗素勋爵（Lord John Russell）1837 年时说十年有期徒刑比“死刑还糟糕”时，他只是把老生常谈复述了一遍。[106] 到 19 世纪 50 年代中期，这种长度的刑期作为替代流放的刑罚就已经很常见了。

不再遭流放的罪犯转而被送往一些由中央政府管理的公共建设监狱，他们为公共纪念碑采石头，修筑防波堤，或在皇家海军的造船厂当苦力。苦役期之后，囚犯会在本顿维尔或米尔班克度过六个月的孤寂时光。在刑期快结束时，罪犯会持假释证出狱，在这段假释期中，他们要定期向警察汇报，保有一份稳定的工作，避免与其他刑满释放

人员接触。[107]

1853 年，第一批假释人员在公众中引起了普遍的恐慌。人们几乎把所有大小犯罪都归咎于这些人。罪犯监狱主任约书亚 • 杰布（Joshua Jebb）坚持认为假释人员再犯罪的比例比从郡立和市立监狱获释的囚犯要低，但是由于公众无法寄希望于流放来摆脱国内最危险的罪犯，假释人员就成了公众的出气筒。[108] 大部分的工作都不要假释人员，警察也会骚扰他们，媒体还会丑化他们。

他们中的大多数人虽说都没有明确的政治信仰，但很快就被视为对政府的潜在威胁。一些危言耸听的人，特别是《泰晤士报》的社论作者和格雷伯爵，用不祥的语言论及了刑满释放人员在 1848 年巴黎革命中所起的作用。获释“罪犯”组成的团伙——《泰晤士报》强调说——“是野心家在法兰西共和国发动暴动的主要工具”。在国内，他们将矛头指向了 1848 年 6 月宪章派在肯宁顿公地（Kennington Common）集会时周边大量的扒手和小贼。虽然不能把这些报道视为有关 1848 年巴黎和伦敦群众的严肃社会学研究，但它们的确表达了一系列政治和社会焦虑，而这些都是因流放中止和转向完全基于感化院监 202
禁的震慑体制所导致的。[109]

假释人员在反抗公众对他们的抹黑时丝毫没有迟疑。在亨利 • 梅休召集的两次集会上（一次是 1856 年 3 月，一次是 1857 年 1 月），这些人详述了他们被警察骚扰和被雇主回绝的经历。《泰晤士报》报道说，大多数人“看上去属于小商小贩兄弟会或属于捡拾骨渣等各种破烂的阶层”。[110] 其中一个人讲述说，当他背着一袋萝卜皮走在威斯敏斯特的托西尔街（Tothill Street）上时，警察把他带走了，押到了治安法官那里，威胁把他关起来。当他抗议自己没有犯任何罪时，治安法官大吼道："啊！你这个无礼的家伙，社会的耻辱！如果内政大臣知道你的所作所为，他一定会把你流放了。"

在1857年1月的集会中，假释人员认为自己沦为中产阶级媒体牺牲品的强烈感受竟然指向了亨利·梅休——伦敦媒体中最同情、支持他们的人。集会进行时，梅休站在演讲台上，卡那封侯爵（Earl of Carnarvon）坐在椅子上，突然有一个人向听众高喊：

> 朋友们，要小心。你们如此高调地聚在这儿，会把自己害苦的，你们把自己暴露给一个只想实现自己目的的人（台下大声反对）。亨利·梅休是你们最险恶的敌人。他只想把从你们这里听到的故事写到自己的书里（笑声和嘘声）。你们尽管嘘我，但我讲的是实话。[111]

和墙外的假释人员一样，高墙内的囚犯没有像希普那样，戴着改悔的面具接受从流放到长期监禁的转变。对他们而言，这种改变意外终结了在澳大利亚重新来过的机会。与此同时，这种变化在量刑时诱发了大量的不平等现象。例如，被判流放七年的罪犯，刑期被减少到了三年半，之后还有三年半的假释证监督期，而按照新型苦役刑判决的囚犯会服刑整整四年，没有假释。[112] 这两组人一对比，都觉得自己上当了。从1853年至1858年，罪犯监狱里罢工、静坐、集体殴打狱
203 警、试图越狱的情况此起彼伏，都是要向罪犯监狱的主任施压，消除量刑中的不一致，恢复流放，废除监禁。[113]

一些最为暴力的抵抗活动在布里克斯顿（Brixton）和米尔班克的女囚中爆发了。[114] 在1853年至1859年间，一小群女囚发起了一场顽强

反抗将她们的判决从流放改为监禁的活动。她们撕坏床单，在自己的囚服上点火，撞自己牢房的门，在受到惊吓的女监督面前脱个精光，大叫大骂破坏静默制。看到这些妇女胆敢如此放纵地违反妇道，监狱主任又惊又怕。她们好像不惧黑屋、拘束衣、面包白水等惩罚措施。1859 年，罪犯监狱主任坦承布里克斯顿的女囚“完全不受控制，完全突破了体面和尊严的限制，如果没有奇迹介入，也完全无可救药了”。[115] 然而他意识到，妇女们抗议的背后确实存在冤情。他承认获释的妇女比男人要忍受更多的污名，因此也就更难找到工作。[116] 妇女们意识到了这一点，她们决心向监狱主任施压，让他们送她们去澳大利亚。

当主任们拒绝向妇女的要求屈服时，骚动使他们明白，自己在感化院里的权力远没有想象中那么绝对。妇女暴动使他们意识到，要想维持秩序，他们就必须得赞同囚犯的公平标准。因此，1856 年时通过了新法律，将徒刑和流放量刑标准化了。[117] 然而罪犯们依然不屈服。

每当当局试图改变监狱中的规则时，他们会发现自己面临着同样激烈的反对。1861 年，为提高罪犯监狱制的震慑力，监狱主任下令大幅减少伙食。波特兰和查塔姆（Chatham）的囚犯发动了一场为期两天的骚乱，造成了严重的破坏。囚犯拿稀粥泼狱警长，制服了狱警，打开了牢房，完全接管查塔姆达数小时之久，直到一支皇家海军陆战队成功夺回监狱。[118]

直到 1864 年，狱中的骚乱和外界的公众焦虑才有所减缓。公众逐渐适应了从流放到监禁的转变，也适应了将刑满释放人员留在国内。1855 年之后犯罪率逐渐下降也使得适应的过程比较轻松。 *204*

为了恢复公众对监狱的信任，监狱主任可谓竭尽全力。他们察觉到公众意见支持严刑峻法，因此减少了监狱的伙食，并对假释人员做出了愈发苛刻的限制。[119]1862年之后，他们开始以没有报到和结交不良分子为由取消很多人的假释。1870年，伦敦警察厅成立了一个部门来监督伦敦的假释人员，记录他们的面部特征和身体特点，以供法庭使用。[120]他们从19世纪60年代末开始给刑满释放人员拍照，作为识别和监视“惯犯”的一种措施，19世纪90年代开始收集指纹。[121]到19世纪90年代，白厅已经建立了一个全国性的罪犯记录系统，用来跟踪“犯罪阶级”，保证向惯犯做出报复性判决。

这种将用于监狱内部的监控用在获释罪犯身上的尝试表明，人们对感化院的改造前景感到普遍失望。它也标志着社会管控战略所采用的战术有所改变。在发现有些罪犯抗拒一切改造的尝试后，政府决定改变策略，做到尽可能准确地识别这群人，监控他们在街上的动向，然后尽快通过新一轮的监禁使他们失去作案能力。战略不再把监狱当成改造机关来用，而是当成刑事隔离机关来用。

因此，1840年时作为人性改造手段而启用的感化院，因其在刑罚上的特色而在19世纪晚期继续存在着。作为改造手段而引入的单独囚禁制，作为一种惩罚手段被保留了下来。1863年，首席法官道出了之后25年中主导罪犯监狱体制的正统理念：

> 罪犯的改造极具推测性和不确定性，其持久性在新诱惑面前变得愈发不稳定。另一方面，惩治犯罪时留下的痛苦印
> 205 象，以及对这种痛苦再次发生的恐惧更为持久……[122]

VI

到1877年，现代刑罚体系的主要组成部分都已就绪了。当所有

市立和郡立拘留所都被移交给一个由白厅管理的中央监狱委员会之后，地方志愿管理的最后残迹就消失了。公开处决仪式被高墙后的非公开绞刑取代了。取代公开死刑景观的，是在监狱上方挂起一面小旗，用这种细小而不祥的方式来宣告罪犯已被正法。最后一批发配澳大利亚的流放犯已被送走，废船也被弃置了。囚禁已经变成了除谋杀外惩治所有重要犯罪的刑罚。假释证体系确立了现代假释体系的基础，而全国性的犯罪记录、照相和卷宗系统也建立起来了。随着第一批工读学校和少管所的建立，为少年犯单设机构的原则被确立了下来。最重要的是，维多利亚时代的巨型监狱怒视着市民，在他们的心里留下了深刻的印象，成了政府终极权力的最新标志。这种影响一直在持续。夜间庇护所、联合堂区济贫院、工读学校、社区服务站（settlement houses）和模范住宅都被拆毁，成了慈善风格和政府政策的牺牲品；维多利亚时代的监狱继续存在，成了我们狱政传统中恒久不变的要素。直到 1969 年，英格兰超过 40% 的监狱都可以追溯回维多利亚时代。[123]

例如，在北伦敦的苏格兰路，旧城堡早已不见，从 1842 年起这里的工人阶级住宅已经翻修过至少三次了，但本顿维尔依然存在，内部当然已经改变，但是同 125 年前一样霸气。与维多利亚“全盛期”相比，这里已不再是“模范”监狱。内政部更想让你参观位于白金汉郡格兰登树林（Grendon Underwood）的现代化精神病治疗设施。在那里，团体治疗和精神病咨询取代了孤寂和宗教劝诫，成为改造中最时尚的技术。本顿维尔现在被用来关押轻罪犯、非法移民、酗酒者和瘾君子。在为单独囚禁而设计的牢房里，现在塞进了三名囚犯，有时是四名； 206
在原先和墓穴一样安静的过道里，电视闪闪发亮，年轻人在讨论足球，老年人拖着脚走着，漫不经心地抽着烟，用单调的声音聊天。原先的面具和暗褐色囚服都已不再，他们现在穿牛仔裤和 T 恤衫。

依靠有节奏的铃声和大喊出的命令，协同一致的职业看守和督查所完成的那一整套详尽的 19 世纪管教仪式，其中只有几个关键的痕迹保留到了现在——日出日落时点名，熄灯后进行房间检查。建设这座建筑时想要执行的管教早已失败。但是，杰布、克劳福德和罗素修建的巨型机器撑过了后来所有监狱改革中发生的变化，成为一块忧郁的纪念碑，见证着政府动用终极力量时暗含的连续性。

第八章 结论

I

把监狱改革史看成一个反讽之事不断重现的循环，是一个很有诱惑力的观点。比如人们会猜想，如果霍华德看到了本顿维尔，他会怎么想。要记得他曾谴责狂热分子以他的名义为将囚犯单独囚禁数周辩护。他会怎么看待长达 18 个月的单独囚禁？又会怎么看待囚犯独自放风的围栏小院？还有面具、操练和静默制？听到从黑屋传来的惨叫，他会不会开始反思用“针对身体的刑罚”来替代“针对心灵的刑罚”？ 207

人们还会猜想，如果看到 15 岁的爱德华•安德鲁斯（Edward Andrews）1854 年时在伯明翰市立监狱自杀时的境遇，他会说些什么。这所监狱是按照本顿维尔模式修建的，于 1849 年启用，这里的总管经常下令将轻罪犯单独囚禁，还下令不停地转动一个重达 30 磅的手动曲柄，每 10 小时要转 10000 下。那些未能转动曲柄的人，还有那些试图 208 反抗的人都被套上了拘束衣而不能动弹，一筐又一筐的水泼到他们的头上，他们被投入黑屋，只靠面包和白水充饥。其中一个反抗者就是爱德华•安德鲁斯。在拒绝工作两个月之后，他被关进黑屋，被泼水，被“衣服拘束了”起来，只能吃到面包和白水。他在牢房窗户上上吊

了。监狱学校校长在他临死之前一夜看到他

> 爬上了他牢房的楼梯；上周日上午穿了两个小时的拘束衣。拘束衣在他胳膊和身体上勒出了皱巴巴的伤痕。他赤足站着，双脚冰冷通红，浸在水里。他看上去像死了一样，因虚弱而晕眩。除了穿拘束衣的时候，他被定时送到曲柄那里……食物通常只有面包和白水……他太衰弱、太疲惫，无法上课……

一个在安德鲁斯死后匆匆召集的调查委员会在报告中指出，转曲柄取得过议会的明确许可。委员会批评总管过度狂热，但并没有建议将其免职或放松伯明翰“体制”。委员会总结道，爱德华•安德鲁斯之死非常不幸，但不用追究任何人的刑事责任。[1]

类似事件在监狱历史中发生得太过频繁，以至于我们很容易忽略掉本案体现出的改革时代的历史特征。虽说我们永远说不准，但在 18 世纪时，像安德鲁斯这样的轻罪犯很有可能不会被关进监狱。如果他被逮捕或追诉——考虑到当时的警务状况，这本身就不太可能——他会被鞭笞或批评，然后被送回师傅那里。在 19 世纪，他会经受一种新的、该世纪特有的磨难——拘束衣、手动曲柄、致幻的孤寂——而且他要独自经受这一切。在“改良”的监狱中，原本可能介入并抗议他受难的犯人集体被打散了、压制了。大群的自由人，18 世纪时他们能出现在监狱放风场上，他们的存在或多或少制约了看管人员的权力，而胜利的改革现在已经将他们禁绝了。霍华德曾希望督察员能监视狱警和主管，但他们要么像在伯明翰那样被忽略，要么为狱警的行为提供一些庸碌的辩解。在改革派为爱德华·安德鲁斯设计的机构中，没有人会支持他，没有人会聆听他的抗议。他死在一个“改良”的监狱中，这不是对改革的反讽，而是其不可避免的后果。如果霍华德能看到他的后继者，他很有可能会否认自己是他们的先辈，但是像伯明翰和本顿维尔这样的地方确实是他的成果。 209

将改革的历史解读为一个良善用心为意外后果所挫败的循环，就是将其视为一种失败的历史。但改革是一种成功。到1860年，欧洲和北美的大多数囚犯都在按照霍华德的口令列队行进，忍受着他设想出来的孤寂。

然而，如果说成功还需要解释的话，那是因为这种成功充满了悖论。这场由霍华德发起的运动在疑惑的中产阶级公众中树立了一种“囚犯应该接受改造”的理想，却不需要说服他们相信感化院真能做到这一点。实际上，这场运动感觉没有必要尝试去说服。一般而言，几乎没有改革者会在验证感化院的功用时，费心考虑再犯率的问题。事实证明，中产阶级对监禁的改造潜能有深刻的信念，这足以使其在接连失败后依然存在。

与此类似，像爱德华·安德鲁斯自杀这样的事件不断损害着新式监狱“人道”的美名；然而公众似乎接受了改革者的说法，相信警惕的督查和常态化的监狱问责体系终将制止这些弊病。虽说监狱指挥体系的不断官僚化未能阻止犯人受到伤害，改革派和公众至今依然坚信，需要创立新监管机关来监督旧监管机关。尽管有证据表明犯罪率并不会随刑罚严酷程度发生显著变化，但人们依然持续不断地相信感化院的震慑价值。举例来说，1855年之后英格兰犯罪率总体下降，而这几乎与感化院制的巩固没有任何关系，反而是与工人阶级实际工资总体上升有很大关系。

对于像查尔斯·狄更斯和亨利·梅休等维多利亚时代的批评者而言，感化院未能达到预期是显而易见的。然而就连他们也觉得自己不可能摆脱霍华德的逻辑。他们对感化院的抨击缺少激进异见的自洽。一方面，他们都批判感化院太过严酷，另一方面又批判它不够严酷。
210 他们无法提出替代性的社会管控策略，这说明有关感化院的公众争议实际上掩盖了更深层次的共识。

然而这是一种奇特的共识，因为监狱作为震慑或改造手段的有效性并未得到证明，而这恰恰是共识的基础。批评者已经让监狱的缺点变得显而易见了。然而我们不能下结论说，这种共识之所以能维系下去，只是因为没有其他选择。感化院总得拿出点理由来表明巨大的开支没有白花，哪怕那理由不是功能上的有效性。

只要我们假定感化院的吸引力在于其管控犯罪的功能，我们就无法理解人们为什么会一直支持它。实际上，人们的支持取决于一种更广泛的社会需求。感化院富于吸引力，是因为改革者不单将其成功塑造成了应对犯罪的方式，还将其塑造成了应对整个时代的社会危机的方式，使其成为一套旨在在新基础上重新建立秩序的政治、社会和法律改革大战略中的一部分。结果，虽然感化院因其功能上的缺陷而遭到指责，它依然获得了大量支持，因为人们将其视为一个宏观社会愿景的一部分，而这种愿景到19世纪40年代时已经取得了权贵阶层条件反射般的支持。

在阐释这套建立秩序的新战略时，通过展现犯罪与时代社会经济变迁的深层次联系，监狱改革者使他们所属的阶级认识到了犯罪的严重性。这种新型的环境论利用联想心理学的观点来说明，不良的社会交往和经济上的灾祸会诱使人们走上犯罪的道路。利用这种观点，改革者将不断上升的财产性犯罪与维系“家长制”社会关系的庄园经济、家庭经济以及工匠经济的消亡和衰退联系在了一起。他们特别指出了无主的城市人口聚集及其所导致的贫富疏离。在这种分析中，犯罪被当成了一种嫉妒、反感或绝望的社会心理。与传统上认为犯罪是人类邪恶和罪恶永恒的表达形式不同，改革者成功推广了一套危言耸听的新话语，将犯罪解读为社会危机的表征。

改革者在意识形态上极为成功，以至于现在有一种不加反思就支持环境论犯罪学的偏见。这种环境论在历史上曾为严惩犯罪以及严惩包括骚乱在内的其他公众无序行为（这些行为现在似乎与犯罪联系在了一起，成为一个阶级集体离心离德的新象征）提供了合法的外衣， 211
这看上去颇具悖论意味。

由于这种环境论分析意味着富人对于犯罪的社会起源负有一定责任，它的前提设想激发了一波充满了负罪感的慈善事业，特别是在思想自由、崇尚科学的非国教商人中。很多历史学家相信，这种传统背后的动力是一种对穷人新生的亲密感，以及对现存阶级关系中常见的酷刑心怀厌恶。但如果去读一读霍华德、汉韦和科洪的著作，你会读到“管制”的话语，而非“人道”的话语。

虽说这种新型慈善的社会思想在基调上是回溯式、家长式的，但它实际的对策代表着一种对传统社会秩序的抨击，因为在这背后是弱势政府、对公众无序行为的宽容，以及对公众权利和习惯的默许。改革者坚持认为这种秩序是脆弱的，特别是因为它依赖仪式来进行震慑。他们认为这样的震慑只能使得穷人勉强顺从。在一段动荡的社会经济变革期中，强制的顺从已经不够了。他们认为保证社会秩序的方式要强硬，要比用绞刑作为补充，破旧而且日渐空虚的家长制更强。社会稳定必须建立在公众同意的基础之上，靠犯错时产生的负罪感来维持，而不是靠震慑和恐惧。

这种社会秩序观是在非国教激进分子伯格、普赖斯和普里斯特利的作品中成形的。他们批判对内分赃、对外专断的政治体制，这种批判回应并强化了霍华德暴露出来的监狱弊案。二者都重点提及了腐败、破旧的家长制，并指出了一种以此为意识形态根基的秩序会有多么脆弱。如果从危言耸听的视角来看 18 世纪 60 年代的“威尔克斯与自由”骚乱，伴随着泰伯恩游行的喧嚣躁动、1780 年的戈登暴动，以及 1783 年至 1785 年的犯罪大爆发，社会崩溃的可能性就凸显了出来。1775 年时流放被中止，这不但为改革者提供了一个设计替代性方案的借口，也给了他们机会来创造出一种新型刑罚观，这种观念代表
212 着一种更为严厉而理性的秩序维持方略。

边沁是这方法最优秀的阐述者，他设想通过扩大选举权、扩充公民和宗教权力以及行政改革来巩固人民的支持，但他与此同时要收紧压制反抗者的法律。家长式的秩序观只能容许有限的政治权利，却能容忍人民传统上享有的更为广泛的自由。相较之下，自由主义扩充了正式的政治权利，却大幅降低了公众对无序行为的容忍度。因此，边沁的两面形象——议会改革的支持者和全景监狱的宣传者——其实并不矛盾，反倒是相辅相成。公民社会中的权利扩张必须通过废除旧制度下默认囚犯和罪犯享有的自由来加以平衡。在一个不平等而且愈发分裂的社会中，只能用这种方法同时扩大自由和巩固支持，而又不危害治安。

当阿列克西•德•托克维尔（Alexis de Tocqueville）1835 年游历美国时，他对民主自由主义的这种两面性深感惊讶。当他在构思他那本论述美国民主的著作时，他正在视察美国的监狱。有一次，他对同伴古斯塔夫•德•博蒙（Gustave de Beaumont）说：“虽说美国社会代

表着最广泛的自由，该国的监狱里却有着最为专制的景象。”[2] 高墙外是一种手忙脚乱、竞争激烈的平等主义，高墙内则是前所未有的监狱极权主义。实际上，19 世纪 20 年代美国建立的“全面机构”与杰克逊式民主[①] 兴盛的时间完全吻合。只有在我们假定自由平等主义与宽容携手共进时，才会觉得这里面有悖论。实际上，托克维尔敏锐地意识到，民主出现之际的一个特征就是对“违法乱纪的”少数派越来越不宽容。多数派的暴政将静默、整齐划一，以及奥本感化院的生皮鞭当成了自身的标志和工具。多数派还通过塑造和“改造”罪犯良知的新举措来昭示自己的存在。

霍华德成功地将改造的设想描绘成一种仁义道德的矫正过程，这就掩盖了它为强化监狱权力提供合法借口的功能。与此类似，研究自由主义的历史学家也忽视了与人民主权的扩充相伴而来的是监狱管教的复杂化，以及各种慈善政策的出台，它们旨在在工人的良知中播下 *213*
负罪和悔恨的管教之种。

在涉及刑罚问题时，为证明罪犯是有缺陷的机器，其良知能通过全面彻底的感官隔离来重塑，促使孔多塞和爱尔维修相信人类能够完善的心理学假设也派上了用场。18 世纪 90 年代中产阶级的社会焦虑使得这种对人之可塑性的强硬信念很快就在医学界得到了实际应用：疯癫者的精神病院、穷困者的实业院、患病者的医院和犯罪者的感化院。在每一种隔离的环境中，通过孤立、劝诫和顺从训练，穷人的恶行、疾病、疯癫、犯罪，以及相关的身心缺陷都会被“治愈”。

① 指安德鲁·杰克逊总统及其继任者扩充选举权、制衡政治精英、鼓励人民参与政治活动的一系列措施。

在感化院中，治疗的方式是悔罪。改革者们意识到，只有在一种能确立政府的道德权威，而且能迫使囚犯认识到自己有罪的人道环境中，才能激起囚犯心中负罪的苦闷之情。单独囚禁看起来完美地调和了人道和震慑。它代表了一种自由主义的刑罚乌托邦，这里的一切都极为合理，以至于罪犯会在内心无声、静默的痛苦中惩罚自己。

这种改造理念对于焦虑的中产阶级极富吸引力，因为它意味着施罚者和受罚者能重归于一种共享的道德体系之中。作为一种充满希望的阶级关系缩影，尽管它在现实中一再受挫，却能一直存活下来，因为它表达了中产阶级一种由衷的愿望：将社会秩序建立于顺从的和解之上。他们的这种愿望有多真诚，有多一厢情愿，看一看维多利亚时代的中产阶级（特别是牧师）多容易轻信罪犯明显虚构的忏悔就能知道。同样反映这一点的是，很多后代历史学家愿意将改革者的计划看成单纯将囚犯纳入公民社会的人道主义运动。

诚然，改革者摒弃了罪犯不可救药的观点，这让他们能被当成人
214 来看待，进而有权免受勒索、酷刑和疾病的折磨。然而，这种犯人有权得到社会保护的主张，按照改革者的说法，只有在他们愿意接受改造时才能成立。改革者确实将政府的义务扩展到了囚犯身上，但这样做的基础并非承认他们享有完整的人权。他们享有体面待遇的权利依然取决于他们是否愿意接受道德共识。

在维多利亚时代的慈善传统中，想得到人的待遇就必须接受道德改造的人并非只有囚犯。所有提高穷人住房、教育或卫生标准的努力，都伴随着控制他们想法的企图。在这种传统中，人道主义与支配的做法紧密相连，无法分开。每当要扩展政府对于公民的义务时，他们的理由永远是要按照正直寡欲的模子来重塑公民的品性，而这正好是富

人为自己描绘的形象。

最初，这种改革愿景的严酷性让传统的家长制人士颇为反感，因为他们已经习惯于忽视或容忍穷人在道德上的桀骜不驯。甚至像霍华德这样的改革者也在自己的管教愿景前退缩了。其他自由派改革者（比如说罗米利）感觉边沁在自由和公民社会秩序之间的权衡中犯下了错误——他太偏重于秩序了。在改革派阵营之外，一批又一批政治犯不但猛烈批判了单独囚禁与感化院常规，还痛斥统治阶级在面对激进派的反对时，愿意以秩序和稳定的名义中止或忽视臣民的宪法权利。虽说激进派的反抗传统未能转变或推迟全面机构的强化，但它确实成功防止了权贵将这些机构描述成超然于阶级冲突的中立仲裁者，使权贵在穷人面前为其辩护的努力未能成功。

感化院尽管面临着这样的反对，还是慢慢变成了人们习以为常的事物。寂静的牢房、光头的囚犯和按部就班的日常活动逐渐都变得不那么怪异。关押机构出现在一个包含其他机构的宏观架构中，这些机构功能上相互关联，设计、管教和口令上大同小异，它们在维多利亚时代的风景中巨人般的存在使得人们不可能再去质疑它们的逻辑。

感化院、精神病院、济贫院、贫民学校、夜间庇护所和教养院外观上相似，管教方式上相同，这绝非偶然。由于这些机构构成了一个管 215
控的架构，它们的伙食和摧残必须呈渐升态势：学校—济贫院—精神病院—监狱，而最后一个机构中的痛苦奠定了第一个机构中痛苦的基础。

这些政府机构与工厂非常类似，这一点也绝非偶然。如前所述，同监狱的创造者一样，新式工厂管教的缔造者玮致活、斯特拉特和博尔顿也从相同的权力话语中获取了灵感：非国教徒的禁欲主义、管教能提升人性的信念，以及自由主义的政府理论。强化劳动力管教与劳动力市场自由化携手并进，就像普选权与监狱权力架构的扩张同时发展一样。

鉴于监狱改革家和新式工业的雇主之间有着紧密的经济、意识形态和社会联系，改革家希望监狱像一个“井然有序的工厂”（巴克斯顿语）一样运转就不足为奇了。这样一来，监狱和工业管教就有了同样严苛的发展轨迹。

正是由于与井然有序的工厂、济贫院和精神病院之间有这种共同之处，感化院才能在明显不具改造或震慑功能的情况下保有一定的可信度。它的秩序是“工业的”秩序，它的“人道”是慈善家的良知。到1850年时，质疑它的逻辑就不仅仅是质疑一个单独的机构，而是质疑一种步步紧逼的产业秩序以及一整套关联的架构。

II

解释感化院的出现比较容易，困难在于分析这段历史如何制约现在、定义未来。在一种意义上，本顿维尔已经消失了。它的静默制已崩溃，它的常规已被打破。在另一种意义上，它依然存在，它那维多利亚时代由建筑与围墙构成的躯壳依然对新的尝试构成制约。

与此类似，很难评判如今走进死路的刑罚、不断发生的骚乱、
216 公众对关押越来越强烈的失望，以及改革提议的涌现到底有什么历史意义。如前所述，针对感化院的批判在历史上屡见不鲜。暴动原来也发生过。一位历史学家甚至说过去的十年标志着“全面机构”开始走向终结。[3] 这就是说，20世纪70年代根本性地背离了本书中描述的传统和理念。

从20世纪50年代开始，确实出现了一种通过缓刑、提前假释

和扩展社区矫正来将囚犯从“全面机构”转移出来的趋势。这种用其他方法替代监禁的尝试导致美国监狱人口从1961年的平均每万人中120.8人下降到了十年之后的96.7人。“去监禁化”（decarceration）在精神卫生领域中势头越来越盛，州立精神病院关闭了，取而代之的是药物维持和门诊治疗计划。在美国州立和县立精神病医院住院的人数从1963年的504600人降到了1974年的215600人。[4]

人们逐渐达成了共识，认为感化院只应适用于关押因暴力人身或财产犯罪而服刑的“危险”犯人，这些人在监狱总人口中占10%至15%。此外，为这些罪犯设计的新机构会进一步放松内部管教——过去25年中在监狱里已经出现了这种放松的迹象。犯人会重获选择穿着、时间安排和室内装饰的机会。他们会有更多接触亲人、朋友和媒体的机会。更为重要的是，他们可以自由选择是否参加复原计划。他们的刑期不再取决于他们是否愿意接受治疗了。[5]

如果去监禁化和监禁机构自由化代表着一种拉近违法乱纪者和社会公众之间的距离、提高社会宽容度的根本性变化，那么它们确实会有深远的意义。然而，近期一项研究表明，去监禁化其实是为了应对愈发严重的“政府财政危机”而采取的措施，目的是用更廉价的非监禁管控方式来取代昂贵的监禁。因刑事犯罪而被捕的人数持续上升，越来越多人际交往中的郁闷被纳入了州立精神和心理“服务局”的管 217
辖范围中。被送到“监禁群岛”① 的人口比例实际上并未下降，因为这

① “群岛”的比喻显然受到了苏联作家索尔仁尼琴《古拉格群岛》的启发。索氏将散落在苏联广袤大地上的古拉格劳改营比喻为群岛。

个群岛最近新添了一些岛屿，比如说中途之家（halfway house）[①]、戒毒中心、恢复中心和门诊诊所。这些本应替代非监禁刑的形式依然要依靠重新监禁的威胁来维持“客户”的纪律和服从。对于在州立精神病医院关闭后获释的精神病人而言，“社区治疗”这种充满希望的修辞常常掩盖了苦涩的反讽。很多从医院获释并准备接受门诊治疗的病人发现自己活在内城贫民窟的灰色地带中，他们接受福利寻访和药物维持，也要忍受当地罪犯的骚扰和侵害。[6]

在那些用来取代维多利亚时代感化院的新机构中，管教的自由化似乎代表着一种迫于骚乱的压力而进行的迟到尝试。这种尝试的目的是提高关押机构内部的生活水平，使之达到高墙之外得益于20世纪60年代的经济增长和易贷消费主义工人阶级已经能享有的水平。一些新监狱看起来像大学校园，牢房看起来像宿舍，囚犯看起来像学生。安保技术（例如摄像头、热量和金属探测器）的发展使得监狱不再需要维多利亚时代监狱中的密集人工监视和全景结构。监狱的权力在这些场景中可能不再显眼，但它依然十分全面。

这并不是说过去十年里没有发生任何变化。很多囚犯获益于去监禁化、更多的缓刑、更快的假释和更短的刑期，如果倾向自由派的行政人员足够勇敢，能够抵抗住这些措施所激起的激烈反对，那就还会有更多的囚犯获益。单就这些人从生不如死的长期监禁中获救来说，这些措施就很值得。目前尚不清楚，在过去十年的改革中，公众对“违法乱纪”的容忍度是否有所提高。有关“随意性”社会的言论会鼓励人们这么想，正如同性恋和妇女近来在反对性歧视和经济歧视方面

① 一种为获释人员提供临时中转住所和生活服务的机构。

所取得的胜利一样。然而，性道德和招聘方式上令人鼓舞的自由化可能具有欺骗性。首先是因为当今社会中影响大众观点的因素通常有能 218
力接纳某些形式的“违法乱纪”，却不会根本性地改变容忍的范围。其次，是因为一个领域中宽容度的上升通常会导致其他领域中宽容度的紧缩。例如，从目前有关强奸的讨论来看，很容易想象公众在对侵害妇女的性犯罪上有所觉醒的同时，可能会对强奸犯变得愈发愿惩罚，愈发不宽容。这是自由社会中常见的宽容悖论。公众对性生活和个人生活方式的选择愈发宽容的态度，未必意味着对于违法者的定义和处置会变得更为宽容。

这种宽容似乎不会因社会秩序的巩固而有所提升。尽管现代政府揽到的权力足以让我们18世纪的先人感到恐惧，西方公众有关社会管控的讨论中表现出来的感觉是，政府在应对犯罪和恐怖主义时快要招架不住了。如果一个伦敦人从动荡的18世纪70年代来看，这种危言耸听的言论显然太过夸张，但它为侵入性越来越强的警察部署提供了理由。无论现代社会中这种对失序的深层次焦虑来自哪里，我们都要注意到，完成于19世纪60年代的强化全面机构和警察的做法非但未能消除，反倒助长了人们的忧虑。显然，秩序不会催生出内心的平静，而会带来更多的焦虑，以及反复强化秩序的要求。这是一种永远得不到满足的愿望，至少是在这种社会中。

在我们的社会中，管控、支配和压制的必要性已经深深地嵌入了那些所谓的“人文科学”的思维结构中了。当这些科学在18世纪初现时，它们的基本设想是人可以被科学地描述和理解，这种设想旋即被转化成了关押的管控和“改造”策略。将人类行为理解成科学可知的做法本身就意味着，人类行为可以被压制、改变和提升。这是因为这

些人文科学的使命得自统治阶级对新型社会管控技术的需求。与此类
219 似，这种背景下的慈善力量也被引入了强制性的“改进”项目中。

如今引导人文科学研究的，是其为公司和政府针对人类行为提出合理解释的“实践”工作。在工厂人事处，在法庭上，在福利办公室，心理学家和社会工作者使用诊断测试——智商测试、墨迹测验、主题统觉测验——以及心理学和行为科学的一整套认知体系来筛选、比较、定位、雇佣、提升或管控个人。因此，在进一步发展类似的诊断和解读工具时必然会牵扯到这些作为理论话语的“科学”。职业化的行为科学、医学和心理学的权威很大程度上要通过为公司和政府服务来取得权威，因此难以想象他们不把人视为预测、管控和提升的客体。

这并不是要否认医学、心理学和行为科学成功开发出了各种化学物质和治疗方法，能够有效地控制真实存在的个人郁闷和迷惑所引发的症状。我也不想否认那些试图让个人困境变得能够容易接受或容易理解的心理治疗是有价值的。我只是说一个充斥着各种治疗的社会会产生隐性成本。[7] 这些新兴心灵科学的威望本身就会诱发一系列新型的滥用，一些遵纪守法的成年男性有产者不会经历的滥用，一些只会影响儿童、妇女、少数族裔、无产而又无政治话语权的人的滥用。当一个社会中大量的守法成年人都在服药时，教育局用药物让“多动”儿童变得安静，监狱和精神病医院通过用化学手段诱发恶心、疲劳和药物依赖来完成任务，就都不足为奇了。这些滥用并不是反讽，而是坚信能用科学手段来管控人类行为的必然结果。尝试咨询或药物治疗不只是流行一时的狂热。它背后有 200 年的传统。行为矫正和代笔疗法在狱中的滥用并不只是个别行为科学家的狂热之举，而是一种能追溯回卡巴尼斯和朱利安 • 奥夫鲁瓦 • 德 • 拉美特利的传统，这种传统轻率

地断言人具有可塑性。

这里要表达的不是一种对“人文科学”卢德式（Luddite）[①]的完全谴责，而只是这样一种观点：传统思想深深陷入了寻找新方法来管控 220
和压制“异常行为”的事业中，只要我们继续用这种思想来理解和领悟这些行为，增进社会宽容的前景依然会非常暗淡。如果就此便得出结论说，公众的认知模式完全由这些科学所界定，或者说它们已经将其他的选项从我们的认知中清除了，那我们就会陷入宿命论中。这似乎就是米歇尔•福柯（Michel Foucault）在《规训与惩罚》(*Discipline and Punish*）中得出的结论，该书是他讲述法国感化院诞生的作品。然而他的作品本身就成功证明了他的宿命论是错误的。

正如福柯和其他人所言，作为一门人文科学，在反抗监狱权力及其背后的强迫性思想结构的斗争中，历史扮演着独特而重要的作用。它能澄清科学论证人性和异常行为的思想结构是如何产生的，还能建立这种结构与阶级统治需求之间的联系。重要的是，它有助于揭露那不断将进一步加强监狱权力描述为“改革”的修辞。最重要的是，过去这种令人窒息的理念为现在的弊端提供了辩护，并力图让我们适应未来的残酷。

① 内德•卢德（Ned Ludd）是19世纪初的英格兰纺织工人，据说他领导工人捣毁纺织机，抗议工厂主利用机器压低工资、剥削工人。现用来指代盲目反对技术进步的举动。

缩略语列表

Beds. R.O.	Bedfordshire Record Office
Berks. R.O.	Berkshire Record Office
C.L.R.O.	City of London Record Office
D.N.B.	Dictionary of National Biography
Econ. Hist. Rev.	Economic History Review
Gloucs. R.O.	Gloucestershire Record Office
H.O.	Home Office Papers, Public Record Office
J.H.C.	Journals of the House of Commons
Lancs. R. O.	Lancashire Record Office
Mepol	Metropolitan Police Commission Records, Public Record Office
Msex. R.O.	Middlesex Record Office
O.E.D.	Oxford English Dictionary
Oxon R.O.	Oxfordshire Record Office
P/COM	Prison Commission Files, Public Record Office
P.P.	Parliamentary Papers
P.R.O.	Public Record Office
Proceedings	Old Bailey Sessions Papers, Guildhall Library, City of London; Law School, Harvard University
S.P.	State Papers Domestic, Public Record Office
Staffs. R.O.	Staffordshire Record Office
W.Sussex R.O.	West Sussex Record Office

注　释

前言

[1] Tom Wicker, *A Time to Die*, 1975, p. 46. 参见 New York State Special Commission on *Attica, Attica: The Official Report*, 1972。

第一章　本顿维尔

[1] Thomas Carlyle, "Model Prisons," in *Latter-Day Pamphlets*, 1850; 尤来亚 • 希普最后变成了本顿维尔的“模范囚犯”; 见 Charles Dickens, *David Copperfield*, 及 Philip Collins, *Dickens and Crime*,1962; 有关本顿维尔其他引起争议的事项，见 "The Model Prison or Poor Man's Palace,"in *The Penny Satirist*, December 19, 1840; Peter Laurie, *Killing No Murder*; *or the Effects of Separate Confinement on the Bodily and Mental Condition of Prisoners in the Government Prisons*, 1846; U. R. Q. Henriques, "The Rise and Decline of the Separate System of Prison Discipline," *Past and Present* 54, 1972。

[2] P/COM/2/86, October 1846. 拿破仑 • 波拿巴亲王造访过本顿维尔，惠灵顿公爵也曾来访。

[3] 本顿维尔的一天主要取材于亨利 • 梅休难得的记录：*Criminal Prisons of London*, 1861, pp. 113—199。我还从这些资料中收集了日常活动的细节：P/COM/2/84—86; P.P. 1843, XXIX; P.P. 1844, XXVIII; P.P. 1846, XX; P.P. 1847, XXX; P.P. 1847—48, XXXIV; P.P. 1849, XXVI。

[4] 从 1842 年到 1848 年，单独囚禁的时长是 18 个月，从 1848 年到 1852 年是 12 个月，之后是 9 个月。服刑期满后，本顿维尔的囚犯会被送到波特兰、达特穆尔高地、查塔姆的公共建设监狱，或被流放海外。感化院的阶段只是他们刑期的初始反省阶段。

[5] Mayhew, *Prisons*, p. 141.

[6] Psalm 100.

[7] John Clay, *Twenty-Five Sermons Preached to Inmates of a Gaol*, 1827, p. 136; 及 W. L. Clay, *The Prison Chaplain: Memoirs of the Reverend John Clay*, 1867。

[8] 乔治 • 威瑟斯的“特征”取自 P/COM/3/30—31 中的一系列囚犯文档。

[9] Mayhew, *Prisons*, p. 146; 及 Anon., *Five Years Penal Servitude by One Who Has Endured It*,

1878, p. 156, 关于罪犯对入狱医疗程序的描述。

[10] Mayhew, *Prisons*, p. 146.

[11] P.P. 1847, XXX, p. 372.

[12] Psalm 102.

[13] 这些案件取自于 P.P. 1852—1853, LI, p. 12, p. 34; 及 P/COM/2/8486。

[14] P.P. 1854, XXXIII, p. 22.

[15] Mayhew, *Prisons*, p. 104.

[16] P.P. 1864, XXVI, p. 43.

[17] P/COM/3/21; P.P. 1856, XXXV, p. 91; P.P. 1859, XIII, p. 81; P.P. 1846, XX, p. 12; 本顿维尔 616 名囚犯中的 148 名在 1845 年受到了处罚。

[18] Mayhew, *Prisons*, p. 132.

[19] P.P. 1847, XXX, p. 42; H.O. 21/4.

[20] P/COM/2/88. 据押送本顿维尔流放犯人至澳大利亚的流放船军官报告，许多犯人在获释后几天里会"歇斯底里般抽搐"并失声痛哭。有关从单独囚禁中获释的经历，见 Alexander Berkman, *Prison Memoirs of an Anarchist*, 1912。

[21] R. B. Pugh, *Imprisonment in Medieval England*, 1968; R. H. Tawney and Eileen Power, eds., *Tudor Economic Documents*, 1924, II, p. 332; Sidney Webb and Beatrice Webb, *English Prisons Under Local Government*, 1927, pp. 4—12.

[22] C. P. Hill, *Society and Puritanism in Pre-Revolutionary England*, 1964, p. 483; A. L. Beier, "Vagrants and the Social Order in Elizabethan England," *Past and Present* 64, August 1974; Frank Aydelotte, *Elizabethan Rogues and Vagabonds*, 1913; C. J. Ribton-Turner, *A History of Vagrants and Beggars and Begging*, 1887, pp. 120—121.

[23] J. T. Sellin, *Pioneering in Penology: The Amsterdam House of Correction in the Sixteenth and Seventeenth Centuries*, 1944.

[24] Ibid., frontispiece; Webb and Webb, *Prisons*, p. 4.

[25] Georg Rusche and Otto Kirchheimer, *Punishment and Social Structure*, 1939, p. 24; T. S. Ashton, *The Eighteenth Century*, 1955, p. 39; William A. Bonger, *Criminality and Economic Conditions*, 1916, pp. 246—290.

[26] Dudley W. R. Bahlman, *The Moral Revolution of 1688*, 1957; Leon Radzinowicz, *A History of English Criminal Law*, 1947—1956, II, p. 15; Robert Nelson, *An Address to Persons of Quality and Estate*, 1715; Sidney Webb and Beatrice Webb, *English Poor Law History*, 1927, I, pp. 91—110; Bristol Corporation, *An Account of the Proceedings of the Corporation of Bristol ... for the Better Employing and Maintaining of the Poor*, 1700; Thomas Firmin, *Some Proposals for the Employing of the Poor ...* , 1678; John Bellers, *Proposals for Raising a Colledge of Industry ...* , 1696; John Locke, "Report to the Board of Trade" (1696), in H. R. Fox-Bourne, *The Lift of John Locke*, 1876, II, pp. 377—391.

[27] Anon.,*An Account of Workhouses*, 1724, p. 1; Webb and Webb, *Poor Law History*,I,p.216.

[28] Dorothy Marshall, *The English Poor in the Eighteenth Century*, 1926, p. 128; Matthew Marryott, *An Account of Workhouses*, 1730; John Marriot, *A Representation of Some Mismanagements*

by Parish Officers, 1726.

[29] Richard Burn, *History of the Poor Laws*, 1764, p. 192; F. M. Eden, *The State of the Poor*, 1795, II, pp. 619—623; Marshall, *English Poor,* p. 153; Arthur Young, *A General View of the Agriculture of Suffolk*, 1794, appendix by Thomas Ruggles; Isaac Wood, *Some Account of the Shrewsbury House of Industry*, 1792.

[30] R. Potter, *Observations on the Poor Laws ...* , 1775; Webb and Webb, *Poor Law History*, I, pp. 139—143; Reports of the Committees of the House of Commons, 1715—1801, IX, Poor Law Committee Returns, 1775—1786.

[31] Jonas Hanway, *The Defects of Police...*,1775,p.134;Bentham Mss.,107/15 /48;John Howard,*An Account of the Principal Lazarettos of Europe*,1789,p.210; 霍华德反对“济贫院测试”，将其视为剥夺穷人受救济权的举动，见 Chapter 5, p. 111 above。

第二章 18世纪的刑罚

[1] *Proceedings*, Old Bailey, 1770—1774 (Harvard Law School Collection); 参见 J. M. Beattie, "Punishment in England, 1660—1800," an unpublished paper, 1972, on sentencing patterns in Surrey assize and sessions.

[2] *Proceedings*, 1763, session 3; 1764, session 4; 1767, session 6; 1771, session 1; 参见 George Rude, *Wilkes and Liberty*, 1962, pp. 65—103.

[3] Calendar of Home Office Papers, Geo. III, October 25, 1773.

[4] Douglas Hay, "Property, Authority and the Criminal Law," in Hay et al., *Albion's Fatal Tree*, 1975, pp. 17—64.

[5] Leon Radzinowicz, *A History of English Criminal Law*, 1947—1956, I, p. 4.

[6] E. P. Thompson, *Whigs and Hunters*, 1975, passim.

[7] William Blackstone, *Commentaries on the Laws of England*, 1769, IV, pp. 233—237.

[8] Thompson, *Whigs and Hunters*, p. 22.

[9] Blackstone, *Commentaries*, IV, p. 246; 及 Peter Linebaugh in Society for the Study of Labour History, *Bulletin*, no. 25, 1972。

[10] Radzinowicz, *History of Criminal Law*, I, p. 156.

[11] PRO/SP/44/92, *Criminal Letter Book*, April 8, 1775.

[12] John Howard, *An Account of the Principal Lazarettos of Europe*, 1789, table 1, Appendix; 关于赦免的运行和意识形态功能，见 Hay, "Property, Authority and Criminal Law"。

[13] Beattie, "Punishment," p. 4; J. S. Cockburn, *A History of English Assizes*, 1558—1714, 1972, p. 128.

[14] 有关教士特权，见 Blackstone, *Commentaries*, IV, p. 363; 关于侵入住宅 , 见 p. 240。

[15] Beattie, "Punishment," p. 38.

[16] Blackstone, *Commentaries*, IV, pp. 132, 241.

[17] Radzinowicz, *History of Criminal Law*, I, p. 150.

[18] Biackstone,*Commentaries* ,IV,p.390;Samuel Romilly, *Observations on a Late Publication...* ,1786, p. 42.

[19] Blackstone, *Commentaries*, IV, pp. 277—278; Richard Bum, *The Justice of the Peace and Parish Officer*, 1st ed., 1755, II, "Summary Justice."

[20] *Hansard*, XIX, March 29, 1811, col. 638.

[21] Radzinowicz, *History of Criminal Law*, II, p. 74.

[22] 心软的追诉人并非始于 18 世纪 50 年代。见 R. H. Tawney and Eileen Power, eds., *Tudor Economic Documents*, 1924, II, p. 341, 关于 1596 年时追诉人的请求。

[23] *Proceedings*, 1770—1774.

[24] lbid., 1770.

[25] Georg Rusche and Otto Kirchheimer, *Punishment and Social Structure*, 1939, p. 32.

[26] *Proceedings*, 1770—1774.

[27] Surrey R.O., QS/2/1/24, 1775.

[28] E. P. Thompson, "The Moral Economy of the Eighteenth Century Crowd," *Past and Present* 50, 1971, pp. 76—136.

[29] Place Mss., B. M. Add. Mss. 27826/178.

[30] Peter Linebaugh, "The Tyburn Riot Against the Surgeons," in Hay et al., *Albion's Fatal Tree*, pp. 65—118.

[31] C.L.R.O., Crooke, *Sermons*, 1695, p. 2.

[32] *Proceedings*, 1770.

[33] Ordinary of Newgate Account, June 16, 1693 (Guildhall Library Collection).

[34] Newgate *Calendar* or Malefactors' Bloody Register, London, 1773, IV, p. 79 (Guildhall Library Collection).《新门监狱日程》的编制者同意了治安官杰森要求军队撤回的决定，呼吁防范营救 Bosavem Penlez 的劫狱计划。

[35] Bemard Mandeville, *An Enquiry into the Causes of the Frequent Executions at Tyburn*, 1725, p. 33.

[36] William Paley, *Principles of Moral and Political Philosophy*, 1811 ed., p. 434; Radzinowicz, *History of Criminal Law*, I, p. 28.

[37] Olwen Hufton, *The Poor of Eighteenth Century France*, 1974, p. 221.

[38] John Fielding, *A Plan for Preventing Robberies Within Twenty Miles of London*, 1755; William Smith, *Mild Punishment Sound Policy*, 1778.

[39] David D. Cooper, *The Lesson of the Scaffold*, 1975.

[40] Blackstone, *Commentaries*, IV, pp. 277—278.

[41] Richard Burn,*Justice of the Peace and Parish Officer*, 1st ed., 1755, II, "Summary Justice."

[42] 17 Geo. II, cap. 5; 及 Radzinowicz, *History of Criminal Law*, III, pp. 68—71。

[43] W. E. Minchinton, ed., *Wage Regulation in Pre-Industrial England*, 1972, p. 11; C. P. Hill, *Reformation to Industrial Revolution*, 1967, pp. 40—41.

[44] "Report of the Committee ... Appointed to Consider the Several Returns ... ", April 1, 1779, House of Commons Papers, Geo. III, XXXI (Scholarly Resources Reprint Series, 1975), p. 8.

[45] J. M. Beattie,"The Pattern of Crime in England:1660—1800,"*Past and Present* 62,1974, p. 57.

[46] Blackstone, *Commentaries*, IV, pp. 174—75.

[47] Burn, *Justice of the Peace*, p. 445.

[48] Sidney Pollard, *The Genesis of Modern Management*, 1965, p. 31; D. S. Landes, *The Unbound Prometheus*, 1969, pp. 44, 54, 56, 71, 82, 118—119.

[49] T. S. Ashton, *The Eighteenth Century*, 1955, p. 102; Peter Linebaugh in Labour History Society, *Bulletin*, 1972; P.P. 1802—1803, V, p. 16.

[50] P.P. 1806, III, p. 101; Burn, *Justice of the Peace*, "Embezzlement."

[51] Ashton, *Eighteenth Century*, p. 210.

[52] P.P. 1802—1803, V, p. 16; Landes, *Unbound Prometheus*, p. 59; Ephraim Lipson, *A History of the Woollen and Worsted Industries*, 1921, p. 253.

[53] K. G. Ponting, *A History of the West of England Cloth Industry*, 1957, p. 115; J. de L. Mann, *The Cloth Industry in the West of England from 1640 to 1880*, 1971, p. 114.

[54] Henry Fielding, *An Enquiry into the Causes of the Late Increase of Robbers ...* , 1751, p. 15.

[55] Radzinowicz, *History of Criminal Law*, III, p. 67.

[56] "Report from the Committee Appointed to Make Inquiries Relating to the Employment, Relief and Maintenance of the Poor ... ," May 21, 1776, schedule 4, House of Commons Papers, Geo. III, XXXI (Scholarly Resources Reprint Series, 1975).

[57] 例如，见 G. O. Paul，*Address to the Justices of the Peace ...* , 1789, p. 49。

[58] John Howard, *The State of the Prisons in England and Wales ...* , 1777, appendix.

[59] Minchinton, *Wage Regulation*, p. 22; Hill, *Reformation to Industrial Revolution*, p. 39.

[60] Howard, *State of the Prisons*, pp. 235—241.

[61] P.P. 1814—1815, IV, pp. 18—19.

[62] Ibid., p. 21; Howard, *Lazarettos*, p. 219.

[63] Ibid., appendix.

[64] Howard, *State of the Prisons*, p. 35.

[65] Latimer, *Annals of Bristol: The Eighteenth Century*, p. 454.

[66] Howard, *State of the Prisons*, p. 4.

[67] House of Commons Repons, 1776, XXXI, schedule 4.

[68] Pollard, *Modern Management*, p. 46.

[69] Howard, *State of the Prisons*, p. 4.

[70] Jacob Ilive,*Reasons Offered for the Reformation of the House of Correction*,Clerkenwell, 1757; 及他的 *Scheme for the Employment of All Persons Sent as Disorderly to the House of Correction in Clerkenwell*, 1759。

[71] House of Commons Papers, Geo. III, XXXI, 1779, p. 8.

[72] J.H.C. XXXII, 1770, pp. 878—883.

[73] C.L.R.O., Gaol Committee, 1760, 1813, Accounts for Bread.

[74] House of Commons Papers, 1779, pp. 7—8.

[75] Howard, *Lazarettos*, p. 145.

[76] Geoffrey Mynshul, *Essays and Characters of a Prison and Prisoners*, 1618.

[77] P.P. 1813—1814, IV, p. 59; P.P. 1817, VII, p. 347.

[78] Howard, *State of the Prisons*, p. 14.

[79] Surrey R.O. QS 5 I 1, Committee Minute Books, 1769—1779, 1771.

[80] C.L.R.O., Small Mss. Box tr. 8. (1755).

[81] George Holford, *Thoughts on the Criminal Prisons of this Country*, 1821; Webb and Webb, *Prisons*, p. I I.

[82] Howard, *Lazarettos*, p. 233.

[83] Howard, *State of the Prisons*, p. 243; Ilive, *Reasons Offered*, p. 11.

[84] C.L.R.O., *Gaol Committee Papers*, Newgate, 1813, fee table; Surrey R.O. QS/2/24, Order Books,1775—1779; Anon., *An Accurate Description of Newgate*, 1724.

[85] Howard, *Lazarettos*, pp. 131—143; John Norris, *Shelburne and Reform*, 1963, pp. 202—229; 关于内政部的收费系统和官僚机制，见 H.O. 42/10。

[86] Beds. R.O. QGR/3/1849.

[87] Berks. R.O. Q/S0/24/ f. 38, 1772.

[88] 22 Geo. III, cap. 64, x.

[89] Gresham Sykes, The Society of Captives, 1958; Donald Cressey, ed., *The Prison: Studies in Institutional Organization and Change*, 1961.

[90] "Report from the Committee ... Appointed to Consider the Several Returns ... ," April I, 1779, House of Commons Papers, Geo. III, XXXI, (Scholarly Resources Reprint Series, 1975), pp. 363—391.

[91] C.L.R.O., Gaol Committee, Rough Minute Books, 1760—1765; 及 Misc. Mss. 249.12。

[92] 见 Schedule B Returns persuant to the Gaol Act, 4 Geo. IV cap. 64, P.P. 1830—1831, XII; P.P. 1835, XLIV.

[93] Howard, *State of the Prisons*, appendix.

[94] Robin Evans, "A Rational Plan for Softening the Mind: Prison Architecture in the 18th and 19th Centuries," unpublished Ph.D. thesis, Essex University, 1975, p. 74.

[95] P.P. 1836, XXXV, pp. 86—87.

[96] C.L.R.O., Misc. Mss. 249.12.

[97] Mandeville, *Enquiry*, p. 16.

[98] 关于囚犯的法律咨询，见 Thomas Wontner, *Old Bailey Experience*, 1833; Sydney Smith, "Counsel for Prisoners" in *Works*, II, 1854。

[99] Natalie Davis, "The Reasons of Misrule," in *Society and Culture in Early Modern France,* 1975, p. 97; E. P. Thompson, "Rough Music: Le Charivari anglais," *Annates E.S.C. 27*, 1972.

[100] T. F. Buxton, *An Inquiry Whether Crime and Misery Are Produced or Prevented by Our Present System of Prison Discipline*, 1818, pp. 48—49.

[101] *Hansard*, XXVIII, June 14, 1814, col.74.

[102] Buxton, *Inquiry*, p. 132.

[103] P.P. 1813—1814, IV, pp. 21—24.

[104] 引自 Anon., *Life of Howard*, 1790, p. 60。

[105] Place Mss., B.M. Add. Mss. 27826.

[106] Buxton, *Inquiry*, pp. 45—50; P.P. 1813—1814, IV, pp. 14—24; Howard, *State of the Prisons*, pp. 15—20; P.P. 1836, XXXV (Home District).

[107] John Wesley,*Journal*, 1913 ed., IV, p. 52; p. 416; VII, p. 41; Mandeville, *Enquiry*, pp. 15—20; J.H.C. XXI, 1728, cols. 274—283;Thomas Bray 的报告见 W. Hepworth Dixon, *John Howard and the Prison World of Europe*, 1849, introduction。

[108] Alexander Wedderburn (Earl of Rosslyn),*Observations on the State of the English Prisons*, 1793, p. 6.

第三章 爱的绳索，铁的桎梏：感化院的意识形态起源

[1] John Howard, *An Account of the Principal Lazarettos of Europe*, 1789, appendix.

[2] C.L.R.O., Misc. Mss. 185.6; Gaol Committee, 1750—1755; S. T. Janssen, *A Letter to the Gentlemen of the Committee Appointed ... for the Rebuilding of Newgate*, 1767.

[3] C.L.R.O., Misc. Mss. 185.6;T. A. Marcus, "The Pattern of the Law," *Architectural Review* 116, October 1954.

[4] C.L.R.O., Misc. Mss. 185.6.

[5] John Pringle, *Observations on the Nature and Cure of Hospital and Jayl Fevers,* 1750; 及他的 *Observations on the Diseases of the Army*, 1775。

[6] J. H. Hutchins, *Jonas Hanway*, 1712—1186, 1940, p. 16.

[7] James Lind, *An Essay on the Most Effectual Means of Preserving the Health of Seamen in the Royal Navy*, 1762; Howard, *Lazarettos,* pp. 181—183.

[8] Hugh Amory, "Henry Fielding and the Criminal Legislation of 1751—1752," *Philological Quarterly* 50, no. 2, April 1971, pp. 178—179.

[9] Henry Fielding, *A Proposal for Making Effectual Provision for the Poor*, 1753, p. 71.

[10] Ibid., pp. 153—154.

[11] J.H.C. XXXII, 1770, cols. 878—893.

[12] 较之 1760 年至 1764 年，1770 年至 1774 年在老贝利收押待审的人数增加了 70%。Old Bailey *Proceedings*, 1760—1775.

[13] Geo. III, cap. 59.

[14] C.L.R.O., Misc. Mss., 85.2; Surrey R.O. QS/5/1, Gaol Committee Minute Books, 1769—1779; *Hansard*, XVI, April 10, 1770, cols. 929—943.

[15] Calendar of Home Office Papers, Geo. III, October 25, 1773.

[16] William Eden, *Principles of Penal Law*, 1771, p. 32.

[17] John Aikin, *A View of the Character and Public Services of the late John Howard*, 1792, p. 9.

[18] Ibid., p. 43.

[19] Waldegrave Mss., Howard to Whitbread, Vienna, October 12, December 16, 1786.

[20] John Field, *The Correspondence of John Howard*, 1855, p. 26; Aikin, *View*, p. 46.

[21] Benjamin Rush, *Medical Inquiries and Observations on the Diseases of the Mind*,1812, p. 355.

[22] Bodleian Misc. Eng. Mss. e. 401, 1789.

[23] Ibid.

[24] J. B. Brown, *Memoirs of the Public and Private Life of John Howard,The Philanthropist*, 1818, p. 84.

[25] Bodleian Misc. Eng. Mss., e. 399.

[26] Henry Fielding, *An Enquiry into the Causes of the Late Increase of Robbers ...* , 1751, p. 71.

[27] W. A. Guy, "John Howard as Statist," *Journal of the Royal Statistical Society* 36, 1873, pp. 3—16.

[28] Howard, *State of the Prisons*, p. 40.

[29] J. P. Vilain, *Memoire sur les moyens de coriger les malfoiteurs et les faineants*, Brussels (1774), 1841 ed. 维兰的一份副本流入了格洛斯特监狱改革家 G. O. 保罗的藏书室。

[30] Gloucs. R.O., Paul Mss. Library Inventory D 589.

[31] Emmanuel Chill, "Religion and Mendicity in Seventeenth Century France," *International Review of Social History* 7, 1962, pp. 400—425; H. O. Evennett, *The Spirit of the Counter-Reformation*, 1968.

[32] Aikin, *View*, p. 97.

[33] Anon., *Hanging Not Punishment Enough* (1711), 1812 ed., p. 23.

[34] 见 W. Hepworth Dixon, *John Howard and the Prison World of Europe*, 1849, introduction.

[35] Bemard Mandeville, *An Enquiry into the Causes of the Frequent Executions at Tyburn*, 1725, p. 16.

[36] Jacob llive, *Reasons Offered for the Reformation of the House of Correction*, Clerkenwell, 1757, p.41;H. Fielding, *A Proposal*, pp. 153—54; Joseph Butler, *Fifteen Sermons*, 1792 ed., pp. 40—65.

[37] Hutchins, *Hanway*, pp. 16—30.

[38] Jonas Hanway, *Solitude in Imprisonment*, 1776, p. 118.

[39] Waldegrave Mss., *Howard to Whitbread*, May 25, 1788; Aikin, *View*, p. 188.

[40] John Wesley, "The Great Assize," preached before the assizes held at Bedford, March 10, 1758, in Wesley's *Standard Sermons*, ed. by E. H. Sugden (1921), 1945 ed.

[41] Bodleian Misc. Eng. Mss. e. 401, 1789.

[42] Howard, *State of the Prisons*, p. 12.

[43] Ibid.

[44] Bodleian Misc. Eng. Mss. e. 401, 1789.

[45] Howard, *Lazarettos*, p. 221.

[46] W. L. Bowles, *Sonnets and Other Poems*, 1794, p. 49.

[47] Elizabeth Isichei, *Victorian Quakers*, 1970, pp. xx—xxi; E. D. Bebb, *Nonconformity and Social and Economic Life, 1660—1800*, 1935, pp. 60—70.

[48] John Bellers, *Proposals for Raising a Colledge of Industry ...* , 1696; Samuel Tuke, *Description of the Retreat, An Institution Near York for Insane Persons of the Society of Friends*, 1813; Philadelphia, *Report of the Society for Alleviating the Misery of Public Prisons*, 1786.

[49] Arthur Raistrick, *Quakers in Science and Industry* (1950), 1968 ed., pp. 290—301.

[50] Howard, *Lazarettos*, p. 133.

[51] 参见 J. C. Lettsom, *Of the Improvement of Medicine in London on the Basis of Public Good*, 2nd ed., 1775, 及他的 *Hints Respecting the Prison of Newgate*, 1794。

[52] J. M. Good, *A Dissertation on the Diseases of Prisons and Poorhouses*, 1795, p. 27.

[53] Daniel La yard, *Directions to Prevent Jail Distemper*, 1772, pp. 5—6.

[54] Benjamin Rush, *The Autobiography of Benjamin Rush*, ed. by G. W. Comer, 1948, p. 94; David Hartley, *Observations on Man* (1749), 1792 ed.

[55] Thomas Percival, *Medical Ethics*, 1803, pp. 128—129.

[56] Jonas Hanway, *The Neglect of the Effectual Separation of Prisoners and the Want of Good Order and Religious Economy in our Prisons* ... , 1784, p. 4.

[57] William Turner, "An Essay on Crimes and Punishments" (1784), in *Memoirs of the Literary and Philosophical Society of Manchester, II*, 1785; A. E. Musson and Eric Robinson, *Science and Technology in the Industrial Revolution*, 1969, p. 196; Brian Simon, *Studies in the History of Education*, 1960, pp. 18—32.

[58] Neil McKendrick, "Wedgwood and His Friends," *Horizon 1*, no. 5, May 1959, pp. 88—96, 128—130; Arthur Raistrick, *Dynasty of Iron Founders: The Darbys and Coalbrookdale*, 1953, p. 98; Eric Roll, *An Early Experiment in Industrial Organization*, 1930; S. D. Chapman, T*he Early Factory Masters*, 1967, p. 196.

[59] R. S. Fitton and A. P. Wadsworth, *The Strutts and the Arkwrights*, 1958, pp. 97—98; Chapman, *Factory Masters*, p. 157; Neil McKendrick, "Josiah Wedgwood and Factory Discipline," *The Historical Journal* 4, no. 1, 1961, pp. 30—55.

[60] P.P. 1815, III, p. 217.

[61] McKendrick, "Wedgwood and Factory Discipline," p. 34.

[62] McKendrick, "Wedgwood and His Friends," pp. 90—94.

[63] Aikin, *View,* p. 229; John Fothergill, *Chain of Friendship*: *Selected Letters of Dr. John Fothergill of London, 1735—1780*, ed. by Betsy C. Comer and Christopher C. Booth, 1971, p. 492; *Christopher Wyvill, Political Papers,* IV, 1794, pp. 236—237; Caroline Robbins, *The Eighteenth Century Commonwealthman*, 1961, p. 354.

[64] John Jebb, *Thoughts on the Construction and Polity of Prisons*, 1785.

[65] lan Christie, *Wilkes, Wyvill and Reform*, 1962, p. 85; Josiah Domford, *Nine Letters ... to the Lord Mayor and Aldermen of London*, 1786; William Smith, *State of the Gaols in London, Westminster* ... , 1776; 关于史密斯见 Surrey R.O. QS 2/1/25; William Blizard, *Desultory Reflections on Police*, 1785; 参见 D.N.B.。

[66] A. G. Olson, *The Radical Duke*, 1961, pp. 52—54; West Sussex R.O. QAP/4, 1778.

[67] Anthony Lincoln, *Some Political and Social Ideas of English Dissent*, 1763—1800, 1938, pp. 24—25.

[68] Aikin, *View*, pp. 58—64.

[69] Robbins, *Commonwealthman*, p. 336.

[70] Bemard Bailyn, *The Ideological Origins of the American Revolution*, 1967, pp. 40—41.

[71] 引自 Lincoln, *Dissent*, p. 133。

[72] Fothergill, *Chain of Friendship*, p.492; 及他的 "Considerations Relative to the North American Colonies"(1765) 和 "An English Freeholder's Address to his Countrymen" (1779) in *Works*, ed. byJ. C.Lettsom, 1803, pp. 444—483; Richard Price, *Observations on the Nature of Civil Liberty*, 1776, pp. 14, 73; Joseph Priestley, *An Address to the Dissenters on the Subject of the Difference with America*, 1775。

[73] John Norris, *Shelburne and Reform*, 1963, p. 83; Joseph Priestley, *Memoirs: Written by Himself to the Year 1795*, 1902 ed., pp. 47—54.

[74] Samuel Romilly, *Letters Containing An Account of the Late Revolution in France*, 1792; *Thoughts on the Probable Influence of The French Revolution on Great Britain*,1790.

[75] Romilly, *Memoirs of the Life of Sir Samuel Romilly Written by Himself ...* , 1840, I, p. 227.

[76] Priestley, *Memoirs*, p. 47.

[77] Bodleian Misc. Eng. Mss. e. 399.

[78] Aikin, *View*, p. 225.

[79] Robbins, *Commonwealthman*, p. 7; Lincoln, *Dissent*, p. 2.

[80] Hartley, *Observations on Man*, pp. 15—17.

[81] Jeremy Bentham, *Letter to Lord Pelham*, 1802, p. 5; *Panopticon*, 1791, p. 40; Samuel Denne, *Letter to Sir Robert Ladbroke ...* , 1771, pp. 58—59.

[82] James Burgh, *Political Disquisitions* , III, 1775, pp. 176—78.

[83] Bentham, *Letter to Lord Pelham*, p. 6; Robert Owen, *A New View of Society ...* , 1813, p. 95; McKendrick, "Wedgwood and Factory Discipline," p. 34.

[84] Julia Wedgwood, *The Personal Life of Josiah Wedgwood*, 1915, p. 295.

[85] Bentham, *Letter to Lord Pelham*, p. 6.

[86] P. J. G. Cabanis, *Sketch of the Revolutions of Medical Science and Views Relating to its Reform*, 1806, pp. 304—311; Claude Adrien Helvetius, *A Treatise on Man*, 1777 ed., II, pp. 440—447; Cabanis, *Rapports du physique et du moral de l'homme*, 1830 ed., I, p. 455.

[87] Offray de la Mettrie, *Man a Machine*, 1750 ed., pp. 43—44; Harvey Mitchell, "Nature, Knowledge and Power: Hospital Reform, Poverty and Medicine in France, 1774—1800," unpublished paper, 1977, University of British Columbia; Michel Foucault et al., *Les Machines a Guirir: Aux origines de l'hopital moderne*, 1976; L. S. Greenbaum, "Health Care and Hospital Building in France: Reform Proposals of Dupont de Nemours and Condorcet," *Studies in Voltaire and the Eighteenth Century* 152, no. 2, 1976, pp. 895—930; Jean-Pierre Peter, "Disease and the Sick at the End of the Eighteenth Century," in Robert Forster and Orest Ranum, eds., *Biology of Man in History*, 1975, pp. 85—124.

[88] Philippe Pinel, *A Treatise on Insanity*, 1806 ed.; M. Foucault, *Madness and Civilization*, 1965.

[89] Tuke, *Description of the Retreat*; Kathleen Jones, *Lunacy, Law and Conscience*, 1955; William Parry-Jones, *The Trade in Lunacy*, 1972.

[90] Nathan G. Goodman, B*enjamin Rush: Physician and Citizen*, 1934; Sarah Reidman and C. C. Green, *Benjamin Rush*, 1964.

[91] Benjamin Rush, *An Enquiry into the Influence of Physical Causes upon the Moral Faculty*

(1786), 1839 ed., p. 21.

[92] Rush, *Autobiography*, p. 80; David Rothman, *The Discovery of the Asylum*, 1971, pp. 92—93.

[93] Duke de La Rochefoucauld-Liancourt, *A Comparative View of Mild and Sanguinary Laws*, 1796, p. 20.

[94] Goodman, *Rush*, p. 267.

[95] Hanway, *Defects of Police*, p. xii.

[96] Bentham, *Rationale of Punishment*, p. 28.

[97] G. O. Paul, *Considerations on the Defects of Prisons*, 1784, p. 50.

[98] Turner, "Essay on Crimes and Punishments."

[99] John Locke, *An Essay Concerning Human Understanding,* ed. Peter H. Nidditch, I, iii, 5—12.

[100] Robbins, *Commonwealthman*, p. 14.

[101] Butler, *Fifteen Sermons*, p. 47.

[102] J. L. Axtell, ed., *The Educational Writings of john Locke*, 1968, p. 177.

[103] 引自 H. Fielding, *A Proposal*, p. 77.

[104] Locke, *The Second Treatise of Government* (1698), Laslett ed., 1968, II, 8; VI, 85.

[105] Howard, *Lazarettos*, p. 222.

[106] John Brewster, *On the Prevention of Crimes*, 1792, pp. 4—5.

[107] Eden, *Principles*, p. 13; Romilly, *Life*, II, p. 486.

[108] Price, *Observations*, p. 14.

[109] Benjamin Rush, *An Enquiry into the Effects of Public Punishments and upon Society*, 1787, p. 13; 及他的 *Considerations on the Injustice and Impolicy of Punishing Murder by Death*, 1792。

[110] Price, *Observations*, p. 6; Joseph Priestley, *Lectures on History and General Policy*,1826, ed., pp. 342—344.

[111] Burgh, *Disquisitions*, p. 216.

[112] John Howard, *The State of the Prisons in England and Wales ...* , 1777, p. 39.

[113]Ibid., pp. 39—40.

[114]Brewster, *On the Prevention of Crimes*, pp. 4—5.

[115] Jeremy Bentham, *Rationale of Punishment*, 1830, p. 21; A. C. Ewing, *The Morality of Punishment*, 1929, p. 5; H. L. A. Hart, *Punishment and Responsibility*, 1968, p. 10.

[116] Brewster, *Sermons for Prisons*, 1790, p. 15.

[117] Bentham, *Rationale of Punishment*, p. 82.

[118] Joseph Priestley, *An Essay on the First Principles of Government*, 1768, p. 129; *Lectures on History*, p. 398; William Godwin, *Enquiry Concerning Political Justice*, ed. by K. C. Carter, 1971, p. 68.

[119] 有关刑罚作为国家主要工具的核心地位，见 Locke, *Second Treatise*, I, 6。

[120] Jebb, *Prisons*, p. x; Hutchins, *Hanway*, p. 35.

[121] Society for Bettering the Condition of the Poor, *Reports*, 1798, p. xii; Eileen Yeo, "Social Science and Social Change: A Social History of Social Science and Social Investigation in Britain, 1830—1890," unpublished Ph.D. thesis, University of Sussex, 1972, for discussion of Bernard;

David E. Owen, *English Philanthropy, 1660—1960*, 1964, p. 97.

[122] G. O. Paul, *An Address to His Majesty s Justices of the Peace ...* , 1809, p. 48.

[123] Howard, *Lazarettos*, p. 174; Beds. R.O. PE 254/1801; Berks. R.O. QAG/3 f I; Lanes. R.O. QGV/2/2/1793; 这里有早期感化院的例子。

[124] Bentham, *Panopticon*, p. 39.

[125] Brewster, *On the Prevention of Crimes*, p. 27.

[126] Hanway, *Solitude in Imprisonment*, p. 141.

[127] Mettrie, *Man a Machine*, p. 43.

第四章 布道的高墙：现实中的感化院

[1] J.H.C., 1778, XXXVI, cols. 926—932; J.H.C., 1799, XXXVII, cols. 306—314.

[2] J.H.C., XXXVI, 1778, cols. 926—932.

[3] *Proceedings*, Old Bailey, 1760—1794.

[4] J.H.C., 1779, XXXVII, cols. 306—314.

[5] John Howard, *An Account of the Principal Lazarettos of Europe*, 1789, p. 232.

[6] *Proceedings*, Old Bailey, 1775—1785.

[7] J. M. Beattie, "The Pattern of Crime in England: 1660—1800," *Past and Present* 62, 1974, p. 93.

[8] Phyllis Deane and W. A. Cole, *British Economic Growth, 1688—1959*, 1969.

[9] Leon Radzinowicz, *A History of English Criminal Law*, 1947—1956, III, pp. 1—11.

[10] Jonas Hanway, *The Defects of Police ...* , 1775, pp. xxii—xxiii.

[11] Hanway, *Solitude in Imprisonment*, 1776, p. 141.

[12] Ibid., p. 63.

[13] Hanway, *Defects of Police*, p. 11.

[14] Patrick Colquhoun, *A Treatise on the Police of the Metropolis*, 1797, p. 32.

[15]William Blizard, *Desultory Reflections on Police*, 1785, p. 30.

[16] 有关奢侈的社会影响的讨论起源于何处，见 Dudley W. R. Bahlman, *The Moral Revolution of 1688*, 1957; Radzinowicz, *History of Criminal Law*, II, p. 15; Robert Nelson, *An Address to Persons of Quality and Estate*, 1715; Joseph Butler, *Fifteen Sermons*, 1792 ed.; Ellen Ross, "The Debate on Luxury in Eighteenth Century France," unpublished Ph.D. dissertation, University of Chicago, 1975。

[17] Reports of the Committees of the House of Commons, 1715—1801, IX, 1776—1786, Poor Law Returns.

[18] Howard, *Lazarettos*, p. 247.

[19] H.O. 42/4, January 19, 1784.

[20] H.O. 42/3, August 6, 1783.

[21] H.O. 42/3, November 10, 1783.

[22] H.O. 42/4, January 26, 1784.

[23] H.O. 42/5, July 25, 1784; G. O. Paul, *Considerations on the Defects of Prisons*, 1784, pp.

3—12; Gloucs. R.O., R.O.L., C/5, "Proceedings of a Committee ... ", 1783.

[24] Blizard, *Desultory Reflections,* p. 5.

[25] S.P. 37/15, September 20, 1781.

[26] H.O. 42/5, December 14, 1784.

[27] H.O. 42/4.

[28] H.O. 42/8, May 23, 1786.

[29] H.O. 42/7, July 20, 1785.

[30] H.O. 42/1, September 23, 1782.

[31] *Proceedings*, Old Bailey, 1780—1785.

[32] P.P. 1818, XVI, p. 183.

[33] *Proceedings*, Old Bailey, 1783, VII.

[34] Martin Madan, *Thoughts on Executive Justice ...* , 1785, p. 137; Samuel Romilly, *Observations on a Late Publication ...* , 1786.

[35] S.P. 37/15, f. 474, September 20, 1781; 有关18世纪80年代大规模处决的回忆，见P.P. 1816, V, p. 145。

[36] William Paley, *Principles of Moral and Political Philosophy*, 1811 ed., p. 436.

[37] Barnard Turner and Thomas Skinner, *Account of the Alterations and Amendments in the Office of Sheriff*, 1784, p. 23.

[38] Colquhoun, *Treatise on Police*; 及House of Commons Select Committee Report on Finance, 28, 1798, Police and Convict Establishment, pp. 45—51; Radzinowicz, *History of Criminal Law*, III, pp. 270—271。

[39] G. O. Paul, *Address to the Justices of Gloucester*, 1789, pp. v—vi.

[40] 参见Howard, *Lazarettos*, p. 221。

[41] 19 Geo. III, cap. 74.

[42] P.P. 1819, VIII, Appendix, Criminal Law Committee.

[43] *Loc. cit.*

[44] H.O. 42/6 2nd Rep. Committee on Transportation, 1785; *Hansard*, XXV, March 16, 1785, col. 391; J.H.C., 1779, XXXVII, cols. 306—314; 关于霍华德对于植物湾计划的看法，见Waldegrave Mss., *Howard to Whitbread*, May 25, 1788, January 18, 1787。

[45] H.O. 43/1, August 24, 1782, Wright to Secretary of State.

[46] *Proceedings*, Old Bailey, 1789, VI, IV.

[47] H.O. 42/6.

[48] 见Table 1。

[49] Harrowby Mss., Westbrook-Hay Papers, XCIV; Jeremy Bentham, *A View of the Hard Labour Bill*, 1778; Bentham Mss., 116 (a); 19 Geo. III, cap. 74.

[50] John Howard, *The State of the Prisons* in England and Wales ... , 1777, pp. 40—44.

[51] William Blackstone, *Commentaries on the Laws of England* (1769), 1813 ed., IV, p. 437.

[52] Harrowby Mss., Westbrook-Hay Papers, XCIV, f. 38.

[53] Ibid., July 1, 1781, Thomas Bowdler to unnamed correspondent.

[54] H.O. 42/6, January 14, 1785, T. B. Bayley to Secretary of State.

[55] James Neild, *The State of the Prisons*, 1812, appendix 1.

[56] W. Sussex R.O. QAP/4/WE 1.

[57] *Loc. cit.*

[58] Sidney Webb and Beatrice Webb, *English Prisons Under Local Government*, 1927, pp. 54—55; West Sussex, R.O. QAP/4/2; QAP/5/W 1—7; QAP/5/W 15.

[59] Middlesex R.O. MA/G/GEN, 1790—1795.

[60] William Morton Pitt, *A Plan for the Improvement of the Internal Police of Prisons*, 1804.

[61] Thomas Beevor, "Account of the Origins ... of the Penitentiary at Wymondham in Norfolk," *Annual Register*, 1786, pp. 87—94.

[62] Thomas Percival, *Biographical Memoirs of the late T. B. Bayley*, 1802; H.O. 42/8, January 22, 1786; H.O. 42/4, January 26, 1784.

[63] John Aikin, *Description of the Country from 30 to 40 Miles Round Manchester*, 1795, pp. 201, 285.

[64] Ibid., p. 285.

[65] Bristol R.O. Bright Mss., *Papers Relating to the Rebuilding of Newgate*, 1788—1795, 11168 (70); Anon., *Address to the Citizens of Bristol Concerning the Repeal of the Obnoxious Jail Bill*, 1792; Anon., *Reply to the Delegates of the Several Parishes*, 1792; 关于格洛斯特的类似争议，见 Anon., *Some Observations on the Bill ... Erecting a Gaol in ... Gloucester*, 1780。这是市立监狱，不是保罗修建的郡监狱。

[66] E. A. L. Moir, "Sir George Onesiphorus Paul," in H. P. R. Finberg, ed., *Gloucestershire Studies*, 1957; Gloucs. R.O. Paul Mss., *Sotheron Estcourt Mss*.

[67] P.P. 1807, I; P.P. 1813—1814, IV, p. 88.

[68] Howard, *State of the Prisons*, "Gloucester."

[69] H.O. 42/3, 20 November 1783; H.O. 42/5, July 25, 1784.

[70] Paul, *Considerations*.

[71] Gloucs. R.O., R.O.L. C/5.

[72] J. R. S. Whiting, "Prison Reforms in Gloucestershire, 1776—1820," unpublished Ph.D. thesis, Bristol University, 1974.

[73] Paul, Considerations, p. 8.

[74] P.P. 1810—1811, III, p. 44.

[75] G. O. Paul, *An Address to His Majesty's Justices of the Peace ...* , 1809, p. 80.

[76] Whiting, "Prison Reforms in Gloucestershire," pp. 100—164.

[77] Gloucs. R.O., QAG/2—7.

[78] Howard, *Lazarettos*, p. 169.

[79] Berks, R.O. QAG 3/1; QSO/6—8.

[80] Gloucs. R.O. QGC/11, 1818.

[81] Moir, "G. O. Paul," pp. 212—213.

[82] Gloucs. R.O. QGC/11, 1815.

[83] Paul, *Address ...* (1809), p. 48.

[84] Ibid., p. 53.

[85] Paul, *Considerations*, p. 54.

[86] P.P. 1819, VII, p. 388.

[87] *Gloucestershire General Regulations for the Inspection and Controul of Prisons*, 1790, p. 25.

[88] Gloucs. R.O. QGC/1, 1791.

[89] *General Regulations*, p. 26; 及 Webb and Webb, *English Prisons*, p. 103, quoting Chester Gaol regulations。

[90] Gloucs. R.O. QAG/11, 1792.

[91] Gloucs. R.O. QAG/12, 1792; QAG/11, 1793, 1794.

[92] Harrowby Mss., XXXIV, Papers Relating to Stafford Gaol, 1793; 见 J. T. Becher, *A Report on Southwell House of Correction*, 1806, p. 7, 讲述了人员方面的困难。

[93] Oxfordshire R.O. QSB 1786, Michaelmas Session.

[94] Robert Owen, *Life of Robert Owen written by himself*, 1857.

[95] Neil McKendrick, "Josiah Wedgwood and Factory Discipline," *The Historical Journal* 4, no. 1, 1961, p. 39.

[96] Gloucs. R.O. QAG/12, 1792.

[97] P.P. 1819, VIII, pp. 386—389; P.P. 1810—1811, III, p. 30.

[98] P.P. 1837—1838, XXX, 3d. Rep. (Home D.), p. 42.

[99] Paul, *Address to the Justices of Gloucester,* 1789, p. 49.

[100] Paul, *Address ...* (1809), endpaper.

[101] K. G. Ponting, *A History of the West of England Cloth Industry*, 1957, p. 118; Ephraim Lipson, *History of the Woollen and Worsted Industries*, 1921, p. 253; P.P. 1802—1803, V, p. 15; P.P. 1806, III, p. 100.

[102] Paul, *Address ...* (1809), pp. 45—46.

[103] *Victoria County History of Gloucester*, 1909, p. 175.

[104] Paul, *Address ...* (1809), p. 129.

[105] Gertrude Himmelfarb, "The Haunted House of Jeremy Bentham," in her *Victorian Minds*, 1968.

[106] Bentham, *Panopticon*, p. 56.

[107] 22 Geo. III, cap. 83.

[108] Bentham, *A View,* p. 25.

[109] Bentham, *Panopticon*, p. 1.

[110] P.P. 1810—1811, III, pp. 12—13.

第五章 辉格党、雅各宾派和巴士底狱：受到攻击的感化院

[1] Thomas Percival, *Observations on the State of Population in Manchester*, 1789, p. 19.

[2] The Society for Bettering the Condition of the Poor, *Reports*, II, appendix, p. 79.

[3] Elizabeth L. Hutchins and Amy Harrison, *A History of Factory Legislation*, 1911, p. vii; 42

Geo. III, c. 73.

[4] A. W. Coats, "Economic Thought and Poor Law Policy in the Eighteenth Century," *Economic History Review* 13, no. 1, 1960.

[5] F. M. Eden, *The State of the Poor*, 1795, II, pp. 463—471; Arthur Young, *A General View of the Agriculture of Suffolk*, 1794, appendix by Thomas Ruggles.

[6] John Howard, *An Account of the Principal Lazarettos of Europe*, 1789, p. 210.

[7] Joseph Townshend, *A Dissertation on the Poor Laws*, 1786.

[8] Joseph Priestley, *An Essay on the First Principles of Government*, 1768, pp. 65—81.

[9] John Locke, *The Second Treatise of Government* (1698), Laslett ed., 1968, II, 8; IV, 23.

[10] William Godwin, *Enquiry Concerning Political Justice*, ed. by K.C.Carter, 1971, p.247.

[11] Ibid., p. 247.

[12] Ibid., p. 271.

[13] 32 Geo. III. cap. 53; Leon Radzinowicz, *A History of English Criminal Law*, 1947—1956, III, pp. 67—71.

[14] *Hansard,* XXIX, May 23, 1792, cols. 1464—1475.

[15] Samuel Romilly, *Observations on a Late Publication ...* , 1786, p. 102.

[16] Samuel Romilly, *Letters Containing an Account of the Late Revolution in France*, 1792.

[17] D. E. Swift, *J. J. Gurney*, 1962, p. 9.

[18] Gloucs. R.O., Paul Mss., D 589, Paul to Sir W. Guise, April 30, 1809.

[19] Anon., *Gloucester Bastile!!! Pathetic Particulars of a Poor Boy Sentenced to Suffer Seven Years in Solitary Confinement in Gloucester Gaol*, 1792.

[20] G. O. Paul, *An Address ...* , 1809, appendix 1; Court of King's Bench, June 20, 1803, R. vs. Ridgway; 有关 1808 年的诽谤案，见 Gloucs. R.O., *Sotheron-Estcourt Mss.*, D 1571, Paul to Thos. Estcourt, undated。

[21] Simon Maccoby, *English Radicalism*, *1786—1832*, 1955, pp. 73—147. 有关罗米利的庭审工作，见 Anon., *The Trial of John Binns ... for Sedition*, 1797; 及 E. P. Thompson, *The Making of the English Working Class*, 1963, pp. 80—82。

[22] R. B. Sheridan, *Speeches*, 1842, III, p. 366.

[23] John Binns, *Recollections of the Life of John Binns*, 1854, p. 163.

[24] William Eden, *Principles of Penal Law*, 1771, p. 133; George Rude, *Hanoverian London*, 1971.

[25] George Rude, *Wilkes and Liberty*, 1962, p. 52; J. C. Lettsom, *Hints Respecting the Prison of Newgate*, 1794, p. 2, 关于乔治 • 戈登勋爵的内容。

[26] Gloucs. R.O. D 24541119; J. R. S. Whiting, "Prison Reforms in Gloucestershire: 1776—1820," Ph.D. thesis, University of Bristol, 1974, p. 19; Thompson, *Making of the English Working Class*, p. 175.

[27] H.O. 43/11, f. 151,459, 491; Gloucs. R.O. QAG/11, 1801. Binns, *Recollections*, pp. 153—155.

[28] "Gilbert Wakefield," D.N.B.

[29] Wakefield, *Memoirs of the Life of Gilbert Wakefield*, 1804, II, pp. 270—271.

[30] Ibid., p. 274; Dorset R.O. DI60X 49; William Morton Pitt, *A Plan for the Improvement of the Internal Police of Prisons*, 1804; M. B. Weinstock, "Dorchester Model Prison, 1791—1816," in *Dorset Natural History and Archaeological Society Proceedings* 78, 1956.

[31] 关于德斯帕德上校，见 Francis Place, *Autobiography*, ed. by Mary Thale, 1972, p. 142; J.H.C. LIV, 441—467, April 1, 1799; Marianne Elliott, "The Despard Conspiracy Reconsidered," *Past and Present* 75, May 1977, pp. 46—62。

[32] Samuel Glasse, *The Sinner Encouraged to Repentance ...* , 1794, p. 8.

[33] Ibid., p. 16.

[34] H.O. 42/45, October 26, 1798; Anon., *An Impartial Statement of the Cruelties Discovered in Coldbath Fields Prison*, 1800, p. 14.

[35] James Neild, *The State of the Prisons*, 1812, p. 600; P.P. 1814—1815, XI, Papers Relating to Gloucester Gaol; Gloucs. R.O. QGC/11, 1809—1818.

[36] London Corresponding Society, *Moral and Political Magazine*, II, January 1797, pp. 26—29, Beinecke Library Coli., Yale Univ. 感谢爱德华 • 汤普森先生提供的这条参考。

[37] J.H.C. LIV, pp. 441—467, April 19, 1799; Middlesex R.O. MJ/SP, 1798, Ap. 130—133.

[38] J.H.C. LIV, pp. 441—467, 1799.

[39] Frank O'Gorman, *The Whig Party and the French Revolution*, 1967; Charles James Fox, *Speeches*, 1815, V, p. 277.

[40] *Hansard*, XXXV, July 22, 1800, cols. 463—467.

[41] Reports from the Committee of Secrecy, 1798—1801, appendix 8, in Reports of the Committees of the House of Commons, 1798.

[42] Middlesex R.O. MA/G /GEN /450, December 1798.

[43] *Morning Chronicle*, December 22, 1798; Anon., *The Secrets of the English Bastille*, 1799, p. 7.

[44] Robert Isaac Wilberforce and Samuel Wilberforce, *The Life of William Wilberforce: By His Sons*, 1839, II, p. 321; Burdett-Coutts Mss., Bodleian Misc. Eng. Hist. Mss., c. 295.

[45] Bodleian Misc. Eng. Hist. Mss. c. 296.

[46] Thomas Hardy, *Memoir,* 1832, p. 15.

[47] "Jacob Bryant," D.N.B.; David E. Owen, *English Philanthropy,1660—1960,* 1964, p. 93.

[48] J.H.C. LIV, 441—467, April 1799.

[49] "An Impartial Statement"; *The Times*, July 12, 1800.

[50] *The Times*, August II, 1800; *Morning Chronicle*, August 16, 1800.

[51] Annual Register, XLIV, 1800, pp. 26—27; *Cambridge lntelligencer*, 23 August 1800; *London Observer*, August 17, 1800; *The Times*, August 16, 1800; H.O. 42/50, R. Baker to Secretary of State, August 15, 1800. 感谢约翰 • 布施斯特德与我分享他的资料。

[52] *The Times*, December 26, 1800.

[53] *The Times*, July 13, 1802.

[54] *Morning Chronicle*, July 20, 1802.

[55] *The Times*, July 14, 1802.

[56] Society for Preserving Liberty and Property Against Republicans and Levellers, Association

Papers, I, 1793, p. 16.

[57] Hannah More, *Village Politics*, 2nd ed., 1792, p. 5.

[58] Anon., *Considerations on the Late Elections*, 1802, p. 43.

[59] H.O. 42/65, July 18, 1802; *The Times*, July 20, 1802.

[60] *The Times*, July 16, 1802.

[61] M. W. Patterson, *Sir Francis Burdett and His Times*, 1931, I, pp. 55—58.

[62] *The Times*, July 30, 1802; *Annual Register*, XLIV, 1802, pp. 184—186; *Morning Chronicle*, July 30, 1802.

[63] "Alexander Stephens," D.N.B.; Alexander Stephens, *Memoirs of Horne Tooke*, 2 vols., 1805.

[64] *Hansard*, X, Feb. 18, 1808, cots. 662—665; P.P. 1808, IX, Papers Relating to Coldbath Fields.

[65] P.P. 1808, IX; H.O. 42/217.

[66] *Hansard*, X, March 17, 1808.

[67] P.P. 1809, IV: Commission on Coldbath Fields; 及 H.O. 42/217。

[68] *1811 Dictionary of the Vulgar Tongue*, 1971 ed.

[69] P.P. 1818, VIII, p. 184; G. L. Chesterton, *Revelations of Prison Life*, I, 1856, p. 22.

[70] Henry Mayhew, *Criminal Prisons of London*, 1861, p. 302.

[71] "Paupers' Palace," in *The Penny Satirist*, May 1842.

[72] 引自 Richard Phillips, *A Letter to the Livery of London*, 1808, p. 253。

[73] P.P. 1816, XVIII, Papers Relating to Petworth. H. G. 贝内特揭露，有一名妇女在佩特沃斯被单独囚禁了三年，结果丧失心智，这件事败坏了单独囚禁制度的声誉；及 *Hansard*, 2nd ser., XXXIV, May 13, 1816。

第六章 彼得卢时期的监狱改革政治

[1] Frances Cresswell, *A Memoir of Elizabeth Fry*, 1868, pp. 69—70, 引自 a letter of Fry's co-adjutor, Mary Sanderson, to T. F. Buxton。

[2] Elizabeth Fry, *Observations on the Visiting, Superintendence and Government of Female Prisoners*, 1827, p. 61.

[3] James Williams, *An Hour in His Majesty's Gaol of Newgate*, 1820, pp. 20—21; Joseph Lancaster, *Improvements in Education as It Respects the Industrial Classes of the Community*, 3d ed., 1805 (reprint ed., 1973), p. 8.

[4] Cresswell, *Fry*, pp. 86—87; P.P. 1818, VIII, p. 171.

[5] T. F. Buxton, *An Inquiry Whether Crime and Misery Are Produced or Prevented by Our Present System of Prison Discipline*, 1818, p. 127.

[6] Cresswell, *Fry*, pp. 84—85.

[7] Williams, *An Hour*, p. 7.

[8] Gumey Mss., 1/203, E. Fry to J. J. Gurney, 14 November 1818, Friends House London.

[9] Robert Owen, *A New View of Society*, 1813, p. 99.

[10] Ibid., p. 39.

[11] William Allen, *Life*, 3 vols., 1846.

[12] Sarah Hoare, *Memoirs of Samuel Hoare*, 1911.

[13] Alexander Bain, *James Mill*, 1882, p. 147.

[14] Allen, *Life*, I, p. 348.

[15] Ibid., III, p. 199.

[16] E. M. Howse, *Saints in Politics*, 1952; David E. Owen, *English Philanthropy,1660—1960*, 1964, p. 94.

[17] William Wilberforce, *A Practical View of the Prevailing Religious System of Professed Christians*, 1797, p. 12.

[18] Ibid., p. 196.

[19] Victor Kiernan, "Evangelicalism and the French Revolution," *Past and Present* 1, February 1952.

[20] Wilberforce, *Practical View*, p. 12.

[21] Noel Annan, *Leslie Stephen*, 1951, p. 116.

[22] Elizabeth Isichei, *Victorian Quakers,* 1970, introduction; E. D. Bebb, *Nonconformity and Social and Economic Life, 1660—1800,* 1935.

[23] D. E. Swift, *J. J. Gurney*, 1962, p. 80.

[24] Ibid., pp. 6—7.

[25] Ibid., p. 9.

[26] John Kent, *Elizabeth Fry*, 1962, pp. 17—19.

[27] Elizabeth Fry, *Memoirs*, 2 vols., 1847, I, p. 46.

[28] Swift, *Gurney*, p. 37.

[29] Ibid., p. 87.

[30] Buxton, *Memoirs of Thomas Fowell Buxton*, ed. by C. Buxton, 1866, p. 55.

[31] Buxton, *Memoirs*, p. 43.

[32] Fry, *Memoirs*, I, p. 127.

[33] Ibid., I, February 25, 1799.

[34] Ibid., I, p. 31.

[35] J. J. Gurney, *Notes on a Visit Made to Some of the Prisons in Scotland and the North of England*, 1819, p. 129.

[36] P.P. 1826, XXI, Poor Law Returns.

[37] P.P. 1819, VIII, App. 1; P.P. 1831—1832, XXXIII (Criminal Offences).

[38] V. A. C. Gatrell and T. B. Hadden, "Criminal Statistics and their Interpretation," in E. A. Wrigley, ed., *Nineteenth Century Society*, 1972, p. 373.

[39] C.L.R.O., Gaol Committee, Newgate, 1815.

[40] P.P. 1813—1814, IV, p. 64.

[41] Buxton, *Inquiry*, p. 30.

[42] Ibid., p. 28.

[43] C.L.R.O., Gaol Committee, Coroners' Returns, Newgate, 1800—1829.

[44] Prison Discipline Society, *Reports*, I, p. vii; also P.P. 1818, XVI (Criminal Tables).

[45] P.P. 1819, VII, p. 320.

[46] P.P. 1813—1814, IV, p. 138.

[47] Gurney, *Notes*, pp. 81—82.

[48] London Committee for Investigating the Causes of the Increase in Juvenile Delinquency, *Report*, 1816, p. 12.

[49]Basil Montague, *The Case of Dennis Shiel Condemned to Die and Now Sentenced to be Transported for Life to Botany Bay*, 1810; 有关此信的炮制，见 William Tallack, *Peter Bedford*, 1865, p. 17。

[50] W. L. Bowles, *Thoughts on the Increase of Crimes ...* , 1819, p. 38.

[51] George Holford, *Thoughts on the Criminal Prisons of this Country*, 1821, p. 173.

[52] Basil Montague, *Some Thoughts upon Liberty and the Rights of Englishmen*, 1819, p. 1.

[53] E. P. Thompson, *The Making of the English Working Class*, 1963, pp. 659—669, 681—691.

[54] J. M. Cobbett and J. P. Cobbett, eds., *Selections from Cobbett's Political Works*, 1842, V, p. 43.

[55] *The Black Dwarf*, May 31, 1820.

[56] *The Black Dwarf*, March 24, 1819.

[57] George Pellew, *Life and Correspondence of Viscount Sidmouth*, 1847, III, ch. 32; Thompson, *Making of the English Working Class*, ch. 15; Samuel Bamford, *An Account of the Arrest and Imprisonment of Samuel Bamford*, 1817.

[58] *Hansard*, XXXVII, January-February 1818.

[59] *The Black Dwarf*, IV, May 17, 1820.

[60] *Hansard*, XXXVI, June 20, 1817.

[61] Henry Hunt, *Investigation at Ilchester Gaol ...* , 1821; Hunt, *Peep into a Prison or Inside of llchester Bastille*, 1821.

[62] Hunt, *Peep into a Prison*, p. 21; T. F. Buxton, *Appendix to the First Edition of an Inquiry ... Containing an Account of the Prisons at llchester and Bristol*, 1818.

[63] P.P. 1822, XI, p. 8.

[64] P.P. 1817, IV, p. 5.

[65] H.O. 40/3 pt. 3, f. 36.

[66] H.O. 40/9 f. 463—465.

[67] Buxton, *Memoirs*, p. 95.

[68] Donald Read, *Peterloo*, 1958, ch. 13; *Hansard*, XXXVI, June 3, 1817, cols. 87—134.

[69] 引自 Read, *Peterloo*, pp. 167—168; 参见 C.L.R.O., Gaol Committee, *Petition of Lord Mayor and Aldermen of London to the Secretary of State*, 1819。

[70] *The Philanthropist*, V, 1815, p. 224.

[71] Buxton, *Inquiry*, p. 70.

[72] *The Philanthropist*, II, 1812, p. 3.

[73] Allen, *Life*, I, p. 147; Tallack, *Bedford*, pp. 11—31; Buxton, *Memoirs*, pp. 60—61.

[74] Buxton, *Memoirs*, p. 64; T. F. Buxton, *Speech ... on the Subject of Distress in Spitalfields*, 1816.

[75] H.O. 40/3/pt. 3, f. 32; H.O. 40/9/ f. 71. Cobbett's Letter to the Lord Mayor of London, Cobbett's Register, December 7, 1816.

[76] Prison Discipline Society, *Reports*, IV, p. 16.

[77] *The Times*, September 21, 1818; C.L.R.O. Newgate Gaol Committee, 1818.

[78] Holford, *Thoughts*, p. 173.

[79] J. R. Poynter, *Society and Pauperism*, 1969; O. J. Dunlop, *English Apprenticeship and Child Labour: A History*, 1912; Karl Polanyi, *The Great Transformation*, 1944.

[80] Prison Discipline Society, *Rules*, 1820, p. iii.

[81] *The Philanthropist*, II, 1812, p. 2.

[82] Prison Discipline Society, *Reports*, II, p. 30.

[83] 4 Geo. IV cap. 64.

[84] P.P. 1819, VII, p. 6.

[85] *Hansard*, XXXIX, March 2, 1819, col. 812.

[86] P.P. 1819, VII, p. 9.

[87] Samuel Romilly, *Memoirs of the Life of Sir Samuel Romilly Written By Himself*...,1840,II,p. 486; P.P. 1818,VIII,p.178.

[88] *Hansard*, XIX, March 29, 1811, cols. 637—638.

[89] Samuel Romilly, *Observations on the Criminal Law of England*, 1810, p. 15.

[90] *Hansard*, XVI, May I, 1810, cols. 163—179.

[91] P.P. 1810—1811, III; Harrowby Mss., Westbrook-Hay Papers, XCV—XCVIII.

[92] *Hansard*, XVI, May 9, 1810, col. 943; Harrowby Mss., XCVIII, f. 209.

[93] P.P. 1819, Viii, p. 109; P.P. 1818, VIII, p. 171

[94] K. K. McNab, "Aspects of the History of Crime in England and Wales, 1805—1860," Ph.D. thesis, University of Sussex, 1965, p. 94.

[95] George Holford, *A Short Vindication of the General Penitentiary at Millbank*, 1822.

[96] Arthur Griffiths, *Memorials of Millbank*, 1884, p. 27.

[97] P.P. 1817, XVI, p. 14.

[98] Griffiths, *Millbank*, pp. 49, 106.

[99] Ibid., p. 151

[100] H.O. 20/3, March 3, 1835, Whitworth Russell to Home Secretary.

[101] P.P. 1828, XX; 7 and 8 Geo. IV, cap. 33; P.P. 1831—1832, XXXIII, p. 19 (Corporal Punishment).

[102] Griffiths, *Millbank*, p. 47.

第七章 监狱、政府、劳动力市场：1820年至1842年

[1] E. P. Thompson, *The Making of the English Working Class*, 1963, p. 700.

[2] Diary of William Dyott, of Freeford near Litchfield, July 5, October 4, 1828, Staffordshire R.O.; 与弗赖类似的态度，见 Duke of Richmond Papers, Goodwood Mss., West Sussex R.O. 1579/447, Richmond to Lord Stanley, 1835, no date。

[3] C. C. Western, *Remarks Upon Prison Discipline*, 1821, p. 54.

[4] P.P. 1828, VI (Commitments and Convictions), p. 15.

[5] P.P. 1831, VII, p. 40.

[6] Dyott Diary, Staffs. R.O.

[7] P.P. 1823, V, p. 114.

[8] P.P. 1823, V. p. 125.

[9] P.P. 1823, V, p. 125.

[10] P.P. 1822, XXII (Millbank Committee).

[11] P.P. 1823, V, p. 130.

[12] *The Times*, July 11, July 19, 1823.

[13] P.P. 1823, V, p. 56.

[14] P.P. 1824, IV, p. 44.

[15] H.O. 158/1, January 27, 1843, Home Office Circular.

[16] *Reports of the Society for the Improvement of Prison Discipline*, 1818.

[17] Sydney Smith, "Prisons," in *Works*, 1854, II, p. 259.

[18] P.P. 1835, XII, 3d Report, p. 282.

[19] P.P. 1824, XIX, Statements Relating to Treadwheels.

[20] H.O. 44/14, f. 30, f. 33, f. 7, f. 35; J. I. Briscoe, *A Letter on the Nature and Effects of the Treadwheel*, 1824; John Cox Hippisley, *Prison Labour*, 1823; P.P. 1825, XXIII (570), p. 3; J. M. Good, "Letter to Sir John Cox Hippisley on the Mischiefs Incidental to the Treadwheel," *The Pamphleteer*, XXIII, 1824.

[21] P.P. 1825, XXIII, p. 8.

[22] 4 Geo. IV, cap. 64.

[23] P.P. 1835, XI, p. 445.

[24] P.P. 1835, XI, p. 448.

[25] Henry Mayhew, *The Criminal Prisons of London*, 1861, pp. 280—287; P.P. 1825, XXIII, Schedule B, p. 168; P.P. 1835, XLIV, pp. 153—155.

[26] P.P. 1825, XXIII, Schedule B, p. 168; P.P. 1835, XLIV, pp. 153—155.

[27] Mayhew, *Criminal Prisons*, p. 163; Anon., *Five Years' Penal Servitude by One Who Has Endured It*, 1878, p. 180.

[28] P.P. 1835, 2nd Rep., p. 339.

[29] V. A. C. Gatrell and T. B. Hadden, "Criminal Statistics and their Interpretation," in E. A. Wrigley, ed., *Nineteenth Century Society*, 1972, p. 373.

[30] P.P. 1831—1832, XXXIII, p. 5 (Criminal Returns, London and Middlesex).

[31] P.P. 1834, XLVI, Appendix 1 (Crawford's Report).

[32] P.P. 1819, VIII, Appendix to Report from Select Committee on Criminal Laws; P.P. 1826—1827, XIX, P.P. 1831—1832, XXXIII, Criminal Returns; P.P. 1839, XXI, 4th Rep. (Prison Insp.), Appendix.

[33] P.P. 1824, VI, p. 31; G. E. Mingay, "The Agricultural Revolution in English History: A

Reconsideration," in W. E. Minchinton, ed., *Essays in Agrarian History*, 1968, II; E. J. Hobsbawm and George Rude, *Captain Swing*, 1969, p. 43; P.P. 1828, VI, p. 23; P.P. 1826—1827, VI, p. 10.

[34] P.P. 1828, VI, p. 8 (Commitments and Convictions).

[35] P.P. 1824, VI, p. 31.

[36] P.P. 1831—1832, XXXIII (Gaol Act Returns), "Winchester."

[37] P.P. 1824, VI, p. 57.

[38] P.P. 1834, XXVII, pp. 40—41.

[39] P.P. 1834, XXVII, p. 23.

[40] P.P. 1824, VI, p. 35.

[41] P.P. 1824, VI, p. 3.

[42] P.P. 1824, VI, p. 4.

[43] P.P. 1828, VI, p. 3 (Criminal Commitments); 及 J. E. Wilmot, *A Letter to the Magistrates of England on the Increase of Crime*, 1827。

[44] P.P. 1826—1827, V (Emigration), p. 3; P.P. 1828, VI, p. 8.

[45] P.P.1828, Vl, p.48(Metropolitan Police); P.P.1816, V, p.143; P.P.1817, VII, pp. 362, 425—431.

[46] G. Stedman Jones, *Outcast London*, 1971. 这是当时有关伦敦临时工市场最好的记述，但对 1850 年前后而言，最好的当属梅休的 *London Labour and the London Poor*, 1851, II, pp. 297—335。

[47] Hobsbawm and Rude, *Captain Swing*, p. 47.

[48] 7 and 8 Geo. IV, cap. 29; 1 and 2 Wm. IV, cap. 32; 9 Geo. IV, cap. 31; 1 Geo. IV, cap. 56.

[49] P.P. 1828, VI, p. 4 (Commitments and Convictions); P.P. 1826—1827, VI, p. 8; P.P. 1828, VI, p. 13 (Commitments and Convictions); P.P. 1835, XI, 2nd, p. 18; P.P. 1837—1838, XXX, 3d Rep., p. 103; P.P. 1828, VI, p. 16 (Commitments and Convictions); *Morning Chronicle*, June 2, 1824, in Place Mss. Newspaper Cuttings, B. M. Add. Mss. 27826, f. 207.

[50] P.P. 1816, V, p. 9.

[51] P.P. 1837—1838, XLVII (Statement of Crime in the Metropolis).

[52] K. K. McNab, "Aspects of the History of Crime in England and Wales, 1805—1860," Ph.D. thesis, University of Sussex, 1965, pp. 237, 291; Chadwick Mss., Univ. of London, Box 1, 1831, Memo on the New Police; P.P. 1838, XLIII (Criminal Statistics).

[53] P.P. 1834, XLVI, App., p. 192.

[54] P.P. 1826, XXIV, Schedule B, p. 156; P.P. 1833, XXVIII, Schedule B, p. 157.

[55] Mayhew, *Criminal Prisons*, p. 341.

[56] Ibid., p. 342.

[57] Mepol 4/6 (Complaints against the Police); H.O. 45/6594 and 4837; H.O. 45/1892; H.O. 45/5694; W. L. Bum, *The Age of Equipoise*, 1964, p. 153.

[58] P.P. 1836—1837, VI, p. 5; 参见 P.P. 1839, XXI, 4th, Home Dist., p. ii。

[59] Sergeant Adams, *A letter to Benjamin Hawes*,1838, p.36.

[60] Report, *Prison Discipline Society*, 1827, pp. 14—28; P.P. 1831—1832, VII, pp. 7, 115; Great Britain, *First Report of the Constabulary Commissioners*, 1839, p. 331; P.P. 1835, XI, p. 15.

[61] P.P. 1841, Sess. 2, IV, 6th Rep., p. 285.

[62] P.P. 1836, XXV, p. 86; pp. 50—68 (Northern Dist.); P.P. 1841, Ses. 2, IV, 6th (Home District), p. 6P.P. 1837, XXXII, 2nd Rep. (Home District), p. 181.

[63] H.O. 20/3, June 9, 1836; H.O. 20/4, June 12, 1837; H.O. 20/5, August 15, 1837.

[64] G. L. Chesterton, *Revelations of Prison Life*, 1856, I, p. 22.

[65] S. H. Palmer, "Police and Protest in England and Ireland, 1780—1850; The Origins of the Modern Police Forces," Ph.D. thesis, Harvard University, 1973, p. 621; Norman Gash, Mr. Secretary Peel, 1961, pp. 312—313, 495—497.

[66] Arthur Griffiths, *Memorials of Millbank*, 1884, p. 154.

[67] W. L. Clay, *The Prison Chaplain: Memoirs of the Reverend John Clay*, 1867, p. 113.

[68] Robert Southey, *Letters from England*, 1807, p. 106; see usage at Millbank, P.P. 1817, XVI.

[69] John Howard, *The State of the Prisons in England and Wales ...* , 1777, p. 40; 及 E. Melling, ed., *Kentish Sources*, 1959, IV, p. 97。

[70] John Jebb, *Thoughts on the Construction and Polity of Prisons*, 1785, p. 6.

[71] P.P. 1837, XXXII, 2nd Rep. (Northern and Eastern District), p. 4.

[72] Chesterton, *Revelations of Prison Life*, pp. 56—57.

[73] Ibid., pp. 86—88; P.P. 1831, VII, pp. 32—39; P.P. 1835, XI, pp. 245—247.

[74] Middlesex R.O. MA/G/GEN, 1243, 1842, f. 34.

[75] Goodwood Mss., West Sussex R.O., 1572, April 17, 1835.

[76] H.O. 45/6099; P.P. 1834, XVI, p. 10.

[77] P.P. 1834, XVI, p. 7.

[78] *Morning Chronicle*, November 4, 1830, in Place Mss. Newspaper Clippings, vol. 31, B.M., November 1830; P.P. 1833, XIII (Coldbath Fields Meeting).

[79] H.O. 20/2, March 1835.

[80] David Rothman, *The Discovery of the Asylum*, 1971, ch. 4; Boston Prison Discipline Society, *Seventh Annual Report*, 1832, p. 68. H.O. 20/8, January 30, 1839, Jebb to Home Secretary.

[81] Basil Hall, *Travels in North America*, 1829, II, pp. 58, p. 352.

[82] P.P. 1834, XLVI, pp. 19, 39.

[83] P.P. 1835, XI, 1st Rep., p. 12.

[84] P.P. 1837—38, XXX, 3d Rep. (Home District), p. 42.

[85] H.O. 20/2, March 1835, Whitworth Russell to Home Secretary.

[86] P.P. 1831—32, VII, pp. 47—48.

[87] P.P. 1843, XXIX, p. 3.

[88] Peter Laurie, *Prison Discipline and Secondary Punishments ...* , 1837, p. 2.

[89] Charles Dickens, *American Notes for General Circulation*, 1850, ch. 7, p. 68.

[90] P.P. 1837—1838, XXI, 3d Rep. (Southern and Western District), p. 3; P.P. 1837—1838, XXI, 3d Rep. (Northern and Eastern District), pp. 4—5.

[91] P.P. 1839, XXII, 4th Rep. (Northern and Eastern District), p. ix.

[92] H.O. 45/1585.

[93] Clay, *Prison Chaplain*, p. 386.

[94] P.P. 1851, XXVIII, p. 24; George Holford, *Thoughts on the Criminal Prisons of this Country*, 1821, p. 171.

[95] Mayhew, *Criminal Prisons*, p. 139 .

[96] Ibid., pp. 280—287.

[97] Jebb Papers (London School of Economics), Box 2, September 23, 1856, Earl of Chichester to Home Secretary.

[98] P/COM/2/85, f. 31.

[99] P/COM/2/85, 635; P/COM/2/87, f. 1364; P/COM/2/86, f. 163.

[100] Goodwood Mss., 1662/1846.

[101] H.O. 21/4, January 20, 1848; U. R. Q. Henriques, "The Rise and Decline of the Separate System of Prison Discipline," *Past and Present* 54, 1972, p. 86.

[102] P/COM/2/89, November 27, 1859.

[103] Joseph Kingsmill, *Chapters on Prisons and Prisoners*, 1854.

[104] Charles Dickens, *David Copperfield*, ch. 61.

[105] P.P. 1859, XXVI, p. xix.

[106] *Hansard*, 3d ser., XXVII, March 23, 1837, col. 728; P.P. 1856, XVII, p. 106.

[107] H.O. 12/4/362; H.O. 12/3015; P.P. 1854—1855, XXV, pp. 15—16.

[108] P.P. 1862, XXV, pp. 12—14; P.P. 1857—1858, XXIX, p. 83.

[109] *The Times*, April 17, 1850, October 20, 1853; Mary Carpenter, *Our Convicts*, 1864, I, p. 3; C. B. Adderly, *Transportation Not Necessary*, 1851; P.P. 1857—1858, LVII, p. xvii; *Hansard*, 3d ser., CXXVII, May 10, 1853, col. 14.

[110] *Morning Chronicle*, March 14, 1856, January 28, 1857; *The Times*, January 28, 1857.

[111] *Morning Chronicle*, January 28, 1857.

[112] P.P. 1854—1855, XXV; H.O. 12/108/24628; H.O. 12/99/18903; H.O. 12/100/19512; 14 and 15 Vic., cap. 19; 16 and 17 Vic., cap. 99; 18 and 19 Vic., cap. 126.

[113] P.P. 1854, XXXIII, p. 87; P.P. 1854—1855, XXV, p. 37; H.O. 12/4/362.

[114] P.P. 1856, XXXV, p. 79; Mayhew, *Criminal Prisons*, pp. 180—182; P.P. 1860, XXV, pp. 58, 258; P.P. 1861, XXX, p. 71; P.P. 1863, IX, p. 369.

[115] P.P. 1859, XIII, p. 306.

[116] P.P. 1859, XIII, p. 308.

[117] 20 and 21 Vic., cap. 3.

[118] *The Times*, January 19, February 13, March 26, 1861; P.P. 1862, XXV, pp. 12, 18.

[119] P.P. 1863, XXI, vol. 2, p. 130; P.P. 1865, XXV, pp. 6—7, 88.FFF

[120] Mepol 2/172; Mepol 2/186; H.O. 45/9509/16260; H.O. 45/9568/84847.

[121] P.P. 1893—1894, LXXII (Interdepartmental Committee on Criminal Identification); H.O. 12/184/85459; H.O. 12/190/90611.

[122] P.P. 1863, XXI, vol. I, p. 88.

[123] Home Office, Prison Department, People in Prison, London: H.M.S.O., Cmnd. 4214, 1969.

第八章 结论

[1] P.P. 1854, XXX, p. x; P.P. 1854, XXXIV, p. v; P.P. 1850, XVI, pp. 233—236.

[2] Gustave de Beaumont and Alexis de Tocqueville, *On the Penitentiary System in the United States and Its Application in France* (1835), 1964 ed., p. 79; 参见 Christopher Lasch, "The Discovery of the Asylum," in his *The World of Nations*, 1973, p. 17.

[3] David Rothman, *The Discovery of the Asylum*, 1971, introduction.

[4] Andrew Scull, *Decarceration: Community Treatment and the Deviant, A Radical View*, 1977, pp. 46, 68.

[5] Norval Morris, *The Future of Imprisonment*, 1974, ch. 4.

[6] Scull, *Decarceration*, ch. 4; "监禁群岛"(carceral archipelago)这一说法来自米歇尔·福柯，见他的 *Discipline and Punish: The Origins of the Prison*, 1978, pp. 293—308。

[7] Christopher Lasch, "Review of Gail Sheehy's Passages," *New York Review of Books*, October 28, 1976.

手稿文献目录

一、私人文件

Bentham Mss.

University College, London

Panopticon Papers, Boxes 107-21.

Bright Mss.

Bristol Record Office, Bristol

Papers Relating to the Rebuilding of Newgate, 1788-1795.

Burdett Mss.

Bodleian Library, Oxford

Misc. Eng. Hist. Mss., c. 295-96, Papers Relating to Coldbath Fields Prison.

Chadwick Mss.

University College, London

Boxes 1-4, 11-13, 16, 17. Notes, Memoranda, and Clippings on Police, Crime and the Constabulary Commissioners.

Goodwood Mss.

West Sussex Record Office, Chichester

Correspondence of the 5th Duke of Richmond, 1835-1842.

Mss. 618, 1571-89; 1649; 1662.

Gurney Mss.

Library of the Religious Society of Friends, London

Correspondence of J. J. Gurney and Elizabeth Fry,

1817-1838; 1/203-3/835.

Harrowby Mss.

In the possession of the Earl of Harrowby, Sandon Hall, Staffordshire

Westbrook-Hay Papers, vols. 94-101; vol. 34, Papers on Stafford Gaol, 1793-94.

Howard Mss.

Bodleian Library, Oxford

Misc. Eng. Hist. Mss., c. 332, 399, 400-1; Notes and Correspondence of John Howard, 1770-1789.

Jebb Mss.

London School of Economics, London

Papers and Correspondence of Joshua Jebb, 1842-1862.

Boxes 1-11.

Paul Mss.

Gloucestershire Record Office, Gloucester

Papers of Sir G. O. Paul, 1777-1818.

Place Mss.

British Museum, London

B. M. Add. Mss. 27826. Papers of Francis Place on Crime and the London Working Class.

Waldegrave Mss.

In the possession of Earl Waldegrave, Chewton House, Chewton Mendip, Somerset

Whitbread-Howard Correspondence, 1787-1789.

Whitbread Mss.

Bedfordshire Record Office, Bedford

Correspondence of Samuel Whitbread and John Howard, 1785-1789.

Wilberforce Mss.

Bodleian Library, Oxford

Misc. Eng. Hist. Mss., d. 13-17; c 3.

二、四季定期法院记录

Bedfordshire Record Office, Bedford:

QGE/1; QGR/1-5; QSR, 1819, 1827, 1834; W/14962-5008; QSS, QSM, 1780-1820.

Berkshire Record Office, Reading:

QAG/3/1; QSO/2-8; D/EX/343/1-5.

City of London Record Office, London:

Gaol Committee Papers, 1813-1819; Gaol Committee Rough Minutes, 1790-1791; Misc. Mss. 185.2: Newgate Gaol Committee, 1755-1762; Misc. Mss. 54.8; 249.12; 183.3; 185.6.

Dorset Record Office, Dorchester:

D 60 × 49: Papers Relating to a Complaint Against the Gaoler, 1804.

Gloucestershire Record Office, Gloucester:

QAG/1-11; 30; 34; Sotheron Estcourt Mss., D 1571; R.O.L. C/5; QGC/1; QSG, 1770-1795.

Lancashire Record Office, Preston:

QGV 2/2, 1793.

Middlesex Record Office, London:

MA/G/GEN/441, 450, 750-56; 1187 a-b; 1243; 1269; MA/G/CBF/201 a-d; MSP/1798/Ap 131 a; MJ/OC 24-26.

Oxfordshire Record Office, Oxford:

QSM 1773-1784; QSB 1784-1786.

Staffordshire Record Office, Stafford:

QSB 1785-1787.

Surrey Record Office, Kingston:

QS/2/1/24-26; QS/5/1.

West Sussex Record Office, Chichester:

QAP/4-5.

三、公共档案馆

（一）政府文件，国内：1761—1786

S.P. 37/11-15; 23-7	Letters and Papers, 1775-1784
S.P. 44/91-96	Criminal Papers, 1770-1782
S.P. 44/143	Letter Book, 1775-1782
S.P. 44/144	Entry Book, 1761-1786

（二）内政部文件

H.O. 12	Criminal Papers, 1849-1871
H.O. 14/1-37	Criminal Papers, Register, 1849-1871
H.O. 17/1	Criminal: Misc. Petitions, 1819-1825
H.O. 18/378-81	Criminal: Misc. Petitions, 1853-1854
H.O. 20/1-12	Prison Inspectors, Correspondence and Papers, 1835-1847
H.O. 21/1-13	Criminal Entry Books, Convict Prisons, 1847-1849
H.O. 22/1-17	Criminal: Prisons, Entry Books, Ser. II, 1849-1871
H.O. 25/13	Criminal: Letter Book, 1870-1871
H.O. 42/1-17;42-5; 92-104;158-72	Domestic, Disturbances: Letters and Papers, 1782-1817
H.O. 43/1,2,9,10,16,26	Domestic Entry Book, 1782-1817
H.O. 44/40-46	Misc. Unclass. Papers, 1782-1813
H.O. 45	Registered Papers, Domestic, 1841-1886
H.O. 59/8	Police Courts and Magistrates Correspondence, 1838
H.O. 62/1	Daily Police Reports, 1828
H.O. 65/9	Police Entry Book, 1870-1871
H.O. 73/16	Lords' Committee on the Gaols, 1835-1837; Papers of W. A. Miles
H.O. 144	Restricted Papers, New Series, 1870-1890
H.O. 158/1-3	Home Office Circulars, 1835-1875

（三）监狱委员会档案

P/COM/2/84-89 P/COM/2/90	Pentonville Minute Books, 1842-1850
P/COM/2/90	Pentonville Commissioners' Books, 1843-1854

P/COM/2/91-92	Pentonville Directors' Books, 1854-1885
P/COM/2/93	Visitors' Book, 1862-1863
P/COM/2/94	Visitors' Minute Book, 1842-1849
P/COM/2/96-97	Visitors' Order Book, 1842-1850
P/COM/2/164	Millbank Suggestion Book, 1855-1863
P/COM/2/290	Wandsworth Prisoners' Register, 1870
P/COM/2/353	Chaplain's Journal, 1846-1851

索　引

（索引中的页码为原书页码，即中文版页边码）

C

D

E

F

G

H

I

J

K

L

M

N

Q